모양새

모양새

최미래 소설집

민음사

차례

모양새

우리는 그것들 같았다. 화장실 벽에 아무런 힘도 공격성도 없이 붙어 있는 작은 나방. 이름이 뭐였더라. 그 이름을 안다면 이 글의 제목을 그걸로 붙였을 텐데. 하지만 일부러 찾아서 알고 싶은 생각은 들지 않는다. 항상 그랬다. 궁금한 건 궁금한 채로, 모르는 건 모르는 채로 내버려 뒀다. 도망가지도 않는 그것들을 검지로 꾹 눌러 없애면서 오늘도 있네, 어제도 있었는데 할 뿐. 우리는 뭐든지 그런 식이었다. 어떤 일이 생기면 그 원인을 찾지 않고 그저 시간이 흐르기만을 기다렸다. 정말로 원인이 궁금하지 않았기 때문인지 그에 대해 떠드는 과정을 무용하게 여겼기 때문인지는 모르겠다. 적어도 나는 창가의 한기처럼 묘하게 피어오르는 불안을 조용히 잠재우는 쪽이 더 무탈하다고 생각했다. 굳이 원인을 찾아 봤자 왜 그랬는지, 왜 이러한 사람이 되었는지, 어떤 사람인지조차 알지 못했을 것이다. 그렇게 2년 6개월의 시간이 흘렀다. 모린은 우유 회사에서 행정 업무를 보게 되었고 이제 우리는 따로 산다. 함께 지내던 집에서 나와 각자 거처를 마련했다. 작은 못 자국 하나 빠뜨리지 않고 메워 사람이 살던 흔적을 없애 버렸지만 여전히 많은 것들이 그곳에 배어 있다. 옅은 코피 자국이나 모린의 뒤숭숭한 꿈자리, 연약한 새의 깃털 같은 거.

이 글은 모린과 나의 경험담이다. 모린은 이 글이 존재한다는 걸 모르니 사실 나만의 경험일 수도 있겠다. 요즘에는 픽션과 논픽션을 구분하지 않고 되는 대로 지껄이는 데 흥미가 있다. 실제 경험에 얼마만큼의 허풍이 끼어들었는지 나조차도 모르기 때문이다. 어떤 신문 기사는 추리소설보다 더 거짓처럼 느껴지고, 어떤 소설은 작가가 픽션 그 자체라고 말해도 자기 인생을 훔친 것 같다고 울면서 후기를 남기는 독자가 넘쳐 나는 거. 모린도 그런 걸 재밌어했지. 우리는 그런 점에서 잘 맞았다. 나는 내가 듣고 싶은 대로 들었다. 모린은 듣는 것을 포함해 하고 싶은 것만 골라서 했다. 스스로 하고 싶은 것을 선택했다고 여겼으나 인생에서 중요한 선택이란 이미 어느 정도 결과가 정해져 있었다. 모린은 그 사실을 잘 알았다. 이렇게 말하니 모린이 되도록 선택을 하지 않고 되는 대로 사는 사람이라고 생각할 수도 있겠지만, 반대였다. 모린은 이를 갈며 선택했다. 그리고 자신이 고르고 고른 쪽으로 미끄러져 갔다. 물론 사람들은 각자 자기만의 삶을 꾸린다. 살다 보면 여러 모습을 가진 순간들이 있기 마련이지만 결국 산다는 건 무어라고 말할 수 없고, 딱 정해지지 않은 것이 '모양새'라는 단어의 뜻 아닌가. 어쩌다 나온 그 말에 모린도 동의하며 말했었다.

뭉그적거리면서 어떤 꼴을 갖추어 가는 거야. 똥 같기도 하고 보석 같기도 하고 그렇게 이 모양도 되고 저 모양도 되는 게 인생 아니겠니. 휴.

너는 지금 어떤 모양에 가까운데?

문제는 내가 이 모양 이 꼴인데 당장 어떠한 꼬라지라고 말을 못 하겠는 거야. 그래도 지금은 어둡지만 조금 뒤에는 밝은 미래가 찾아올 거라고 버티면서 사는 것보단 차라리 내가 낫지. 희망 고문은 딱 질색이야.

모린은 대충 이런 뉘앙스로 이야기했다. 이제 와 생각해 보니 그때는 우리가 같이 산 지 얼마 되지 않았고, 모린이 아직은 자신의 선택을 믿어 의심치 않던 시절이었다. 나는 오랫동안 모린의 말을 곰곰이 씹어 삼켰다.

위 대화와 별개로 '모양새'는 실제로 어떤 새의 이름이었다. 모린과 나는 그 새를 잡으러 떠난 적이 있었다. 그 새와 엮인 미신 때문이었다. 사주팔자나 종교에 전혀 관심이 없던 우리가 왜 그 새에게 강렬하게 끌렸을까. 모양새를 잡기 위해 계획을 세우고 떠났을 때 우리는 가장 살아 있었다. 어느 때보다도 살아 있다는 감각이 선명하게 느껴졌다. 나는 그걸 되찾기 위해 기억을 되짚어 이 글을 작성하는 걸지도 모른다. 그렇다. 앞으로 나올 이야기는 모린과 내가 모양새를 잡으러 떠났던 여정이다. 혹은 우리가 어떤 꼴을 갖추어 간 과정일 수도. 아직 사건이 나오지 않았고, 장면이 넘어가지 않았으니 이 글이 어떤 모양을 띨지는 모르는 일이다.

*

나는 내가 좋아하는 것들 안에서 살고 싶어.

그렇게 말하고 모린은 울었다. 말 그대로 엉엉 소리를 내면서 손으로 두 뺨을 닦았다. 약간 오버한다고 생각했지만 손등에 묻은 눈물을 보며 의심을 거두었다. 모린의 인중을 따라 핏줄기가 흘러내렸다. 연약한 코 내벽에 또다시 자극이 간 모양이었다.

모린이 좋아하는 것들은 대체로 사소했다. 막 구워진 통 호밀빵, 친절하고 상냥한 이웃들, 담배꽁초 없는 거리, 안전한 밤길, 돈을 빌리지 않는 친구들. 이것들은 사소하지만 누구에게나 당연하게 주어지는 것들이 아니었고, 모린은 가진 게 없어도 너무 없었다. 이를 얻기 위해서는 우리가 사는 동네 혹은 세계가 바뀌어야 했다. 나는 모린을 위로하거나 달래지 않았다. 모린의 울음은 구질구질했고 나는 곧 출근해야 했다.

나 끝날 때쯤 가게로 와.

네가 쏘는 거야?

그렇다고 대답하자 모린은 울음을 그치고 현관문까지 나를 배웅해 주었다. 나는 가로등이 없는 익숙한 밤길을 걸었다. 바닥을 보고 걸으면서 월셋집의 남은 계약 기간과 보증금, 통잔 잔액을 생각했다.

같이 살자고 말한 쪽은 나였다. 모린은 어디에 있든 특별하고 눈에 띄는 사람이었다. 아는 것이 많고 겪은 것도 많았으며 어떤 자리에서든 확신에 찬 말투로 대화의 주도권을 잡았다. 그런 자신만만한 태도는 그냥 나온 것이 아니었다. 모린은 복잡한 과정을 거쳐 본인이 지은 이름으로 개명을 하고 직접 모은 돈으로 지긋지긋한 부모의 집을 떠나 자취 생활을 꾸렸다. 안 해 본 아르바이트가 없었고 못하는 일도 없었다. 갖가지 음료를 만드는 것부터 영업, 반려동물 케어, 계산, 도배, 진상 손님 내쫓기 등등.

학비를 마련하기 위해 했던 일들은 학교를 졸업한 뒤에도 이어졌다. 보증금과 생활비를 동시에 모으기 위해서였다. 모린의 과거를 떠올릴 때면 게임 캐릭터처럼 각종 유니폼이 먼저 떠올랐다. 머리를 아래로 땋고 빵모자를 쓴 모린, 화려한 메이크업을 하고 프릴 앞치마를 입은 모린, 어설픈 정장 차림에 머리카락을 둥그런 망에 집어넣어 묶은 모린, 위생모를 기울여 쓰고 국수를 나르는 모린.

모린은 자신의 경험에 자부심이 있었다. 하지만 슬

슬 아르바이트로 연명하던 생활을 접고 정규직이 되기 위해 몇몇 회사에 입사 지원서를 냈을 때 경험과 경력은 다른 것임을 깨달았다. 스스로를 지탱해 왔다는 모린의 자부심은 경력의 단점이 되었다. 할 줄 아는 게 너무 많다는 건 한 가지 분야에 집중하지 않았다는 고지식한 답변으로 돌아왔다. 모린은 잘하는 게 많고 무용한 사람이 되었다. 입사 지원서의 개수와 면접에서 떨어지는 횟수가 유일하게 공통으로 쌓이는 이력이었다.

모린은 본인이 잘할 수 있는 쪽에서 해 볼 만한 쪽으로, 그나마 다녀 볼 마음이 있는 곳에서 처음에 지원했던 분야와 전혀 무관한 쪽으로 지원서를 남발하고 있었다. 서른 번쯤 탈락의 고배를 마셨을 때는 이미 코피와 몽유 증세가 모린의 몸에 장착된 후였다. 떨어질 줄 알고는 있었지만 역시나 떨어졌네. 그렇게 말하는 얼굴에는 표정이 없었다. 나는 모린에게 전공을 살려서 지원해 보라고 했다.

전공을 살리면 나는 죽어 멍청아.

연봉 기준을 좀 낮추고 다른 것들도 고려해 봐. 근무 환경 같은 거.

최저시급?

그거보단 좀 높아야지 그래도.

나 기준 정말 낮아. 연봉이고 복지고 회사 규모고 계속 낮추다가 어디에 뭐 하러 왜 지원했는지도 까먹었어. 더 낮출 것도 없이 이미 저자세라고.

저자세란 뭘까. 처음부터 낮추고 들어가는 자세란. 처음 만난 사람과 서로 통성명도 하기 전에 상대방에게 동등한 태도가 아니라 자기가 더 낮은 곳에 있다는 걸 티 내는 자세를 뜻하나. 그러자 그 누군가가 목을 쭉 빼 고개를 숙이고 무릎은 굽힌 채로 어정쩡하게 서 있는 자세가 떠올랐다. 이건 좀 웃기다. 웃겨. 아니 사실은 우스운 거겠지 하는 생각이 떠오르면서 새어 나오는 웃음을 참았다. 그때 모린은 나를 경멸하듯 쳐다보았다. 그런 기억이 있었다.

그 증상은 모린이 스물세 번째쯤 입사에 실패했을 때 나타났다. 오후 5시, 모린은 이제 평상복이 되어 버린 싸구려 정장을 빌라 1층부터 벗으면서 들어왔다. 현관문을 열었을 때는 이미 치마를 내리는 동시에 블라우스에서 팔을 꺼내고 있었다. 두 팔을 윗옷에서 빼내자마자 코피가 터졌다. 안 그래도 엿 같은데 흰 블라우스에 피가 안 묻었으니 그나마 다행이네, 라고 말하며 휴지를 뭉쳐 콧속으로 넣었다. 원래는 면접을 본 후 이틀 정도 뒤에 탈락 문자가 오거나 아예 연락이 안 오거나 하는데 면접을 보는 동시에 탈락 통보를 받은 건 처음이라고 했다. 나는 모린이 활짝 열어 둔 현관문을 닫고 체인을 걸어 잠갔다. 해가 전혀 들지 않아 컴컴한 방에 스탠드의 노란 불이 켜졌다. 모린은 속옷까지 다 벗고 알몸으로 침대에 누웠다.

이틀 동안 자겠어. 깨우면 죽여 버릴 거야.

검은 스커트가 비닐봉지처럼 스탠드 옆에 구겨져 있었다. 모린은 순식간에 잠에 들었다. 나는 코피로 물든 휴지를 새 걸로 갈아 콧구멍에 박아 주었다. 쫓기듯 잠 속으로 들어가 버린 모린을 물끄러미 바라보다가 눈을 감았다.

몽유는 별거 없었다. 모린은 화장실에 가듯 자연스럽게 거실로 나갔다. 그런 다음 냉장고 옆에 서서 숨을 깊게 들이마시고 내쉬었다. 그걸 계속해서 반복했다. 어느 날은 빨래통처럼 세탁기 앞에 쪼그리고 앉아서 하기도 했고, 전자레인지를 마주 본 채로도 그랬다. 자기가 그 사물이 되어 버린 것처럼 내내 그 자리에 있다가 바닥이나 벽에 침을 크게 뱉고 침대로 돌아왔다. 나는 휘청거리는 모린을 따라가서 아무렇게나 뱉어 놓은 침을 물티슈로 닦았다. 강제로 잠에서 깨어 화가 치밀어 올랐을 때는 모린의 머리 위로 가래침을 갈겼다. 몇 번이나 그렇게 했으나 모린은 한 번도 알아채지 못했다. 미안함 조금, 그나마 속이 풀리는 기분 조금이 섞여 안도감이 들었다.

나는 깊게 잠드는 편이었다. 그날 모린이 낮잠을 자지 않았더라면 몽유를 더 늦게 발견했을 것이다. 몽유 그 자체도 그렇지만 함께 살면서도 언제부터 이러한 증상이 시작되었는지 알 수 없다는 점이 당황스러웠다. 모린은 의외로 담담하게 내 말을 들었다. 이 문제를 심각하게 받아들이지 않는 것 같았다. 나는 몽유나 코피나 지금은 정도가 약하긴 하지만 큰 병을 앞두고 몸이 보내는 경고일 수도 있으니, 정밀 검사를 받거나 적어도 수면 클리닉에 가 봐야 한다고 권유했다. 나는 내 말이 웃겼다. 정확히 내가 한 권유가 웃겼다. 우리는 당장 눈에 보이는 충치도 애써 모른 척하며 살았기 때문이었다. 이건 스트레스 때문이다. 스트레스는 만병의 근원이니까. 그러니까 취업이 되고도 코피와 몽유가 계속된다면 어디든 방문하자는 허튼 약속을 했다.

*

가게에는 요즘 손님이 많았다. 근처 시장 상인들은 일이 끝난 후 샤워만 하고 우리 가게로 다시 출근했다. 지난 축구 경기 때와 비슷했다. 그때는 손에 복권 같은 걸 쥐고 있었는데 이번엔 뭐가 유행하는지 몰라도 다들 손에 쥔 건 없었다. 손님이 늘어 사장은 입이 귀에 걸린 채로 주문을 받았다. 사장이 가장 좋아하는 건 소문과 불륜이었다. 그리고 사오십 대를 겨냥한 건강 프로그램. 그 프로그램이 방송된 다음 날이면 상인들은 우리 가게에 모여 건강식품을 사고팔았다. 희귀한 열매의 가루나 물에 타 먹는 곰팡이 같은 것이었다. 나는 각자의 자리에서 열변을 토하는 사람들 때문에 귀가 멀 것 같았다.

테이블마다 간격이 너무 좁았다. 어떤 사람들은 자기들이 가진 정보가 테이블 밖으로 새어 나갈까 이마를 맞댄 채 수군거렸다. 하나의 밥그릇에 여러 마리의 강아지가 대가리를 처박은 꼴로. 아무튼 요새 또 뭔가가 돌고 있었다. 맥주를 나르다가 땀이 나는 건 오랜만이었다. 사장은 내게 미안해하면서도 시급을 올려 주지 않았다. 모린은 한 시간 전부터 들어와 나를 기다리고 있었다. 내내 맥주 한 잔을 시킨 채 강냉이로 첨성대를 만들었다. 사장은 강냉이 리필을 금지했다. 나는 강냉이는 못 주고 맥주만 몰래 계속 따라 주었다. 모린은 내가 한숨 돌릴 때마다 손짓해 맥주를 한 모금씩 먹여 주었다.

일은 쉬웠다. 가게 규모도 작고 외울 것도 적었다. 행주를 빨아 널고 테이블을 세팅하고 술과 안주를 나르는 게 주된 일이었다. 손님이 많으면 정신없었지만 시간은 빠르게 지나갔다. 테이블을 세팅하고 시간이 흐른 뒤 더러워진 테이블을 치우는 일은 집에서 보내는 내 하루와 비슷하게 느껴졌다. 잠에 들었다가 깨어나고 다시 잠들었다가 일어나 출근하는 것. 그 중간 과정엔 뭐가 있었는지, 잘 차려진 테이블 앞에 앉아 무엇을 누렸는지는 사라져 버린 것 같았다. 나는 퇴근과 동시에 앞치마를 벗고 쥐포를 주문했다. 사장이 빈 맥주잔을 건넸다. 오늘 수고했으니 먹고 싶은 만큼 따라 먹으라는 뜻이었다. 모린은 이미 취기를 누리고 있었다. 술 먹은 날이면 몽유 증세가 좀 덜하니 차라리 다행이었다. 모린이 발개진 얼굴로 말했다.

요새 모양새가 유행이래. 그거 때문에 어딜 가도 떠들썩해.

그게 뭔데?

뭔 새가 후다닥 튀어나와서 막 커지고 지 마음대로 모양을 바꿔 대고 그런대.

나는 모린의 말을 알아들을 수가 없었다. 손동작을 해 가면서 설명하는 꼴을 보니 이미 적당한 취기를 넘어선 듯했다. 모린의 말을 흘려들으며 가게를 훑어보았다. 새벽 2시가 넘었는데도 빈자리가 몇 없었다. 모린은 새야 새, 커다란 새가 마음속에서, 아니지, 내면에서 나온다는 거야 어쩌고 소리 지르듯 말했지만 다른 사람들의 목소리 때문에 잘 들리지 않았다. 고작 새 한 마리 때문에 가게가 이렇게 시끌시끌한가 싶었다. 뭔 놈의 새인지는 모르겠지만 마음속의 새라면 이미 나도 하나 가지고 있었다.

나는 내 안에 새를 하나 키웠다. 모린은 그 새를 보지 못했다. 새가 내 심장을 뚫고 나와 방 안을 돌아다니며 꽥꽥 울어 대고 배설물을 잔뜩 싸 놓는다고 해도 못 볼 것이다. 모린은 자기 안에 있는 아이를 어르고 달래는 데 모든 시간을 꼴아박느라 다른 사람들이 저마다 제 속에서 어떤 생물을 키워 낼 수 있다는 걸 이해하지 못하게 되었다. 예전에는 밤을 모두 써 가면서 함께 자신의 새에 관해 이야기한 적이 있었는데.

그때는 자다가 일어나서 침을 뱉기 전이었고, 코피가 눈물처럼 나기 전이었고, 직업을 정하기 전이었다. 사실 모든 건 하나의 결론으로 이어졌다. 모린이 자신의 멱살을 놓아 버린 것이다. 자기가 자기를 당기는 힘. 그걸 자력이라고 말할 수 있다면 말이다.

엄청 큰 새. 모린은 주정뱅이처럼 끊임없이 새에 관해 말했지만 요점이 없었다. 나는 깃털이 새파랗고 작은 얼굴에 몸통이 거대한 새를 상상했다가 꿩처럼 꼬리가 긴 새를 떠올리다가 말았다. 언젠가 엄마가 해 준 이야기 중에도 이런 비슷한 게 있었는데, 엄마가 어렸을 때는 개구리가 유행한 적이 있다고 했다. 사람들은 산을 올라 겨울잠을 자는 개구리를 잡아다가 먹었다. 산 밑에는 커다란 망에 개구리를 잔뜩 담아 파는 트럭이 줄지었다. 무분별한 포획으로 생태계가 파괴되고 있다는 뉴스도 났다. 그때 나는 엄마의 말을 믿지 않았다. 야생 개구리를 먹다니 미개한 짓이었다. 이제와 생각해 보니 그럴듯한 이야기였다. 개구리는 정력인지 관절인지 아무튼 몸에 굉장히 좋다고 소문이 났는데 나중에는 어디에 좋은지도 모른 채 그냥 인기 상품이 되었다. 사람들은 대상이 뭐든 간에 한번 꽂히면 우르르 그쪽으로 몰려들었다. 아무리 개구리

여도 그걸 피할 수 없었겠지. 나는 모린에게 물었다.

모양새 그건 어디에 좋은 건데?

지금 뭔 개소리를 하니. 그거 약 이름이야.

김정운은 모린의 맥주를 한 모금 뺏어 마시면서 자리에 앉았다.

뭔 약?

담배 비슷한 거지 뭐. 환각이 있나 봐. 사람마다 다 말이 다른데 그게 그렇게 재밌대. 아직 규제가 어중간하니 지금까지 풀린 거라도 잡으려고 이 사달이 난 거지. 어휴, 이거 뭐야. 이게 맥주냐 소주냐.

모린은 배시시 웃으며 숨겨 왔던 소주병을 꺼내 테이블 위에 올렸다. 어제 집에서 먹다 남은 거였다. 구질구질했다. 김정운은 모린의 전 애인이었다. 나는 김정운이 마음에 들지 않았다. 모린이 자력을 잃어버리고 원래의 성격과 멀어지게 된 것은 지겨운 취업 준비 때문이기도 했지만 김정운의 탓도 분명히 있었다. 김정운은 참견쟁이에다가 자기가 많은 걸 손해 보고 있다고 착각하는 사람이었다. 군대에 다녀왔기 때문에, 부모님의 압박 때문에, 사람들의 무관심 때문에 자신이 엉망진창이 되었다고 징징거렸다. 들어 보면 어느 정도 맞는 말도 있었지만 김정운은 오로지 불평불만만 했다. 군대 가기 전에 부모님의 돈으로 다녀온 해외여행이나 유튜브 활동을 시작하기 위해 구입한 촬영 장비, 아르바이트 한번 해 보지 않은 것에 대한 이야기는 하지 않았다. 세상을 원망하고 자신을 미워한다는 점에서 모린과 김정운은 잘 맞았다. 헤어진 뒤에도 술 먹을 때마다 서로를 불렀다. 나는 그들의 불평불만과 자조적인 농담에 끼지 못했다. 만족하지는 않지만 그냥저냥 적응하며 잘 살고 있다고 믿었기 때문이었다.

김정운의 말에 가게에 있던 사람들이 주목하기 시작했다. 모린은 허리를 세우고 앉은 자세 그대로 완전히 눈을 감았다. 하나둘 모여들고 모양새에 관한 이야기가 본격적으로 시작되었다. 김정운은 사람들이 자기 말에 관심을 보이자 신이 났다. 나는 모든 게 다 지겨웠다. 모린의 머리를 테이블에 처박고 김정운의 조동아리를 고무줄로 묶어 버리고 싶었다. 모양새고 뭐고 필요 없었다. 피우는 건 담배로 충분했다. 내가 혼자만의 생각에 빠져 있는 동안 사람들은 다시 자기 자리로 하나둘 물러갔다. 깊은 새벽에 접어든 시간이었다. 모린은 어느새 다시 깨어나 쥐포를 씹었다. 김정운과 이 씨 아저씨가 모린의 양옆에 앉아 아직도 모양새의 효능에 대해 지껄였다.

한 모금 딱 들이마시면 시작되는 게 아니야. 열댓 번은 빨아 줘야 올까 말까 하는 거라고. 기차가 오른쪽 귀로 들어와서 왼쪽 귀로 나가는 느낌이라고 해야 하나. 뭔지 알겠어? 머릿속으로 잘 그려 봐. 기차처럼 길고 뜨거운 열기가 귓속으로 들어와서 머리를 관통하는 거야.

오는 게 뭐예요? 피운다고 그냥 보이는 게 아녜요?

어느 정도 고조된 상태에 이르러야 하는 거지. 그때 어떤 새를 볼 수가 있는데, 형태가 분명하게 정해져 있는 건 아니지만 불사조처럼 불길을 두르고 있는 새 같은 것이 다가와서 귓속말을 하는 거야. 귀가 타 들어 갈 것 같아도 참고 그 말을 들어야 해. 그다음이 엄청나. 약에서 깨어난 사람은 미친 듯이 무언가를 하고 원하는 걸 이루어 내.

모린은 이런 개소리를 계속 듣고 있었다. 심지어 엄청나게 동요했다. 아무 담배나 가져와서 모양새라고 건네면 콧구멍으로도 흡입할 기세였다. 이 씨는 내 표정을 보고 빠르게 말을 이어 나갔다. 소문이나 전설 같은 게 아니고 정말로 경험한 사람이 많다고 했다. 실제로 겪었다는 일화가 뒷받침되면 아무리 멍청한 미신도 금세 신뢰를 입기 마련이었다.

그 새가 신의 다른 형상이라는 말도 있는데 그건 어이가 없지. 그런데 정신 연구하는 사람이 분석하기를 육체의 주인은 본래 자기잖아. 그러니까 이성. 근데 약의 농도가 짙어지면 육체의 주인이 되지를 못하는 거야. 이성을 잃는 거지. 그렇다면 쫓겨난 이성 대신 육체의 목줄을 잡는 건 누구냐. 바로 본성이자 숨겨진 정신 상태인데, 즉 새가 귓속말로 일러 주는 건 숨겨진 본성이 스스로에게 주는 힌트라는 얘기가 가장 유력해.

아하 그렇군요.

이 씨는 내 대답이 만족스럽지 않자 내게서 아예 고개를 돌려 버렸다. 김정운과 모린과 이 씨 이 세 사람의 술자리가 되어 버리고 말았다. 가게에는 몇 사람 남지 않았다. 아무리 늦어도 3시 30분 마감인데 사장이 텔레비전을 보다가 잠든 모양이었다. 김정운은 아직도 들떠 있었다.

피워 본 사람이 온대, 공급받는 법도 알고 있대. 개재밌겠다. 여행 가기 전에 한 대만 딱 피워 보고 싶었거든.

여행 간다고?

세계 여행. 언제까지 아무것도 안 하고 이러고 살겠어. 인생에 대해 진지하게 고민하는 거지. 앞으로 뭘 하고 어떻게 살아야 할지 여행하는 동안 결심해서 돌아올 거야.

엄마 돈으로?

그래 씨발.

왜 욕해.

그냥 추임새야.

아하 그래.

김정운은 힘이 세고 친구인 것처럼 굴면서 은근하게 위협 주는 법을 알았다. 나도 막돼먹긴 했지만 김정운은 쓰레기야. 이건 반칙이지. 나는 엄마 돈으로 여행도 못 가고 그 어떤 욕을 해도 김정운을 겁줄 수 없잖아. 내가 그러거나 말거나 모린과 이 씨와 김정운은 신이 난 채로 모양새 경험자를 기다렸다. 곧 익숙한 얼굴들이 가게로 들어왔다. 모린은 그들의 말을 메모해 가며 들었다. 눈이 총명했고 이야기를 옮겨 적는 손가락이 빠르게 움직였다. 나는 멍청한 게임 속에 들어온 현실 세계 사람처럼 다른 캐릭터들의 표정을 지켜볼 수밖에 없었다. 대마왕을 해치워야 끝나는 게임이려나. 아니지, 이건 육아 게임이다. 덜 자란 어른들의 꼴을 보고 있자 다음 스테이지라는 게 전혀 기대되지 않았다.

*

해가 뜨기 한참 전에 알람이 울렸다. 모린은 벌떡 일어나 씻고 외출 준비를 했다. 방음이 안 되는 벽 너머로 샤워기에서 뻗어 나오는 물줄기 소리와 콧노래가 들렸다. 며칠이 지나도 적응되지 않았다. 모양새에 관한 이야기를 들은 그날 이후 모린은 조 씨의 집으로 출근했다. 가서 뭘 하고 돌아오는 건지 집에 도착하면 바로 곯아떨어졌다. 몽유의 횟수와 정도가 눈에 띄게 줄었다는 점에서 나는 모린의 새로운 생활 방식이 마음에 들었다. 전말은 이러했다. 그날 가게에 온 사람들은 모양새를 피운 뒤 새를 만난 경험을 스펙터클하게 이야기했지만 지나치게 부풀린 감이 있었다. 나는 중요한 부분만 기억했다.

첫 번째: 듣고 싶었던 말이었어. 실제로 듣게 될지는 몰랐지. 지난 45년이 꼭 그 말을 듣기 위해 보낸 시간처럼 아득해지더라고.

던 애가. 나는 야트막한 언덕 너머에 멀찍이 서서 조악한 닭장과 모린을 지켜보았다. 아침 햇살이 지나치게 강렬해서 내가 깨어 있다는 게 실감나지 않았다. 이마가 따갑고 몸이 무거웠다. 공복에 현기증이 일었다. 노른자의 진득함이 눈 안에 고이는 것 같았다. 모린은 작은 밭을 일일이 들여다보며 돌아다녔다. 밭을 다 본 후에는 오두막 지붕으로 올라가 못질을 하고 창고에서 낫을 꺼내 오더니 산 안쪽으로 들어갔다. 나는 그것도 따라가야 하나 이제 뭘 하는지 알았으니 돌아가야 하나 고민하다가 오두막으로 내려갔다. 다가갈수록 닭장과 비료 냄새, 칼로 연필을 깎는 것 같은 소리가 가까워졌다.

닭장 옆에서 조 씨가 잡초를 베고 있었다. 언덕 위에서는 보이지 않는 응달이었다. 나는 조용히 목을 숙여 보이고 평상에 앉았다. 조 씨는 나를 힐긋 보더니 낫을 내려놓고 나뭇가지 더미를 적당하게 나눈 뒤 끈으로 묶어 쌓아 올리기 시작했다. 여유로우면서 민첩한 동작에는 군더더기가 없었다.

조 씨는 생각보다 키가 작았고 몸이 다부졌다. 나는 옛날에 군인이었다던 외할아버지를 떠올렸다. 담소를 나누거나 딴짓을 하는 일 없이 식사 시간에는 식사만, 운동할 때는 운동만 하던 모습을. 정해진 일에 몰두해 있느라 주변을 둘러보지 않았던 외할아버지는 누구보다 건강하게 지내고 있을 것이다. 오로지 자기 앞가림만을 잘 챙기면서. 부산스럽지 않고 정확한 행동을 한다는 점에서 조 씨는 군인 같았다. 하지만 종종 하던 일을 멈추고 하늘을 올려다보기도 하고 물을 마시며 몸을 풀기도 했다.

나는 조 씨를 따라 묵묵하게 나뭇가지를 길이별로 나눠 정리했다. 장갑을 끼지 않아 손가락이 따끔거렸다. 조 씨는 오두막에서 고구마를 가져왔다. 칼로 껍질을 슥슥 벗겨서 내게 건넸다. 고구마는 딱딱하고 달았고 종종 흙이 씹혔다.

너 모린이 같이 산다는 친구지?

네.

이걸로 깍두기도 해 먹는다.

고구마 깍두기요?

그래. 달콤하니까 매운 양념이랑 잘 어울리잖아. 아삭아삭하고. 모린이 걔가 담근 것도 있으니까 가져다 먹어. 잘했더라.

고구마를 다 먹은 조 씨는 나뭇가지를 마저 정리했다. 도시 생활을 정리하고 혼자 산속에서 산다는 게 불행인지 행복인지 인생을 말아먹은 건지는 알 수 없었다.

아저씨한테는 모양새가 뭐래요?

무슨 말을 들었느냐고?

네.

말은 안 하고 머릿속에 좌표를 하나 찍어 주던데. 내비게이션처럼. 그게 여기야.

아하 그렇군요.

고구마 깍두기를 한 봉지 받아 돌아왔더니 오후 1시도 채 되어 있지 않았다. 아침에 있었던 일이 꿈만 같았다. 나는 새 밥을 지어 깍두기를 반찬으로 먹고 잠에 들었다. 입 안이 매콤하고 쌉쌀했다. 저녁에 돌아온 모린은 조 씨에게 내 얘기를 어떻게 들었는지 신이 나 있었다. 그동안 얘기하지 않았던 것들을 우르르 쏟아냈다. 처음에야 모양새 때문에 시작했는데 부지런하게 움직이는 것도 재밌고, 농사와 자급자족하는 생활이 자기 천직인 것 같다고 했다. 모린이 좋다면야 나도 좋았다.

모양새를 얻어 내면 네게도 하나 줄게.

모린은 자기가 조 씨네 집에 다니는 동안 우리 집 일은 내가 도맡아 하고 있다는 걸 까먹은 것 같았다.

어느 날에는 김정운에게서 편지가 왔다. 수신자에 모린과 내 이름이 한 번에 적혀 있는 걸로 보아 누구에게든 자랑을 하기 위해 보낸 듯했다. 자기는 잘하는 것도 없고 좋아하는 것도 없다던 김정운은 모든 사진에서 웃고 있었다. 친구로 보이는 외국인들과 함께 찍은 사진도 있었고 낯선 음식을 먹고 전통 의상을 입은 모습도 보였다. 영어를 할 줄 모른다고 말했었는데 편지의 반 토막은 영어로 적혀 있었다. 그러니까 이제 김정운은 잘하는 게 있는 사람이 되었구나. 그건 내가 만나 본 적 없는 얼굴이었다. 나는 편지를 접고 또 접어 쓰레기통에 버렸다.

*

빨래를 돌리기 전 모린의 옷만 따로 꺼내 흙을 털어 내는 것은 나의 새로운 습관이 되었다. 나는 혼자 사는 것 같았다. 돌아오지 않는 집주인을 기다리며 집을 지키는 관리인 같기도 했다. 모린이 조 씨의 농사를 일구는 동안 빨래를 비롯해 청소나 음식, 설거지까지 나 혼자 처리했다. 느지막한 오후 잠에서 깨면 새로운 빨랫감과 밥풀이 묻은 밥그릇만 덩그러니 남아 있었다. 깨어나고 잠드는 시간대가 완전히 달랐으므로 불만이 생겨도 토로할 수가 없었다. 그렇게 조그만 불평불만이 쌓이다가 기분이 너무 엿 같아서 견딜 수 없기 시작했을 즈음에 모린은 전과 같이 사물이 되었다.

가게 일을 마치고 돌아와 방문을 열었을 때 전신 거울이 된 것처럼 뒤통수만 벽에 대고 비스듬히 서 있는 모린이 보였다. 선 채로 눈을 감고 호흡하는 모습은 드라큘라가 자고 있는 것처럼 보이기도 했다. 나는 모린의 이름을 두어 번 불러 보다가 말았다. 옆에서 그 자세를 따라 해 보았다. 비스듬하게 서 있기란 쉽지 않았다. 허리부터 종아리, 발꿈치까지 힘이 바짝 들어갔다. 그렇게 해도 모린은 깨지 않았다. 예의 그 몽유 증세가 다시금 모습을 드러낸 것이었다.

그날을 기점으로 몽유는 다시 빈번하게 일어났다. 정신을 차린 모린은 멍한 표정을 하고 이불 속으로 기어 들어갔다. 자는 도중에는 울다가 웃었다. 자는 것처럼 보여서 스탠드를 끄면 고개를 들었고, 깨어 있는 듯해 말을 걸면 자고 있는 경우도 많았다. 걱정이 되어 무슨 일이 있었느냐고 물어보면 고개를 저었다.

실제로 모린은 만족하며 조 씨의 집에 다녔다. 아

주 가끔 양파와 달걀을 얻어 오기도 했다. 웃으면서 그것들을 자랑했다. 몽유 외에 별다른 일은 없었다. 그렇게 많은 날들이 지나가고 있었다. 나는 모린이 가져오는 달걀을 당연하게 받아 냉장고에 정리해 넣었다. 거의 모든 달걀에 금이 갔으며 깃털과 닭똥이 묻어 있었다. 이딴 걸 주면서 엄청나게 부려 먹는다고 생각했으나 단 한 번도 모린 앞에서는 말하지 않았다. 사건이라고 해야 하나. 별일은 조금씩 다가오는 게 아니라 언제나 급작스럽게 일어났다.

사장이 친구들을 가게로 불러들인 날이었다. 모린은 평소보다 훨씬 이른 시간에 집으로 돌아왔다. 오자마자 말없이 옷을 벗고 스탠드 조명을 켰다. 나는 더 자야 했지만 유난히 뒤척이는 모린 때문에 잠을 설친 채 가게로 출근했다. 사장의 친구들은 정말 하나같이 끼리끼리 구렸다. 나누는 대화도 구렸고, 사람을 대하는 태도도 구렸다. 잔을 있는 대로 꺼내서 폭탄주를 말았고 몇 번이나 내게 술잔을 들이밀었다. 거절할 때마다 띠껍네, 싱겁네, 비싸게 구네 등등 한마디씩 구린 말을 날렸다. 기분이 더러웠으나 그렇다고 재네가 내게 뭘 어쨌다고 말할 곳도 없었다. 그 테이블은 벨을 자꾸 눌렀다. 이미 사람 수에 딱 맞게 갖다 준 포크를 또 달라고 했다. 나는 그 테이블에 가는 내내 그들 모두와 눈이 마주쳤다. 사장도 거기에 속해 있었다. 손님처럼. 나를 처음 본 사람처럼 웃으며 생맥주를 리필했다. 사장은 급여를 짜게 주긴 했어도 구린 사람은 아니었는데 그건 혼자 있을 때만 그랬다. 제 수준에 맞는 것들과 무리 지어 있으면 강해졌다고 착각하거나 창피함을 모르게 되는 사람. 시간이 지날수록 벨은 더 자주 울렸다. 그들은 어떤 게임을 하고 있는 듯했다.

나는 부루마블이든 윷놀이든 그들의 말이 되어 오라는 대로 오고 가라는 대로 갔다. 그리고 그 테이블의 벨이 울리는 수만큼 화장실에 갔다. 체한 것 같았다. 하지만 손가락을 아무리 목구멍 깊숙이 집어넣어도 토는 나오지 않았다. 기지개를 켜고 눈알을 돌리면 화장실 벽에 달라붙어 있는 작은 나방이 보였다. 그것들은 수가 늘어나거나 줄어들지 않고 언제든 몇 마리씩은 꼭 있었다. 어제도 있었고 그제도 있었는데 오늘 보이는 나방들은 어제의 나방과 같은 애들일까. 그것들은 물을 뿌리거나 입으로 바람을 불어도 공격하거나 시끄럽게 굴거나 도망가지 않았다. 나는 검지를 들어 나방 한 마리를 꾹 눌렀다. 나방은 손가락 하나로 죽이기에 크기가 딱 알맞았다.

퇴근 시간에 가까워졌을 때쯤 가게는 이미 손님이 다 빠져나가 한산했다. 사장의 친구들은 테이블을 엉망진창으로 만들고 돌아갔다. 사장은 술이 깼는지 멋쩍은 표정으로 자기가 그 테이블을 치웠다. 괜히 말을 걸며 맥주도 먹고 밥도 먹고 가라고 했다. 하지만 미안하다는 말은 하지 않았다. 난 사장에게 사과를 들어 본 적이 없었다. 친구들이 장난을 좀 많이 치는 편이라는 말뿐이었다. 그딴 말은 아무런 효과도 의미도 없었다. 별일은 아니었다. 그런 건 별일이 아니게 된 지 이미 오래되었다. 오래되었고 또 자주 있었다. 나는 사장에게 어떤 말도 하지 않았다. 입 밖으로 뱉지 못한 불쾌한 말들이 그대로 내 안에 고였다. 답답하고 멍청한 것. 불만이든 욕이든 아무 말도 하지 못했다는 사실도 그 위에 추가로 쌓였다.

거실은 컴컴하고 추웠다. 어둠 속에서 익숙하게 옷을 갈아입었다. 방에서 책의 페이지가 빠르게 넘어가는 듯한 소리가 들려 방문을 열자 모린이 침대 위에서 육회를 국수처럼 먹고 있었다. 이마의 땀을 훔치면서도 젓가락질을 멈추지 않았다. 세 시간 뒤면 씻고 나가야 하지 않느냐는 물음에 대답도 않고 먹었다. 모린은 냉장고에서 달걀을 꺼내 노른자만 그릇에 담았다. 별로 남지 않은 육회가 노른자로 흥건하게 젖었다.

배 많이 고팠나 봐.

응. 아까 자다가 문득 일어나 보니까 내가 신발장 앞에 있더라고. 이러다가 문 열고 밖으로 나가게 되는 건 아닌지 모르겠어. 그리고 나 땀이 나.

너 어디 아파?

모르겠어. 근데 배고프고 땀 나. 이렇게 줄줄 흐르면서 난 적이 없는데 세수하고 수건으로 닦아도 계속 나.

모린은 빈 그릇과 젓가락을 방바닥에 내려놓고 물티슈로 이마를 닦았다. 커다란 파자마를 입고 힘없이 누워 있으니까 종이 인형 같았다. 침대에서 일으켜 관절을 구부려 주고 우리 집이 아닌 조금 더 멋진 곳에 데려다 세워 놓고 싶었다. 새소리가 들리고 가벼운 바람이 부는 산의 입구에.

아프면 내일은 쉬는 게 어때.

나 이제 못 가. 찾아오지 말래. 징징거리지 말고 꺼지래. 나보고 간절하지가 않대.

이불을 머리끝까지 뒤집어쓴 채로 모린은 조 씨를

욕하기 시작했다. 조 씨는 모린 때문에 텃밭 농사도 망치고 자기만의 생활도 잃었다고 했다. 하라고 하지도 않았는데 쓸데없이 일을 벌였으며 일을 마무리 짓지 않고 산속으로 산책을 가기 일쑤라고도 했다.

그래도 너 만족하면서 다녔잖아.

나보고 자기 삶에 끼어들지 말라잖아. 제일 중요한 건 이거야. 일을 시키지도 않았는데 제멋대로 해 놓고 대가를 바라다니 염의도 없고 예의도 없다는 거지. 오리알 좀 달라고 했거든. 물론 돈 벌라고 거기 갔던 거 아닌데 지켜보니까 좀 받아도 되겠더라고. 요즘에 오리알이 완전 유행이잖아. 조 씨가 오리를 엄청나게 들여왔는데 오리알이 불티나게 팔려. 오리알로 뒷마당도 터서 오골계도 기르고. 산에서 기른 닭이라고 그것도 가격을 잘 쳐 줘. 내가 다 지켜봤잖아. 짭짤하게 벌더라고. 오리알 걷고, 계란판에 포장하고, 닭이랑 오리 모이도 내가 주는데. 심지어 그저께는 닭도 잡아서 넘겼어. 그 고약한 짓을 했다고. 그 새끼가 늘어져서 막걸리 처먹는 동안. 그래 놓고 나한테 오리알 한번 준 적이 있느냐고.

나는 이야기를 듣는 내내 손가락이 가려웠다. 검지를 통해 나방이 구겨지던 감각이 떠올랐다. 그걸 으

깨진다고 해야 하나. 별 느낌은 없었지. 나는 모린의 어깨를 꾹꾹 눌렀다. 나방을 누르던 정도의 세기로.

그것만 한 줄 아니? 밥도 해 주고 청소도 했어, 날 무슨 지 하녀처럼 뼛속까지 부려 먹었다고. 네가 뭘 아니. 넌 싫어하는 것도 원하는 것도 아무것도 없잖아. 말해 봐. 말하라고. 네가 말하지 않으면 나는 아무것도 몰라.

자잘한 불만은 있었다. 모린이 조 씨네 가 있을 동안 나 혼자 해치운 집안일이나 방바닥 곳곳에 밟히던 흙, 어느새 홀로 지출하고 있던 공과금 같은 것들. 하지만 정말 내가 그 이유로 화가 났을까. 나는 화가 나지 않았다. 일부러 말하지 않은 게 아니라 말을 해서 고치고 싶은 만큼의 화가 아니었다. 그냥 귀찮았다. 모린이 없는 집은 조용했고 평화로웠다. 그리고 아무 생각도 하지 않을 수 있었다. 모린의 말이 맞았다. 나는 아무것도 없었다. 불만도 없고 별일도 없고 별 볼 일도 없지. 난 아무 생각도 없는데 내 안에는 뭐가 이렇게 꾸역꾸역 들어차 있을까. 내 안의 새. 그걸 검지로 꾹 누르면 풍선처럼 터질 것이다. 속이 비었으니까. 만약에 그런 게 아직도 있다면 말이다. 내가 멍청하게 입 다물고 있자 모린은 거실로 나가 무언가를 들고 들어왔다. 익숙한 형태의 직사각형이었다.

모양새야. 한 보루 훔쳐 왔어. 술 사러 가자.

지금?

언제 찾으러 올지도 모르는데 해치워 버려야지. 오늘 다 피울 거야. 어쭙잖게 조금씩 나눠 피우지 말고 한 번에 쏟아 넣어야 돼. 끊이지 않고 계속.

*

어떤 노래를 들으면 지나가는 아무나 붙잡고 사랑을 가르쳐 주고 싶어진다. 어떤 곳에 가면 모르는 사람과도 자연스럽게 내밀한 대화를 나눌 수 있다. 살면서 한 번도 만나 본 적 없는 노래와 아무도 나를 모르는 곳이 그렇다. 파도를 탄다는 것은 물의 일부가 되는 거라고 서핑 선생님이 말한 적 있어. 나는 무언가의 일부로 녹아드는 것에 재능이 없었다. 아쉬운 일이었다. 그래도 이건 좋네. 파도 풀은 애쓰지 않아도 파도를 탈 수 있으니까. 그렇죠? 내 옆에 있는 얼굴이 말했다. 그 옆에 있는 얼굴은 고개를 끄덕였다. 저 멀리 있는 얼굴도 물 밖으로 머리만 내민 채 인조 파도에 휩쓸리면서 미소를 지어 주었다. 모두 처음 보지만 친구처럼 편하고 인자한 표정으로 나의 생각을 읽어 냈다. 같은 파도에 몸을 맡기고 있기 때문인가. 물속에서는 땅에 서 있을 때보다 몸이 가벼우니까 그럴 수도 있다. 마음이 가벼워지고 걱정이 없어지고 그래서 동동 떠 있는 서로의 얼굴을 바라보며 아는 사이인 척 인사를 보낼 수 있는 건가. 하늘은 노랑과 비슷한 파란색. 구름이 아주 느린 속도로 떠간다. 저 익숙한 뒤통수는 모린이다. 머리카락이 물에 홀딱 젖었어도 내가 너는 알아보지. 우리는 같은 파도 풀 안에서 같은 파도를 약간 다른 시차로 맞았다. 내가 먼저 파도를 타고 몸이 붕 떠오르면, 모린은 2초 정도 뒤에 나를 지나간 파도를 맞고 붕. 일정한 간격으로 비슷한 세기의 파도가 계속되었다. 파도를 탄다는 건 물살에 영혼을 맡기는 거라고 서핑 선생님이 말한 적 있어. 꿈을 꾸는 것도 그렇지. 꿈을 꾼다는 건 잠결에 너를 맡기는 것이라고 엄마가 말해 주었던 적이 있어. 그러니까 말이야, 네가 잠에 들지 않으니까 꿈을 꾸지 못하는 거란다. 네 엄마. 하지만 저는 잠을 잘 자는 걸요. 내 잠 속에 꿈이 없는 이유는 깨어 있는 동안 이미 너무 많은 백일몽을 꾸었기 때문일지도 모른다고, 어른이 되어 생각한다. 어른이 되었다는 건 팔다리가 길어졌다는 뜻이다. 여기 있는 사람들은 모두 새의 얼굴을 하고 파도를 탄다. 이 중에서 모양새는 누구입니까. 모두 반갑게 손을 흔들어. 부리도 흔들고. 파도 풀 안은 따뜻한 물이 가득하다. 나는 다시 외친다. 모양새는 누구입니까. 모린은 내 쪽으로 헤엄쳐 온다. 파도 풀에서는 수영하듯 팔을 흔들면 안 돼. 파도를 타야지. 물을 밀어내지 말고 온몸으로 물살을 타야지. 나의 모양새는 모린이다. 무엇이. 웃으면서 다가오는 모린이다. 어떻게. 엿가락처럼 늘어지는 팔다리를 파도에 흘리면서 뭉그러지는 모린이다. 왜. 녹아 버렸을 때 더욱 아름다운. 나는 파도에 몸을 맡긴 채 생각한다. 해가 이쪽으로 온다. 점점 가까워진다. 뜨거운 오줌이 물속으로 퍼진다. 이제 파도 풀의 물은 따뜻하지 않고 미지근하다. 나는 가벼워지고 싶은 걸까 무거워지고 싶은 걸까. 부유하듯 가라앉고 싶었던 것은 분명히 아니었는데. 정면으로 다가오는 해는 얼굴로 맞아야 한다. 눈을 감으면 효과가 없다.

노란 전구를 옆으로 치우자 스탠드를 기울이고 있던 모린이 장난스럽게 웃고 있었다.

난 네가 먼저 죽은 줄 알았어.

먼저 엎어진 건 너고 나 혼자 두 개는 더 피웠어.

거실은 아직도 연기로 자욱했다. 술병이 여기저기 널브러져 있었다. 구토가 일었다. 담배를 연달아 피웠을 때에도 한 갑 이상을 넘긴 적이 없었는데 테이블에는 모양새가 담겼던 담뱃갑들이 밤송이처럼 입을 벌린 채 껍데기만 남아 있었다. 어느 정도까지는 그냥 피우다가 언젠가부터 이상한 경쟁이 붙어 버렸다. 모린은 끝장을 보겠다고 했다. 이미 술에 취한 후에도 멈추지 않고 모양새를 피워 댔다. 하나하나가 아까운지 필터 끝까지 태웠다. 담뱃갑에는 아무것도 그려져 있거나 쓰여 있지 않았다. 이게 정말 모양새가 맞을까 의문이 들었다. 물을 마시려고 자리에서 일어났지만 화장실에 가는 방향으로 크고 작은 토사물이 곳곳에 있어서 발 디딜 틈이 없었다. 나는 모린에게 생수병을 건네며 도대체 무슨 말이 듣고 싶기에 그러는 거냐고 물었다.

안 말해 줄 건데.

그래서 모양새 님은 만나 봤니?

남은 건 정운이 줘야겠다.

걔 외국에 있잖아.

어제 전화 왔어, 술 먹자고.

그렇게 말하고 모린은 웃었다. 모양새는 지독했다. 커튼을 떼서 빨아 널고 며칠 동안 독한 향을 멈추지 않고 피웠지만 끝내 그 냄새가 사라지지 않았다. 완전히 없앴다고 믿을수록 생각지도 못한 곳에서 은근하게 풍겼다. 나무 선반과 벽지, 책을 펼칠 때마다 종이에서도 냄새가 배어 나왔다. 담배 냄새와 비슷하면서 전혀 다른 역겨운 냄새였다. 석유 제품이나 플라스틱 같은 것들을 잔뜩 모아 불을 지르면 이런 냄새가 나려나. 온갖 것들이 타 버린 집 안에 남아서 사는 것 같았다.

*

그 후로 별일은 없었다. 우리는 제자리로 돌아왔다. 김정운은 무언가를 찾아 떠났다가 시간과 돈을 잃고 돌아왔다. 팔에는 깁스를 하고 웃으면서 말했다.

나 너무 들떠 있었어. 이렇게 될 줄 알았어.

모린과 김정운은 역시 잘 맞았다. 우리는 이전처럼 함께 술을 먹었다. 모린이 먼저 취해 엎어지면 김정운은 내 손등 위에 자기 손을 포갰고, 나는 모양새를 얻으려고 몇 개월의 시간과 노동력을 착취당했던 모린의 이야기를 우스갯거리로 지껄였다. 그런 생활이 이어졌다. 모린과 나는 집의 계약 기간이 끝나고 재계약을 해야 할 시점에 헤어졌다. 서로 아쉬운 사람 없이 자연스러웠다. 누가 먼저 따로 살 것을 제안했는지, 돈을 반반씩 부담한 물건들은 어떻게 나누었는지 기억나지 않는다. 모양새를 찾아 헤매고 결국 피우는 데 성공했던 경험은 이렇게도 선명한데 말이다.

그토록 원하던 모양새를 피우고 조 씨의 집에 가는 것을 멈춘 뒤에도 모린은 종종 몽유 증세를 보일 때가 있었다. 일주일에 한두 번은 그렇게 되었지만 여전히 원인을 알지 못했다. 난 종종 사물 같은 자세로 잠들어 있는 모린을 일부러 깨우지 않고 골똘히 들여다보았다. 몽유 몽유. 몽과 유. 나는 그 생각에서 벗어나지 못했다. 내 눈에 모린은 인간이 유령으로 되는 과정 어딘가에서 멈춰 있는 것처럼 보였다. '몽유'에서 '몽'으로 변하는 모린. 그러니까 내 생각에 그건 꿈꾸는 상태에서 꿈 그 자체가 되는 것이다. 그런 변화가 만약에 진짜로 있다면 녹아 간다고 해야 할까. 증발 혹은 변태? 어찌 될지는 모르겠으나 '몽' 쪽이 모린에게 더 잘 어울린다고 생각했지. 유령 같은 인간보다는 인간 같은 유령 쪽이 여러모로 좋은 것이다.

모양새를 피운 그다음 날에도 모린은 몽유 증세를 보였다. 김정운을 만나 그가 외국에서 겪었던 불행담을 들으며 술을 먹은 바로 그날 새벽이었다. 술자리에서 모린은 몇 번이나 우리가 모양새를 피웠다는 걸 말하려고 했다. 나는 그때마다 모린의 어깨를 힘주어 눌렀다. 흐물흐물 웃으면서 물속으로 녹아 가는 모린과 친근한 척 인사하던 새대가리들이 그려졌기 때문이었다. 그날 집으로 돌아온 모린은 옷도 벗지 않고 침대에 엎어져 잠들었다가 스르륵 일어나 거실로 나갔다. 나는 모린을 뒤따라 나가지 않고 침대에 오도카니 앉아 있었다. 몇 시간 내내 잠들지 못하고 그렇게 있었다. 이윽고 몽유에서 깨어난 모린이 자기 발로 침실에 들어와 옷을 갈아입었을 때 나는 잠에 든 것도 아니고 완전히 깨어난 상태도 아닌 채 땀만 뻘뻘 흘렸다. 나를 본 모린이 수건에 물을 적셔 와 이마와 목을 닦아 주었다. 내가 말했다.

살다 보면 재미있는 일이 생길까?

모린은 다정하고 안정된 목소리로 아직 아무 일도 일어나지 않았으며, 이제 모든 일이 시작될 거*라고 말해 주었다. 나는 모린의 입 밖으로 뱉어지는 말들

* 송승언, 「액자소설」, 『사랑과 교육』(민음사, 2019).

이 두려워 다른 질문을 하려다 그만두었다.

하지만 모린이 한 말과는 달리 아직도 내게는 그 어떤 일도 일어나지 않았다. 여행을 떠나거나 새로운 일을 시도하거나 하지 않았으니까. 잃은 것도 겪은 것도 없이 아무것도 아닌 그대로일 뿐이다.

나는 모양새를 보았던 그때가 진짜 있었던 일인지 모린을 기억하기 위해 내 마음대로 이야기를 부풀린 것인지 알지 못한다. 사람들은 이미 사라진 것에 대해서는 관대하다. 그것이 당시에 어쨌든 간에. 이제 거의 볼 수 없다는 이유로 눈은 아름답기만 한 물질이 되었다. 기억을 더듬어 보니 나는 모양새를 본 적은 있어도 찾으러 간 적은 없는 것 같은데 그럼에도 어딘가 미심쩍은 기분이 든다. 내 안의 어떤 목소리가 자꾸만 모양새를 찾으러 떠났다 돌아왔지 않느냐고 말한다. 그렇다면 그렇게 믿는 편도 나쁘지 않다.

시간이 꽤 흘렀다. 모린과 김정운이 아직도 서로에게 연락을 하는지, 그들이 어떻게 지내는지 알지 못한다. 나는 종종 그 시절을 생각한다. 내가 모린의 몽유 증세를 심각하게 인지했더라면. 그래서 모린을 끌고 병원에 갔더라면. 혹은 우리가 본 모양새에 관해 서로 이야기를 나누었더라면. 어느 날 퇴근하고 집으로 돌아왔을 때 모린은 뭔 벌레 같은 게 붙었다며 손으로 내 등을 털어 주었다. 작은 나방이 죽은 건지 만 건지 뒤집어진 채 바닥에 떨어져 있었다. 그 나방의 미세한 날갯짓을 가만히 들여다보지 않았더라면 뭔가 달라졌을까. 모린과 같이 사는 동안에는 재밌는 일이 많았고 시시콜콜한 일도 오랫동안 떠들 수 있었다. 하지만 그때의 우리가 미화되기에 아직 나는 이룬 게 없어도 너무 없는 것이다.

작은 개를 껴안듯이

아무리 간절히 바라도 찾아오지 않는 것들이 있고, 부른 적도 없는데 어느새 옆에 와 나를 물끄러미 쳐다보는 것들이 있다. 그건 그러니까 버스 천장에 커피 쏟은 얼룩처럼 붙어 있는 귀신 같은 것이다. 버스 귀신은 앞에서 네 번째 자리 창가 쪽 부근에 붙어 승객들을 구경했다. 간간이 천장에서 내려와 산책하듯 통로를 걸어 다니기도 했는데, 기운이 별로 없는 모양인지 곧 처음과 같은 자리로 돌아가 눈만 꿈뻑꿈뻑 움직였다. 액체 같기도 하고 그림자 같기도 한 그것이 정말 귀신인지 아닌지는 잘 모르겠다.

어쨌든 내가 귀신이라고 생각하는 그것들은 아주

가끔 몇 주에 한 번씩 눈에 들어왔다. 형태가 희한하니까 사람과 헷갈리지도 않고, 내 삶에 아무런 영향을 끼치지 않았다. 게다가 내가 자기를 보고 있는지도 모르는 듯했다. 이건 뭐 귀신을 본다고 어디 가서 이야기를 풀 수준도 못되고 시시하다 시시해, 하나같이 힘도 없고 긴장도 없다고 생각되어 나는 그것들이 눈에 띌 때마다 속으로 시시시가 나타났네 하고 말았다.

하조대는 주문진보다도 더 깊이 들어가야 하니까 도착하면 늦은 밤일 거야.

니나는 이 말만 남기고 이어폰을 꽂은 채 창밖을 봤다. 나는 니나의 왼손을 내 허벅지 위에 올려놓고 손가락을 접었다 폈다 장난을 쳤다. 별 반응이 없었다. 창밖에는 거품이 조금씩 내렸다. 아침에 한바탕 쏟아진 후 점점 잦아들었지만 완전히 그칠 기미는 보이지 않았다. 거품과 구름과 안개가 대기 중에 잔뜩 껴 있어서 날씨가 후덥지근했다. 멀리 있는 풍경은 나무마다 거품이 내려앉아 겨울나라의 설산 같았다. 버스가 지역 표지판을 하나씩 거쳐 갈수록 거품의 농도가 진하고 풍성해졌다.

뉴스에서는 유독물질이 대기에서 뭉쳐져 거품의 형태로 떨어지는 거라고 했지만, 호수와 강에 사는 물고기들이 흰 배를 드러내고 떠오를 때까지도 정확한 원인을 찾지 못했다. 한국과 가까이 있는 섬나라는 사면에 둘러싸인 바다에서부터 생존권이 막혀 버렸다. 버블경제로 시작하여 버블로 덮여 버린 버블아일랜드, 라는 우스갯소리가 도는 사이에 많은 사람들이 그 섬을 빠져나가거나 작정하고 그 안에 갇히거나 했다. 이제 한국 차례였다. 남쪽 방향에서 천천히 올라오기 시작한 거품은 지방에서 수도권으로 범위를 좁혀 갔다. 살아남으려는 사람들은 도시로 몰려들었다. 다 같이 뭉쳐서 힘을 내면 이번에도 이겨 낼 수 있을 거야. 지금까지 그렇게 많은 사건이 흘러갔듯이. 하지만 진짜 재앙은 이겨 내는 것이 아니라 적응되어 가는 것이고, 이번 건 재해일 뿐이니까 이겨 내고 지나가는 건 살아남은 사람들의 몫일 것이다. 언제나 그랬다.

버스 승객은 나와 니나 외에 두 명의 노인이 있었는데 그들은 내내 잠만 자는 것처럼 보였다. 여행으로 들떠 있는 사람은 나뿐이었다. 어쩌면 강원도로 들어오는 대중교통은 이 버스가 마지막 운행일지도 모르겠다는 생각을 하니 더욱 들떴다. 니나의 기분을 가늠할 순 없지만 나는 니나가 내 옆에 있다는 사실 그 자체로 좋았다.

잠깐 잠에 들었다 깨어났을 때 나는 니나의 허벅지를 베고 있었다. 버스 안이 옆으로 보였다. 눈을 뜬 채로 움직이지 않고 가만히 잠들어 있는 척했다. 버스 귀신은 천장에 머물러 있는 애인가 싶었는데 이제는 맨 끝자리 창가 커튼에 붙어 있었다. 물기 없는 혓바닥처럼 칙칙한 분홍색 커튼이었다. 아마도 창밖을 보고 있는 듯했다.

이제 그만 일어나. 다리 저려.

깬 거 어떻게 알았어?

눈알 굴러가는 소리가 들려서.

뻥치지 마.

정말이야.

니나야 옛날에 우리 중학생 때 누룽지 선생님 기억나?

생활한복만 입던 그 사람?

응 말할 때마다 누룽지 사탕 냄새 났잖아.

기억나.

우리 그 선생님 수업시간에 몰래 과자 먹다가 들켜서 나란히 벌섰을 때 기억나지? 그 선생님 눈이 너무 크니까 눈알 굴러가는 거 다 보여서, 손 내리고 있다가도 우리 쪽 쳐다볼 것 같으면 확 올리고 그래도 안 걸렸잖아.

눈치 엄청 봤지 그 사람. 애기들이었는데 뭘 그렇게. 눈이 너무 커서 다 들켰어. 반 애들이 저 선생님 또 말 더듬고 눈치 본다고 속삭이고 그랬는데.

응 데굴데굴. 눈알이 정말 컸어. 티 날 정도로 눈치 많이 보는 사람들은 어딜 가도 꼭 있더라. 습관 같은 건가 봐.

그런가 봐.

니나야 재밌는 얘기 해 줘. 너 살던 곳 거기는 어땠어?

오후 4시, 벌써 하늘이 어두워지고 있었다. 니나는 잠시 고민에 빠졌지만 재밌는 얘기를 금세 찾아낼 것이다. 어두운 하늘은 기억을 회상하기에 적당하니까. 니나는 자기만의 생각에 빠져 있을 때가 많고 그럴 때마다 에너지가 없어 보였다. 그 생각에서 빠져나올 의지 같은 거.

거기 사람들은 물건이나 공간에 신이 깃들어 있다고 믿는데, 그건 많은 것들에 관심과 애정을 지니는 걸로 보였어. 애정의 정도에 따라 작은 곳에는 작은 신이 있고 큰 곳에는 큰 신이 있는 거지.

나는 들으면서 생각했다. 내가 신이 되면 너한테

깃들어 있겠네. 엄청나게 거대한 모습으로. 하지만 신이 되지 않고도 나는 너를 놓지 않을 거야. 네 몸을 만지고 손을 잡은 채로 너를 웃기고 즐겁게 할 거야.

커다란 나무나 오래된 집, 산이나 강은 신에 관한 소문이 많아. 긴 시간동안 얼마나 많은 애정과 사람이 고였겠어. 어차피 요괴나 신 같은 건 없으니까 사람들이 마음껏 지어내서 거짓말을 덧붙일 수 있는 거지.

니나는 자기 얘기에 집중하느라 눈을 찌푸렸다. 이야기가 길어지니까 창가에 있던 귀신이 뒷좌석 쪽으로 와 기웃거렸다. 뭔가 옹기종기 모여서 간식을 나누어 먹는 기분이 들었다. 귀신은 이야기가 끝나도 우리 곁에서 멀어지지 않았다.

*

귀신을 처음 본 것은 언제였지. 엄마 집에서 지냈을 때였다. 그 집은 주변 건물에 비해 유난히 연식이 오래된 빌라였다. 외관보다는 나았으나 집 안 천장과 바닥 곳곳에 정체 모를 누런 얼룩이 많았고 베란다의 미닫이 창문은 빽빽했다. 세월의 때가 단단히 탄 집이었다. 나는 손톱을 깎으면서 엄마한테 말했다. 제멋대로인 수압 때문에 힘들게 샤워를 마친 뒤였다.

엄마 이 집 참 구리다. 벽지도 누리끼리해 가지고.

건물은 좀 낡았어도 깔끔해. 장판이랑 도배 싹 하고 들어온 거야.

나는 손톱깎이를 내려놓고 벽 쪽으로 걸어갔다. 엄마가 계산기를 천천히 누르고 있었다. 벽에 스민 둥그스름한 얼룩에 손바닥을 대고 오래도록 바라보았다. 얼룩은 내 손을 피해 물웅덩이가 넓어지듯 스멀스멀 자리를 옮겼다. 벽지와 바닥, 창문 곳곳에 있던 작은 얼룩들이 그걸 기점으로 다 같이 이동하기 시작했다. 가계부를 작성하는 엄마의 등 뒤로, 구겨진 영수증 위로, 작은 얼룩들이 수면에 비치는 작은 물고기 떼처럼 느릿하게 집을 빠져나가고 있었다. 집 전체의 분위기가 환해지는 듯했다.

나는 한 가족을 내쫓은 기분이 들었다. 세상에 우리 말고 다른 것들이 살고 있구나. 그게 살아 있다 죽었다 어떻다고 말할 수는 없지만 그냥 같이 있구나. 걔네는 우리를 알고 우리는 걔네를 모르는 채로 언제나 곁에 있는 것이다. 사실은 알고 있긴 했다. 내 일상을 망가뜨린다든지, 바꾸어 놓는다든지 못하고 아무런 영향도 없으니까 그냥 지나친 거지. 나 때문에 걔

네가 다 어디론가 쫓겨나서 가 버렸다는 생각이 드니까 그제서야 귀신이라고 이름을 붙인 것뿐이었다.

그 후로 아주 가끔 외진 곳에서 비슷한 형태의 귀신을 보곤 했으나 시시했다. 어떨 때는 일부러 밟고 지나가거나 침을 뱉기도 했다. 그 때의 니나는 섬나라에 가기 직전이었는데, 하루에도 몇 번이나 미래 계획을 수정하고 나한테 떠들어 댔다. 니나의 책상과 침대 맡 벽에는 지도와 잡지에서 오려낸 사진들로 채워져 있었다. 온통 그 섬나라와 관련된 것들이었다. 니나랑 함께 있으면 원래도 들뜨고 신났지만 그 때는 한층 더 기대되는 것이 가득했다. 지금까지 겪어보지 않았던 그 무엇이 내 앞에 펼쳐져 있다는 기분. 난 그걸 느끼기 위해 니나의 방문을 두드렸다.

두어 번쯤 잠에 들었다가 깨고 나니 버스가 휴게소에 멈춰 있었다. 니나와 나는 화장실에 들러 손을 씻었다. 호두과자나 츄러스를 먹고 싶었는데 간식 코너마다 온통 운영을 쉬고 있다는 종이가 붙어 있었다. 버스가 수도권 멀리 떠나오긴 한 것 같았다. 흡연부스 앞 벤치에서 같은 버스를 타고 온 노인 한 명이 담배를 피우고 있었다. 나는 부스를 쳐다보다가 노인 옆에서 불을 붙였다.

아가씨들 어디 가나?

하조대요.

이 사단이 났는데 집에 있어야지.

니나는 노인을 완전히 무시하고 고개를 돌렸다. 노인은 대화인 듯 혼잣말인 듯 말을 늘어놓다가 갑자기 우리 쪽으로 와 팔을 보여 주었다. 거품이 날씨처럼 정착되고 난 이후 기침을 많이 하고 몸에 붉은 반점도 난다고 했다. 하지만 나는 노인의 팔을 덮은 검버섯과 붉은 반점을 구별할 수 없었다. 노인은 담배를 한 개 더 꺼내 피우다가 말을 이었다. 체육관에 가 보라고 했다. 그 동네는 너무 작으니까 체육관 같은 것도 원래 없었는데, 동네 주민들이 그곳을 떠나려고 결심하기 전에 너무 슬픈 나머지 임의로 체육관을 정하고 가짜 해변을 만들어 놨다고 했다.

하조대는 바다 마을인데 이제 바다가 다 망가져 버렸으니 어떠한 마을이라고 할 수가 없는 거야. 해변의 모래를 옮겼어. 주민들이 힘을 합쳐서 한 바구니씩 며칠을 걸려 옮기고 파라솔이랑 간이 의자도 가져다 놓고 그랬어. 다들 조금만 기다리면 구름이 걷히고 거품이 꺼지고 그럴 줄 알았지. 그런 쓸데없는 고생을 뭣하러 하나 하겠지만 거기 안 살아 본 사람들은 모르지, 거기 사는 사람들은 바다 마을인 거 하나만 보고 살아온 사람들인데 그게 없으면 어떻게 살겠어. 그래서 아예 만든 거야. 주민들이 거기 체육관 가짜 해변에 모여서 울면서, 옥수수 막걸리랑 순댓국을 가져와 먹으면서 이야기를 많이 했어. 정부에서 별다른 조치도 없고 사람도 안 오고 거품은 치워도 끝이 없고 그러니까 다들 떠났지 뭐. 한 명 두 명 떠나고, 같이 버틸 사람들이 줄어드니까 떠나고 그렇게. 나도 자세히는 몰라. 전화로 들어 가지고. 근데 여기까지 왔는데 도저히 못 가겠어서 나는 돌아가려고. 이 두 눈으로 한 번 봐 두려고 온 건데 안 되겠네 안 되겠어. 힘이 들어.

하조대는 어떤 곳인가. 혹은 어떤 곳이었나. 노인은 어린 시절을 그곳에서 보냈다고 했지만, 자신이 어렸을 때 이야기를 하나도 해 주지 않았다. 현재가 너무 끔찍하면 현재를 보지 않기 위해 과거로 빠지거나 환상을 떠올린다는 이야기를 어디선가 들은 적이 있는데 이 노인에게는 아닌가 보다고 생각했다. 그러고 보니 예전에 외국에서 가짜 해변 비슷한 전시를 했었고, 나는 그걸 사진으로 본 적이 있었다. 해변은 아니고 큰 해를 전시장에 띄워 놓았을 것이다. 엄청나게 큰 규모의 전시였다. 사람들은 돗자리를 깔고 전시장 바닥에 앉아 가짜 해를 보았다. 아주 많은 사람들이 가짜 해를 보면서 피크닉을 했다. 난 그때 집에서 아무것도 안하고 지냈다. 내내 누워서 시간을 보내다가 음식을 해 먹는 게 끝이었다. 허기가 계속되면 두통으로 이어지는데, 그러기 전에 최소한의 음식을 섭취해주어야 했다. 허기를 무시하고 두통을 버티다 보면 등에서 식은땀이 나고 손발이 떨렸다. 그 상태까지 가지 않는 게 내 생활의 유일한 목표였다. 끼니를 챙기는 것. 나는 그 당연한 일에 온 에너지를 바쳤다. 지루하고 예민한 시간이었다. 배가 고프면 무력했고 밥을 먹은 후에는 컨디션이 다운되었다. 전시 사진을 보았을 때, 나는 그네를 생각했다. 가짜 해를 보면서 오랫동안 공중을 가르고 싶었다.

자기 말만 잔뜩 하시네.

그러네.

사람이 거의 없긴 할 거야.

그게 더 좋을 수도.

응. 할머니 친구가 통조림 공장을 했는데, 떠나기 전에 통조림을 많이 가져다 주었대. 그러니까 생각보다 긴 시간을 거기서 지낼 수 있을 거야. 길지 않은 시간도 상관없지만 말이야.

니나는 섬나라의 생활을 정리하고 들어오자마자 이미 재해가 어느 정도 진행된 강원도의 할머니 집으로 간다고 했다. 한국에 뭔가를 하려고 온 게 아닌 건 분명했다. 나는 즐거운 마음으로 짐을 싸서 따라왔다. 한국은 섬나라를 덮친 재해가 같은 방식으로 진행되고 있고 그 결과는 사실 뻔하다. 어떻게든 되겠지, 지나가겠지 하는 마음이 한국을 지탱하는 정서니까. 그런 식으로 지금까지 많은 일들이 없는 듯이 잠잠해져 왔으니까. 고속버스가 경적을 울렸다. 노인은 오지 않았다. 언제 따라 내렸는지 버스 귀신이 니나의 신발 위에 올라가 있었다. 내가 물끄러미 보고 있자 종아리 뒤로 슬그머니 숨었다. 뭐지 저건. 이야기가 어지간히 재밌었나.

버스 귀신은 아예 니나의 몸에 자리를 틀었다. 니나의 옷과 팔과 머리카락에 귀신이 묻어 얼룩이 졌다가 사라지는 걸로 보였다. 그렇게 신체 곳곳을 오가며 내 시선을 피했다. 괜히 신경 쓰여 귀신이 있던 부분마다 먼지를 떼듯 손으로 툭툭 털었는데, 내가 하는 대로 가만히 있던 니나가 얼굴을 만지는 건 싫었는지 이어폰을 귀에 꽂고 고개를 돌려 버렸다. 니나의 몸에 얼룩처럼 귀신이 덮이는 것도 싫지만, 은근하게 벽을 치는 니나의 태도가 더 싫어 나도 귀에 이어폰을 꽂았다. 하와이안 풍의 우쿨렐레 연주곡을 재생했다. 창문에 부딪힌 거품이 방울방울 쪼개지며 매끄럽게 지나가는 풍경과 어울렸다.

내가 니나를 따라가는 이유는 니나를 만지고 싶기 때문이다. 사실 이유나 근거는 찾을수록 모호해질 뿐이고, 나는 니나와 함께 걷고 싶어. 그래야 한다는 강렬한 마음이 들었다. 각종 선택의 순간에 느껴지는 강한 확신은 여러모로 내 인생을 망쳐 왔다. 하지만 또 같은 실수를 하는 한이 있어도 나는 니나를 만져야 했다. 그런 상상이 나를 내일로 이끌었다. 니나는 내게 어떤 마음인지 모르겠고 우리가 지금 무슨 관계인지 나도 모르지만 입을 맞추면 입술을 포갠 채로, 몸을 겹치면 둘이 하나의 덩어리가 된 채로 그렇게 있었다.

우리가 매일 붙어 있었을 때, 그러니까 니나가 섬나라에 가기 전이고 내가 집에 들어가지 못했던 때 우리는 원통 형태의 미끄럼틀 안에서 등과 어깨를 딱 붙인 채로 긴 시간을 보냈다. 니나는 전설이나 신화를 많이 알고 있었다. 그리스 로마 신화에 나오는 슬픈 괴물 이야기를 실감나게 들려주었다. 언덕 위에 사는 눈 천 개 달린 괴물 얘기를 들으면서 나는 니나의 목을 쓰다듬고 발가락을 만졌다. 좋아하는 사이에서 신체를 접촉하는 일은 어렵게 생각하면 아주 어렵지만, 우선 저지르고 나서 별것 아닌 듯 굴면 정말로 별일 아니게 된다는 걸 그때 배웠다. 도둑질하는 것도 그러지 않을까. 나는 익숙하게 물건을 훔치는 좀도둑의 마음으로 니나를 만졌다.

니나는 그때도 지금도 내가 하는 대로 내버려두었다. 니나의 몸은 뜨겁고 그 체온이나 숨결은 내가 여기 있구나 하는 생각이 들게 했다. 한때 나는 식탐이 많은 사람이었는데 그건 니나와 함께할 때 그랬지. 줄넘기를 긴 시간동안 멈추지 않고 할 수 있고, 계절에 맞는 옷을 챙겨 입었을 시절에도 그랬다. 몸 곳곳에 수놓아진 천 개의 눈동자가 모두 반짝 떠 있을 수 있다면 그건 니나를 향할 때. 지금 듣는 음악은 가사도 멜로디도 너무 다정했다. 음악은 위로를 하기에 최적화된 형식이 아닐까. 나는 낮고 평평한 언덕에 앉아 있는 기분이 들었다. 버스 귀신이 왜 이렇게 거슬릴까 곰곰이 생각해 보면, 그 귀신이 나와 비슷하게 느껴지기 때문인 것도 같았다.

있잖아, 또 자?

아니 안 자.

나 한국 돌아오는 게 확정되었을 때 혼자 산책을 했어. 거기 사는 사람들도 떠날 사람은 떠난 이후였는데, 주인 없는 집 울타리에 작은 개가 묶여 있었어. 밥그릇이 매일 비어 있는 채로. 그 집의 주인이었던 사람이 개만 두고 가 버린 것 같았고 동네 사람들이 가끔 밥을 주거나 해서 겨우 살아남은 듯했어. 나는 비행기 타기 전 날 밤에 몰래 가서 개 목줄을 풀어 줬어. 왜 그랬는지는 지금도 모르겠지만. 가로등이 다 망가져서 어두웠어. 길도, 그 개도 잘 보이지 않았어. 근데도 알았어. 집으로 돌아가는 내내 무언가 작은 기척이 내 뒤를 따라오는 거. 그날의 날씨와 지금의 날씨가 비슷하니까 생각이 나서.

니나는 창밖을 보며 말했다. 내 반응은 상관없어 보였다. 이래서는 자기 할 말만 하던 아까 그 노인이랑 다를 바 없다고 생각했지만 아무 말도 하지 않았다. 어찌 되었든 나는 네가 옆에 있어서 기쁘다는 말도. 버스 귀신은 니나가 입만 열면 크기가 조금 커지고 모양이 선명해졌다. 이야기에 귀를 기울이고 있는 게 느껴졌다. 나는 거의 니나를 껴안는 자세로 팔을 들어 허리를 감쌌다. 손가락을 움직여 옆구리와 골반을 두드렸다. 니나는 내 손이 티셔츠 안으로 들어가 자기 몸 곳곳을 만지든 말든 반응이 없었다. 간지러워하는 부분을 만져도 그대로였다. 니나는 여기에 없었다. 무언가를 생각하고 있고, 아무 감정도 드러나지 않는 표정으로 자기만 아는 그곳에 가 있는 것 같았다.

*

하조대에 도착하니 아주 늦은 밤이었다. 계속 잠만 자는 것 같아 보이던 한 명의 노인은 버스에서 내리지 않았다. 버스 기사는 그 노인을 깨우지 않았다. 요즘에 이런 사람이 가끔 있다고 했다. 버스 정류장으로 쓰이는 슈퍼마켓은 문이 닫혀 있었다. 기사님은 버스를 출발하려다 멈춰서 창문을 열고, 혹시나 해서 말하는데 승차권은 슈퍼에서 구매하면 된다고 외쳤다. 우리는 손을 흔들어 주었다. 버스가 멀리 떠나자 아무 소리도 들리지 않았다. 꿈속에 들어온 것만 같았다.

니나야, 하늘에 달 떠 있는 거 못 본 지 오래됐다 그치.

해도 안 보이는 데 뭘.

네가 해보다 달 좋아하잖아.

몰라 기억 안 나. 사람들 들으면 욕하겠다. 요즘엔 햇빛이 귀하잖아.

해보다 밤에 뜨는 달이 더 소중한 사람이 있다고 말하고 싶었지만 속으로 삼켰다. 한국에 살았던 시간과 섬나라에서 지냈던 날들 모두 지금의 니나에게는 그다지 큰 의미를 지니지 않을지도 몰랐다. 나는 바닥에 퍼져 있는 거품을 발로 슬슬 걷으며 걸었다. 샌들이 금세 축축해졌다. 발가락이 미끌미끌해서 엄지와 검지발가락 사이에 휴지를 둥글게 말아 꽂아 넣었다. 가로등도 달빛도 없는데 니나는 원래 여기 사는 사람처럼 길을 찾아갔다. 밤이 되면 눈을 뜨는 야생동물처럼 망설이지 않는 발걸음이었다. 10분쯤 걸으니 희미하게 파도 소리가 들렸다. 짭짜름한 바다 냄새와 거품의 비린내가 공기 중에 섞여 있었다. 니나가 너무 당차게 걸으니까 이대로 바다에 곧장 들어가도 이상하지 않을 것만 같았다.

니나와 바다. 눈에 보이지 않는데 느껴지는 것들.

그런 건 언제 어디에나 있었다. 아무런 영향을 끼치지 못하는 걸 알면서도 니나에게 붙어 있는 건 아니꼬운 귀신의 존재, 그러니까 내가 귀신을 생각하는 방식이 그랬다. 미묘하게 나를 꺼려하는 사람들의 시선이라든가 서로를 이해하지 못한 채 계속되는 대화 같은 것도. 여전히 귀신은 니나에게 붙어 있었다. 버스에서 내리면 끝인 줄 알았는데 허리께 쪽에 작은 손가방처럼 매달려 따라왔다. 나는 니나에게 버스 귀신에 대해 말했지만 니나는 별로 상관없다고 하면서 걸음을 재촉했다.

그게 거슬리는 건 나뿐이네.

네가 말하는 귀신이라는 건 어차피 아무것도 못 하잖아.

그건 그렇지만. 붙어 있다는 게 이상하잖아.

예전에 네가 그런 것들 보인다고 했을 때는 이상했는데 지금은 그냥 그래. 정말로 아무 일도 일어나지 않아 왔으니까.

응 그러네.

있잖아, 섬나라에서 온갖 것들에 깃들어 있다는 신들 말이야, 그 작은 신들은 공간과 함께 늙는대. 비가 오면 비를 맞고 사람이 오면 사람을 맞이하면서.

부서진 건물에는 부서진 신이 있고, 정체되어 있는 곳에는 자라지 못하는 신이 있는 거지.

고립되어 죽어 간다든가 하는 일은 아직 우리에게 발생하지 않았다. 하지만 언젠가, 혹은 빠른 시일 내에 마주하게 될 것을 알고 있다. 나는 아마 고독이나 슬픔 같은 것들의 얼굴을 제대로 쳐다보지 못할 것이다. 이런 생각을 할 때마다 밤이 아닌 다른 곳으로, 나는 나에게서 떠나는 기분이 들다가도 니나의 얼굴을 보면서 내가 지금 여기에 있다는 것을 확인했다.

우리는 잠을 오랫동안 자고 음악을 들으면서 지냈다. 여기에서 오랫동안 살아온 사람들처럼 별 무리 없는 생활이었다. 전래동화에서 본 것만 같은 집이었다. 바닥도 기둥도 나무로 되어 있었고 걸을 때마다 발바닥이 차가웠다. 뒷마당에는 크고 작은 장독대가 펼쳐져 있었는데, 가끔 늦은 밤에 까닭 없이 장독대가 하나씩 깨지는 소리가 났다. 다음 날 가 보면 장독대는 모두 무사했고 그 안에는 아무것도 들어 있지 않았다.

동네에는 노인 몇 명과 외국인 한 명이 살고 있었다. 오다가다 마주친 노인들은 하나같이 어색한 얼굴로 어디 집에 왔냐고 물어봤다. 박 씨네 파란 지붕 집이라고 대답하면 고개를 끄덕였다가 며칠 이내에 옥수수를 조금 가져와 한참을 떠들다 돌아갔다. 우리는 일과를 정해 놓지 않았지만, 빨랫감이 쌓이면 빨래를 했고 아침저녁 수건으로 장독대 위에 쌓인 거품을 닦았다. 나는 설거지를 하고 바닥을 치우다가도 슬픈 기분이 들면 니나를 보고 니나의 몸을 만졌다. 니나는 담담하게 내가 하자는 대로 했다. 니나가 먼저 나를 찾는 일은 없었다.

오늘 먹을 통조림을 정리하고 마당으로 나갔을 때 니나는 거품으로 잔뜩 젖은 수건을 짜내고 있었다.

이렇게 많이 내릴 때는 닦아도 소용이 없어. 이따 저녁에 하자.

진짜 깨져 버릴까 봐 무서워서 자꾸 닦게 되네.

나는 수건을 빼앗아 작은 장독대 위에 올려 두고 니나의 손을 내 옷 속에 집어넣었다. 니나의 손등 위로 내 손가락을 겹친 채 움직였다. 나는 니나의 손을 그대로 몸에 얹어 두고 내 손만 옷에서 뺐다.

네가 만져 줘.

거품이 니나의 팔에 내렸다가 녹아 없어졌다. 우리의 옷에는 작고 둥근 얼룩이 조금씩 많아졌다. 버스 귀신은 이 집의 천장이 마음에 들었는지 한 번 붙어 버린 후 내려오지 않았다. 나는 매일 그걸 한참 바라보다가 잠들었다. 니나의 나머지 한쪽 손이 내 어깨를 단단히 고정했다. 나도 니나도 딴 생각을 하면서 몸을 움직이고 있었다. 그러고 보니 멀리서만 조금 보았을 뿐 하조대의 진짜 해변에도 체육관에 있다는 가짜 해변에도 가지 않았구나. 어제 빗자루를 빌려 간 할머니가 거기서 같이 밥을 먹자고 했는데 그 말은 진짜일까 가짜일까.

우리 이따가 해변에 가 볼래?

응 그러자.

니나야, 좀 더 위에.

할머니는 슈퍼마켓 텔레비전에서 본 뉴스 이야기를 해 주었다. 사람들이 두 개로 나뉜다고 했는데, 처음에는 그게 무슨 소린지 몰랐으나 들어 보니 그럴듯했다. 거품의 정도를 눈여겨보며 언제든 이 나라를 떠날 준비가 되어 있는 사람들과 마스크도 손 세정제도 쓰지 않고 평소와 다를 바 없이 일상을 살아가는 사람들, 이 둘로 극단적이게 나뉘고 있다는 내용인 것 같았다. 후자의 사람들은 어패류나 나물 등 가공식품이 아닌 자연식품도 거리낌 없이 먹는다고 했다.

생각해 보니까 내가 떠나오기 전에도 학교와 유치원은 진즉에 문을 닫았는데 놀이터에서 거품을 눈처럼 던지고 노는 아이들은 꼭 있었다. 피부병과 호흡기 질환 치료제보다도 더 다양한 디자인의 부츠가 출시되었다. 호떡 아저씨는 여전히 호떡을 팔았고, 새벽 6시마다 음식물 쓰레기를 수거하는 차가 동네를 돌았다. 할머니가 집으로 돌아간 후에 니나에게 물었다. 그건 아마도 암묵적으로 정해진 금기일지도 몰랐다.

거기서 살지 못할 정도로 심해져서 한국에 돌아온 거야?

비슷해. 돌아올 마음 전혀 없이 돌아오게 되었으니까. 난 거기 살 때 항상 웃었어. 걔네들도 그랬어. 웃으면서 말하는 게 습관처럼 배어 있었는데 즐거운 이야기를 할 때가 아니라도 웃었어. 그러니까, 휴지를 건넬 때나 점심식사 메뉴를 물어볼 때처럼 꼭 웃으면서 하지 않아도 될 말들을 웃으면서. 사람은 누구나 어디에든 속해 있는 무리가 있잖아. 그 나라에서 나는 없었어. 사람이 두 명 이상 모이면 작은 무리가 되는데, 나는 그 작은 무리에도 못 들었어. 같이 놀러 다니고 술을 먹고 수업을 듣고 연애 얘기를 나누어도 내가 이 사람과 어떤 인연을 맺고 있구나, 나는 어떤 느낌에 속해 있구나 하는 그런 거. 어느 날은 디나에가 말했어. 디나에는 꽤 가까웠다고 생각하는 사람이었는데도 결국 무리를 형성하지 못했지만, 그 때는 그런 희망이 있었어. '왜 항상 웃어?' '너도 항상 웃잖아.' '너는 웃을만한 상황이 아닌데 웃잖아.' 나는 잠시 고민해 보았지만 내가 진짜 그랬는가에 관해서는 떠오르지 않았어. 대신에 점심을 먹다가, 수업 중에, 화장실 가는 길에 눈이 마주쳤을 때 웃던 디나에의 미소만 떠오를 뿐이었어. 내가 대답을 못하고 있으니까 자기 말을 이해하지 못한 줄 알고 디나에가 덧붙였어. '기쁘지 않은 표정으로 웃잖아. 그런 웃음이라면 다른 사람들도 다 눈치 챈다고.' 그게 무슨 말인지 그 당시엔 이해하지 못했어. 하지만 그 날 이후로 나는 언제나 디나에의 말을 생각했어. 자꾸 자꾸 생각하니까 눈에 보이더라고. 가벼운 미소와 환한 즐거움과 고유의 집 냄새처럼 얼굴에 붙어 있는 웃음 모양의 차이점 말이야. 미소는 무서운 거야. 웃어 보이는 건 너무 많은 의미가 함유되어 있으니까. 어쩌면 누군가는 죽이고 싶다는 마음을 가진 채로 그 이상의 미소를 지을 줄 아는 거지. 그걸 깨달은 이후에 거울에 웃는 표정을 지어 보았는데 이상한 기분이 들었어. 디나에의 말마따나 기쁘지 않은 웃음 같은 거. 고쳐 보려고 했는데 이미 그런 방식의 웃음이 입가에 주름으로 새겨져 버렸더라고. 사실은 고치고 싶은 마음이 없었는지도 모르지. 이미 알아 버렸으니까. 나는 그 나라 사람들이 짓는 미소를 따라 할 수 없고, 아무리 애를 써도 그들의 무리 가운데 녹아들 수 없다는 걸 말이야. 정말로 창피한 건 내 미소를 읽혔다는 거야. 내가 그들의 무리에 들어가고 싶다는 욕망. 그런 건 한번 들키면 끝이야. 나는 그 나라에서 계속 그 욕망을 들켜 왔어. 그러니 이루어질 리가 없지.

그 얘기를 하는 니나의 표정이 어땠더라. 쓸쓸했나, 담담했나. 이렇게 이야기한 게 맞긴 한가. 나는 나의 기억을 의심했다. 니나의 중지와 약지가 빠르게 움직이며 깊숙하게 들어올수록 속상한 마음과 정확하지 않은 기억이 부풀었다. 잡생각이 자기들끼리 쫀쫀하게 엉겨 붙는 것 같았다. 우리는 축축해진 손바닥을 서로 씻겨 주고 함께 샤워를 했다. 실컷 싸우고 온 사람들처럼 말없이 몸이 노곤했다.

낮잠을 자고 일어나니 니나가 도시락을 싸고 있었다. 나는 잠이 덜 깬 채로 앉아 그 뒷모습을 지켜보았다. 버스 귀신은 이제 이 집의 귀신이 되어 나무 기둥에 완전히 젖어 버린 모양새였다. 이 집엔 미래가 없으니 저 귀신이 섬나라의 작은 신과 같다면 이제 천천히 늙어 가는 일만 남았다고 생각했다. 버스에 얼마나 있었는지 모르겠지만, 계속 이동하면서 살았으니 이것도 괜찮을 수 있겠네. 니나는 도시락 가방을 메고 내 머리에 밀짚모자를 씌워 주었다. 아직 덜 마른 샌들에 발을 욱여넣고 집을 나섰다. 현관문은 잠글 필요가 없었다.

*

체육관 안에는 정말로 해변이 꾸며져 있었다. 바다는 없지만 노란 빛의 조명이 나른하게 실내를 쬐었다. 파라솔과 간이 테이블이 모래에 박혀 기울어 있었다. 우리는 샌들을 벗고 안으로 들어갔다. 모래가 미지근하게 발을 감쌌다. 파도 소리도 들렸는데, 밖의 바다에서 들려오는 게 아니라 천장 모서리에 설치된 작은 스피커에서 일정한 박자의 파도 음이 밀려오고 빠져나갔다. 조명이 덜 닿는 외진 테이블에서 외국인 한 명이 조용히 옥수수를 먹고 있었다. 발을 모래에 파묻은 채였다. 우리는 도시락을 꺼냈다. 여자는 우리에게 옥수수를 밀어 주었다. 니나는 테이블 위에 주먹밥과 깻잎 통조림, 오징어채를 펼쳤다. 나는 황도 통조림 뚜껑을 열었다. 여자는 검은 비닐봉지에서 막걸리를 꺼내며 말했다.

이거 먹어 봤어요? 좋아해요?

우리는 고개를 끄덕였다. 여자의 이름은 방윤주. 능숙하게 한국어를 구사했고 막걸리를 적당하게 따라 주었다. 이쑤시개로도 깻잎을 잘 건져 먹었다. 가짜 파도 소리를 들으며 술을 홀짝거리다 보니 니나의 얼굴과 목이 붉어졌다. 윤주 씨는 멀쩡한 머리카락을 몇 번이나 고쳐 묶었다. 두 사람은 어느새 살아온 얘기를 나누었는데, 나는 그다지 취기도 돌지 않았고 사실 그들의 이야기에 덧붙이며 꺼낼 말이 없어 가만히 듣고만 있었다. 윤주 씨는 자신의 한국 이름을 정할 때, 인터넷 검색을 10분 정도 한 후에 발음하기에 멋진 것 같아 선택했다고 했다. '윤'의 ㄴ은 받침이 엄청 편한 발음은 아니지 않나 생각하던 차에 윤주 씨가 말했다.

어머님은 거의 주이야, 라고 불렀어요. 남편은 내 이름을 부르는 일이 적었어요. '방'은 남편 성인데 마음에 들어요.

니나는 윤주 씨가 하는 거의 모든 말에 고개를 끄덕이며 자신이 섬나라에서 사용하던 이름도 비슷한 방식으로 정했다고 했다. 두 사람은 깔깔 웃으며 술을 자주 들이켰다. 나는 종이컵 테두리를 깨물며 딴 생각을 했다. 방윤주와 류니나. 이 둘의 이름은 정말 다르게 느껴진다. 둘의 얼굴을 번갈아 보며 이름을 곱씹을수록. 윤주 씨는 가짜 해변이 마음에 든다고 했다. 진짜 해변보다도 훨씬. 여긴 잡거나 건져 올릴 게 없잖아요, 라고 하면서 웃었다.

한 달 전에는 남편이 죽었지만 저는 이 동네가 마음에 들어요. 하조대라는 이름도 귀엽고. 한국 사람들은 앓아눕겠다는 말을 많이 쓰죠? 저희 어머님은 정말 많이 썼는데 지금 진짜로 앓아누워 있어요. 어떤 말을 많이 하면 그 말대로 된다는 속담도 있잖아요. 그래서 옛날에 한국 온 지 얼마 안 됐을 때 아이고 죽겠다는 말을 먼저 배워 가지고 한 달 전까지도 많이 썼는데 지금은 안 써. 죽기 싫어요.

니나는 거의 실신 직전이었다. 웃으면서 눈물을 자꾸 닦았다. 윤주 씨도 마찬가지였다. 두 사람은 서로 그거 참 괜찮네요, 그건 또 안 괜찮네요, 하면서 대답을 주고받았는데 나는 그들의 얘기 가운데 어떤 게 더 괜찮고 덜 괜찮은 것인지 알 수 없었다. 윤주 씨가 자신의 본명을 이야기했을 때 니나와 나는 고개를 끄덕였지만 사실 나는 잘 알아듣지 못했다. 윤주 씨의 본명은 길고 복잡하고 익숙하지 않았다. 윤주 씨는 니나에게 섬나라에서 썼던 이름이 뭔지 물어봤다. 니나가 웃으면서 말했다.

디나에였습니다.

윤주 씨와 니나는 환하게 웃으며 이야기를 이어 나갔으나, 본명과 가명 둘 중에 그 어떤 것으로도 서로를 부르지 않았다. 별다른 호칭 없이 이야기가 자연스럽게 흘렀다. 해변은 바깥의 기척이 전혀 느껴지지 않았다. 창이 없어 거품이 내리는지 비가 오는지, 시간은 얼마나 지나 있는지도 알 수 없었다. 대화 주제가 재해로 흘러갔을 때 윤주 씨는 거품을 대처하는 팁을 알려 주었다.

몸에 묻으면 물로 닦아 내고 바셀린을 얇게 발라 줘야 해요. 어지간한 바디로션으로는 안 가라앉더라고요. 알로에 수딩젤도 써 보고 오이를 얇게 썰어서 붙여 보기도 했는데 바셀린이 제일 잘 먹어요. 좀 끈적거리지만.

이 외에도 쫀쫀한 거품과 묽은 거품의 차이라든

지, 창틀을 막고 있는 곤충 사체를 깔끔하게 치우는 방법도 말해 주었다. 미래나 종말 같이 큰 이야기만 생각하다가 거품 처리의 실질적인 방법을 들으니까, 지금은 끊겨 버렸지만 몇 년 전까지 태풍을 대비해 창에 뽁뽁이를 붙이고 하던 일들이 떠올랐다.

언제 끝날까요? 끝이 나긴 할까요?

저는 상관없어요. 한국에서 산 시간을 다 합해서 지금이 제일 좋아요. 이런 말은 한국 사람들이 싫어하겠죠. 저는 사실 그래요.

우리는 이제 말없이 옥수수를 한 알씩 뜯어 입에 넣고 각자 생각에 빠졌다. 말하지 않아도 왜 서로가 이곳에 모여들게 되었는지 아는 것 같았다.

모든 게 시들어 갈 거예요. 가장 살아 있는 것부터.

니나가 혼잣말로 중얼거렸지만 윤주 씨는 옥수수를 뜯는데 여념이 없었다. 나는 니나의 손을 끌고 모래밭에 앉았다. 엉덩이가 따뜻했다. 모래가 팔이나 다리에 달라붙지 않고 부스스 떨어졌다. 다음에 올 때는 비치타월을 가져와야지. 적당한 온도와 아무 일도 일어나지 않는 이곳에서 한참을 누워 있고 싶었다. 모래밭에 누워 책을 읽고 시원한 음료를 마시는 상상을 하니 역시 여름은 좋았던 계절이었네, 라고 생각해 버렸다.

니나야 여기 좋지?

그냥 그래. 진짜 해변에도 가 볼래?

아니. 거긴 가 보고 싶지 않아. 섬나라가 거품에 젖어들 때, 너는 어땠어? 슬펐어, 아니면 윤주 씨와 비슷했어?

너는 어떻게 지냈는데? 뭐가 재밌고 어떻게 슬퍼? 지금은 무슨 생각을 하고 어떤 기분인지 말할 수 있는 게 있고 말로 할 수 없는 게 있고 그런 거잖아.

나는 입을 다물었다. 재밌고 슬픈 게 없었다. 하고 싶은 것도 없고 해야 하는 것도 없어서 되는 대로 지냈고 그냥 살아남아 있다고 말하지 않았다. 난 섬나라에 가기 전 니나의 방을 기억하고 있었다. 갈 곳, 먹을 것, 해 보고 싶은 일, 좋아하는 모델, 잡지 스크랩, 그 나라의 언어로 된 문장, 영화 포스터, 책 표지. 이것들로 덮인 벽과 천장과 바닥과 책상 위를 알았다. 그런 방을 가져 본 적 있는 니나 앞에서 나는 아무것도 말할 게 없었다. 니나 말이 맞았다. 말할 수 없는 게 있고 지금은 말하고 싶지 않은 게 있는 것이다. 윤주 씨는 턱을 괴고 잠들어 있었다. 평온해 보였다. 가짜 해변에 살고 있는 작은 신, 그게 있다면 그건 윤주 씨일 거라는 생각이 들었다.

우리 이제 가자. 응? 나가자.

집에 돌아오니 귀신은 집 그 자체가 되어 있었다. 눈에 보이지 않아도 알 수 있었다. 종종 눈에 보이지 않기 때문에 오히려 선명하고 짙게 느껴지는 분위기가 있으니까. 그건 힘의 세기가 바뀌었다기보다 그저 그렇게 되어 버렸구나 귀신이 집 전체에 스며 버렸구나 하는 것이었다. 다 커 버린 줄 모르고 지내다가, 나는 이런 사람으로 완성되었네 하고 문득 깨달아 버리는 것처럼. 니나는 내 말을 듣고 개는 여기 완전히 머무르려나 보다 하고는 웃었다.

우리는 평소처럼 잠을 많이 잤다. 다시 집 밖으로 나가지 않으며 며칠을 보냈다. 그동안 나는 섬나라에서 살았던 니나를 상상했다. 사람들과 떠들고 웃는 장면이 조금 그려졌으나, 지금의 니나가 어떤 기억을 품고 있는지 혹은 무엇을 이겨내거나 견디고 있는지 단 하나도 추측할 수 없었다. 이런 생각이 드는 날이면 쾌활하고 다정한 노래를 들었다. 사실 그 노래들은 내게 위로가 되지 못했다. 나는 상냥한 멜로디 속에서 오로지 슬픔에 집중했다. 다정다감한 노래는 그러라고 듣는 것이다. 노래가 따뜻하고 평화로울수록 나는 슬퍼지고 슬퍼지고 엄청나게 큰 슬픔 그 자체가 되었다가 이어폰을 빼면 거품이 내리는 이 집으로 돌아왔다.

오늘은 몇 주 만에 해가 떴다. 먹색의 구름들 사이사이로 미약하게나마 햇살이 내려왔다. 해가 떴으니 달도 뜰 것이다. 니나와 함께 밤 산책을 하고 싶어졌다. 니나는 요새 틈만 나면 장독대를 닦았다. 이미 닦은 것을 닦고 또 닦았다. 나는 니나의 이름을 몇 번 불러 보았지만 대답이 없었다. 화장실에도 없고 부엌에도 없어서 마당에 나가 보니 역시나 쪼그려 앉아 장독대를 닦고 있었다. 목에 땀이 맺히도록 열심히 독을 문지르고 있었는데 무슨 생각을 하는지 내가 바로 옆에 설 때까지도 눈치 채지 못했다.

왜 그렇게 자주 닦아.

하나를 닦고 그 옆에 걸 닦고 그렇게 전부 닦아 나가는 동안 거품이 다시 처음부터 쌓이는 기분이 들어.

그렇게 말하는 니나의 눈은 어디에도 가닿지 않았다. 장독 뚜껑은 하나같이 깨끗했다. 나는 니나의 머리와 어깨와 팔, 무릎에 묻은 거품을 손으로 닦아 주었다. 종아리를 마지막으로 닦고 니나를 올려다보았을 때 니나는 나를 쳐다보고 있었다. 제대로 눈을 마주보는 일은 하조대에 온 이후 처음이었다. 얼마간 서로의 눈만 보았다. 함께 부대끼며 산 지 꽤 되었는데도 나는 여전히 니나를 보면 긴장이 되고 서러운 기분이 들었다.

굽혔던 무릎을 펴고 일어나 괜히 마당을 돌았다. 얕게 깔린 거품 위에 손바닥을 찍어 모양을 내고 거품이 녹아 곳곳에 생긴 물웅덩이를 비로 쓸었다. 니나는 내 쪽으로 와 나뭇가지를 흔들었다. 가지마다 앉아 있던 거품이 꽃잎처럼 가볍게 떨어져 내 발등을 적셨다. 나는 구석에 몰아 놓은 거품을 한 움큼 쥐어 던졌다. 잘 날아가지 않았다. 니나는 두 손으로 거품을 떠서 내게 던졌다. 웃으면서. 정말로 기쁜 웃음을 지으면서. 거품이 우리 사이를 오가는 내내 나는 기뻤다. 이대로 거품에 파묻혀도 좋을 것 같았다. 니나야 너는 진짜 웃음을 지어. 그래서 나는 진짜로 살아 있어. 우리는 눈싸움 한 번 하기 위해 이곳에 오게 된 걸까.

지친 기색으로 샤워를 하고 나오니 팔다리가 접히는 부위의 여린 피부마다 모기에 물린 것처럼 부어 있었다. 윤주 씨의 말대로 바셀린을 발랐다. 붉은 기는 남았지만 붓기는 곧 잠잠해졌다. 니나는 이부자리에 누워 있는 내 몸을 뒤집으며 구석구석 바셀린을 발라 주었다. 나는 바셀린 때문에 미끈거리는 손가락으로 니나의 허벅지 매만지다가 팬티 속을 살살 긁었다.

방금 샤워했는데?

또 하면 되지.

물 받아 놓은 거 거의 다 써 버렸어.

그러면 떠나면 되지.

우리는 오래오래 서로의 몸을 훑고 또 한차례 가벼운 샤워를 한 후 알몸으로 이부자리에 누웠다. 니나는 피곤했는지 금방 잠에 든 것 같았다. 나는 꿈속에서 한 번도 가 본 적 없는 하조대의 진짜 해변으로 갔다. 그건 마치 니나와 내가 숨어 있곤 했던 미끄럼틀을 혼자 거슬러 올라가는 것과 같았다. 어떤 욕심도 원망도 없다고 생각했는데, 어느새 귀신들이 나를 따라오고 있었다. 니나가 이야기했던 작은 개의 기척처럼. 나는 뒤돌아보지 않았다. 잔뜩 긴장한 채 앞만 보고 걸었다. 내가 진짜 해변에 가까워질수록, 손에 땀을 쥔 채 걸음을 빨리 하고 아름다운 해변을 상상할수록 귀신들은 살아났다. 흐물거리던 기척은 또박한 발걸음이 되었다. 시시시시 시시시 시시시시. 시시시는 시시해서 시시시였는데 귀 기울일수록 무언가 허물어지는 소리, 물거품이 잦아들며 꺼지는 소리, 혹은 작은 새가 자신의 날개 안쪽을 고르는 소리로 변해 나를 잠에서 깨웠다.

눈을 뜨니 니나는 완전히 잠들어 있었다. 나는 니나의 배까지 이불을 끌어올리고 꿈에서 향했던 해변을 다시 상상하려고 눈을 감았다. 머리가 지끈거렸다. 가 본 적이 없는 곳을 그리는 건 어려웠다. 나는 귀신에 관해 생각했다. 내가 귀신이라고 부르는 것들과 온갖 것들에 깃들어 있다는 섬나라의 작은 신들은 무언가 기대하게 한다는 점에서 닮은 것 같았다. 아마도 꿈에서 살아난 귀신은 내 안에서 사는 것들이 아닐까. 하지만 내가 아름다운 해변에 가까워질 일은 없을 테니까, 귀신들이 살아나서 나를 따라올 일도 없을 것이다.

어제는 니나가 먼저 하조대를 떠날 때가 되지 않았냐고 말했다. 완전히 여기에서 죽을 때까지 살 줄 알았는데 그런 말을 하니 적잖이 놀랐지만, 나는 니나가 어디를 가든 상관없었다. 어쩌면 니나는 이제 장독대 닦는 일이 지겨워졌는지도 몰랐다. 나는 니나를 따라가고 니나는 나를 곁에 두고 걷는 것. 내가 원하는 건 그거 하나뿐이고 우리는 서로에게 무능한 채로 오래 걸을 것이다.

이번 달은 하루에 내리는 거품의 양이 평균적으로 줄었다. 사람들은 약간의 변화에도 꿈을 가졌다. 신이 한국을 돕는다고, 한국만은 도와준다고 말했다. 뻔하고 이기적인 희망을 품고 새로운 날씨를 기대했다. 하지만 언제 그칠지는 모를 일이다. 속도만 더뎌졌을 뿐 여전히 상황은 악화되어 갔다. 우리가 이 동네를 떠나면 하조대에는 몇 명의 노인이 있고 윤주 씨가 있겠지. 이 집은 하나의 커다란 귀신으로 낡아 가고. 우리는 갈 곳이 없어도 어떻게든 살게 될 것이다. 서로가 곁에 있다는 걸 종종 확인하면서. 나는 잠든 니나의 얼굴을 들여다보았다. 찬찬히 뜯어본 이목구비는 처음 보는 사람의 것처럼 느껴졌다. 차분하게 모래사장을 가로지르는 두 발. 뒷마당의 장독대가 남김없이 깨지고 있었다.

귀신 산책

산책하지 않고는 못 견디는 밤이 늘었다. 느지막한 오후에 일어나 전날 밤 남겨 두었던 밥 반 공기를 먹고 집을 나서면 쬐기 좋은 세기로 해가 지기 시작했다. 이유는 없다. 오랫동안 계획했던 여행이 코로나19로 미루어지고 여행을 미루다 보니 여행을 통해 누리려고 계획했던 기쁨도 잊어버리게 된 것만 같아. 익숙한 길을 걷다가 불현듯 모르는 동네를 유랑하는 일은 너무나 손쉬우니까 계획과 동시에 실행할 수 있었다. 몸을 움직여야 두뇌가 굴러간다고 들은 적이 있는데, 앞이든 옆이든 걸어 나갈수록 새로운 생각에 잠기게 되긴 했다.

새로운 생각을 하게 되는 건 어쨌든 원래의 상태에서 빠져나오는 걸까, 원래의 상태 위에 또 다른 기분이 얹히는 것일까. 나는 머릿속처럼 복잡한 골목을 찾아 헤매는 일에 빠지게 되었다. 일부러 모르는 길에 들어서는 방식으로. 미지의 세계를 만나고 싶은 기대 같은 건 아니었다. 그저 막다른 길을 만나면 되돌아간다는 마음. 다시, 다시. 그러면 이미 지나쳤던 풍경을 아까보다는 조금 더 눈여겨보게 되었다.

오늘은 산책을 시작한 지 얼마 안 되어 나무 위에서 낮잠 자는 고양이를 보았다. 두 앞발을 턱에 괴고 눈을 감고 있었는데 무거운 뱃살이 나뭇가지 아래로 흘러내려 녹아 가는 눈사람처럼 보였다. 고양이는 내가 아무리 나비, 야옹이 따위로 부르고 야옹야옹 울음소리를 내 보아도 반응이 없었다. 눈을 감은 채로 왼쪽 귀만 쫑긋거렸다. 조그만 나뭇가지 같은 걸 바닥에서 찾다가 이게 다 무슨 소용인가 싶어 그만두었다. 욕심을 버리지 못하고 고양이에게 나뭇가지를 던졌으면 두고두고 후회했을 것이다. 낮잠을 방해받지 않는 높은 곳으로 자리를 잘 잡았네. 역시 자리가 중요해.

그 후에는 다가구 주택의 대문 앞에 쪼그려 앉아

있는 아이를 보았다. 아이는 순진하고 결연한 얼굴로 공기놀이를 했다. 길바닥에는 악몽을 그러모아 구긴 것처럼 표면이 거칠고 새까만 돌멩이 다섯 개가 놓여 있었다. 드리워진 음영 때문에 돌멩이는 각자 다른 표정을 짓고 있는 것처럼 보였다. 공기놀이를 하기에 아이의 손은 너무 작고 부드러웠다. 돌멩이에 긁혀 희게 일어난 손등과 지나치게 긴 손톱. 아이는 내게 단 한 번의 시선도 주지 않고 공기놀이에 빠져 있었다. 돌멩이가 자꾸만 아이의 손아귀를 벗어났다. 다시 걷기 위해 몸을 틀자, 저 멀리서 뒤따라오던 김서정이 금세 가까이 붙은 채 내 어깨너머로 기웃거렸다. 나는 일부러 보이지 않는다는 제스처로 김서정을 지나쳐 다시 길을 나섰다. 등 뒤로 돌멩이 구르는 소리가 들려왔다.

음식점 몇 개를 지나고 오른쪽 골목으로 방향을 틀어 10분 정도 걸으면 구식 건물인 중학교가 나왔다. 정문이 체인과 자물쇠로 잠겨 있는데도, 걷는 듯 뛰는 듯 운동장에서 조깅하는 여자가 보였다. 여자는 적당하게 팔을 흔들며 일정한 보폭으로 뛰었다. 이게 말이 되나 할 정도로 같은 속도를 유지하면서. 요즘 외부인은 학교 출입이 안 될 텐데, 저 여자는 참 편안하게도 뛴다고 생각하며 학교를 지났다. 새로운 장소에 가기 위해서는 익숙한 동네를 지나야 했으므로, 이미 몇 번이고 본 익숙한 장면이었다. 김서정은 여전히 있는 듯 없는 듯 조용히 서서 뭔가를 보다가 멀찍이서 내 뒤를 따라왔다.

*

주변 사람들은 내 글이 너무 현실적이라 재미없다고 했다. 우리가 이미 아는 얘기를 써서 뭐 하니. 살기 힘든 거 다 똑같아 재밌는 걸 써야지. 너 그거 있잖아, 귀신 보잖어. 그걸로 글을 써 보라고 했지만 내가 보는 귀신이란 것들은 재미가 없었다. 그도 그럴 것이 귀신은 아무 사건도 일으키지 않으니까. 소설은 사건의 발생인데, 아무런 갈등도 없는 걸 데리고 뭘 쓰라는 건지 알 수가 없었다.

다만 귀신을 가만히 바라보고 있으면 착잡한 기분이 들기는 했다. 왜 그런 기분이 드는지는 모르고 그저 조금 거슬릴 뿐이었다. 어쩔 수 없이 보이며, 아무렇지 않게 지나치는 것. 이런 건 꼭 귀신이 아니더라도 동물이나 사람들이나 조금 더 가까운 쪽에 속해 있다고 할 수 있는 가족이나 다 그렇지 않나. 세계를 공유하면서 그냥저냥 각자 살아가는 것이다.

아무튼 귀신에 대한 글을 써 보기로 결심한 이유는 귀신 보는 에세이를 쓰라는 주변 사람들의 권유가 있기도 했지만 결국 김서정 때문이다. 가까운 사람이 죽은 것은 이번이 두 번째로, 첫 번째는 할머니였다. 죽은 다음 저승에 가게 되는지 바로 환생을 하는 건지 죽어 보지 않아서 모르겠으나, 나는 할머니의 귀신이나 혼이라고 부를 만한 것을 단 한 번도 보지 못했다. 엄마는 어쩌다 가끔 내게 할머니가 보이느냐고 물었다. 아무리 안 보인다고 말해도 그랬다. 내 말을 믿지 않는다기보다는 마치 가스 불에 올려놓고 잊어버린 주전자를 기억해 내듯 화들짝 놀라면서, '혹시 보이니?' 차마 그 지긋지긋한 시절이 그립냐고 말하지는 못하고, 최대한 의뭉스러운 표정을 지으면서 불만을 담은 말투로 '이제는 할머니가 보고 싶어진 거야?'하고 물으면 엄마는 대답하지 않았다.

할머니는 술꾼이었다가 늙어서는 신실한 교회 목자가 되었다. 술꾼과 목자는 전혀 다른 것이지만, 전혀 다른 역할 수행을 위해 할머니가 엄마에게 요구하는 것은 매번 같았다. 적은 액수의 돈이 야금야금 긴 시간 동안 엄마에게서 빠져나갔다. 엄마가 나를 낳기 전부터 이어져 왔으니 내가 모르는 역사는 더욱 길 것이다. 힘겹게 연을 끊었다 이었다 반복하는 것은 내가 지금도 이해할 수 없는 영역. 엄마는 할머니와 만나면 무조건 싸우고 윽박지르게 되니까 찾아가지는 않고, 가끔 전화로 밥은 잡쉈냐고 퉁명스럽게 안부를 묻곤 했다. 엄마는 정말 할머니 귀신이 보고 싶은 걸까. 살아 있을 땐 남보다 못한 사이로 지내 놓고 막상 죽으니 아쉬운 건가, 못 해 준 게 생각나는 건가, 어쩌면 그리움일까 속을 알 수 없는 건 인간이나 귀신이나 똑같았다.

김서정에게는 아닌 밤중에 홍두깨라는 별명이 있었고, 그날도 어김없이 밤중에 문득 연락을 해 왔다. 평소와 다른 점이라면 징징거림이 덜했으며 목소리가 유난히 맑았다. 바람 소리 때문에 새벽공기 특유의 청량함이 핸드폰 너머로 전해졌다. 김서정은 여느 때와 같이 '나 죽을까?'하고 말했다. 나는 여느 때처럼 아직 안 죽었냐며 웃었다. 정말로 죽을 줄 알았더라면 그런 말은 당연히 안 했을 것이다. 정말로 안 했으려나. 죽을 줄 알았더라면. 김서정이 죽음을 고려하고 있었다는 사실이 아주 조금이라도 전해졌더라면.

뒤를 돌아보면 김서정은 흐릿하지만, 그 형태가 너무나 김서정인 채로 어딘가를 바라보다가 다시 나를 쫓아왔다. 나는 시력이 좋아 저 멀리 떨어진 곳에서 그 모습을 지켜본다 해도 몸의 비율이나 개인마다 풍기는 느낌 같은 것으로 김서정을 알아볼 수 있었다. 도로와 가로수를 배경으로 서 있는 김서정은 다른 사람들과 별반 다르지 않아 보였다. 김서정은 수제버거 가게 앞에서 따라오던 걸 멈추곤 했다. 불고기 패티와 갓 볶은 원두 냄새가 진동하는 길가에 서서 가만히 있었다. 재는 죽어서도 직업병을 못 고쳤네. 어쩌면 그건 당연한 건지도 몰랐다.

김서정과는 앤스버거에서 아르바이트 선후배로 만났다. 동갑인데 2년이나 선배라니 인생 호되게 살고 있구나 생각했다. 우리는 여러모로 쿵짝이 잘 맞았다. 햄버거 냄새를 좋아했고, 음악 취향이나 살아온 과정도 비슷해 손쉽게 친구가 되었다. 하지만 손쉽게 친구가 된 만큼 누가 먼저 연락을 끊어 버리면, 혹은 사는 게 바빠 서로를 잊어버리면 아무 사이로 남지 않게 될 것도 알았다. 문득 든 생각은 현실이 되기 쉽다. 내가 아르바이트를 그만둔 뒤 우리는 한순간에 멀어지다가 잊을 만할 때 한 번씩 안부를 주고받았다. 노동의 지겨움과 여행을 가자는 얘기를 나누었다. 어느 쪽이든 부질없었다.

김서정이 죽은 걸 알게 된 것은 김서정이 귀신의 모습으로 내 앞에 나타났기 때문이었다. 아니지, 김서정이 죽었다는 걸 안 후에 내가 그의 장례식장에 가도 될까 고민하다가 결국은 가지 않은 후였다. 절친한 친구도 뭣도 아닌, 예전에 잠시 함께 아르바이트했던 사이니까 결국 어떤 연결도 없는 거 아닌가 하고 역시 손쉬운 방법으로 죄책감을 해치웠을 때였다. 꺼림칙하고 속상해. 이상한 기분이다. 그래 봤자 나와 전혀 상관없는 사람이고 몇 달이나 어쩌면 이 주일 정도만 지나도 잊게 될 거라고 믿었을 때. 그렇게 믿자마자 나타나는 건 어떤 심보인가 싶었다.

*

앤스버거는 어느 정도 손님을 되찾았다. 사람들은 마스크를 하고 손 소독제를 바르고 1.5미터씩 거리를 둔 채로 주문을 한 후에, 좁은 매장에서 마스크를 벗고 대화를 하며 햄버거를 먹었다. 콜라도 먹고. 점장은 유쾌한 말투로 손님들을 응대했다. 알바생들은 처음 보는 얼굴들뿐이었다. 나는 감자튀김을 반으로 쪼개 먹으면서 매장 안과 밖을 번갈아 바라보았다. 익숙한 장소에 시간이 입혀지면 전혀 새로운 곳이 되는구나. 굳이 모르는 골목을 찾아 헤맬 것도 없었어. 김서정은 내 앞에 얌전히 앉아서 나와 같이 매장 안을 둘러보고 창밖으로 지나가는 사람이나 개 같은 걸 눈으로 좇았다.

김서정이 점장 때문에 죽었다고는 할 수 없지만, 귀신이 된 김서정을 데리고 굳이 이곳에 온 건 내 심보가 김서정 못지않게 고약하기 때문일 것이다. 귀신이 된 김서정을 내게서 떨구기에 여기가 제일 적당할 것이라는 게 큰 이유이기도 하고. 나를 발견한 점장은 입가에 미소를 지으면서 귀여운 모자와 앞치마를 벗었다. 여전히 다정하고 친밀한 제스처. 우리 둘 다 점장의 그러한 면을 좋아했다. 김서정은 내 맞은편에 앉아 있다가 점장이 다가오니 내 옆으로 자리를 옮겼다. 의자에서 일어나 테이블을 그대로 투과해 오는 걸 보자 김서정이 귀신이라는 게 실감 나 버리고 말았다.

점장과 사귀게 되었어. 그 말을 할 때 김서정은 마치 부모에게 처음 사귄 애인에 대해 털어놓듯 어색하지만 들뜬 목소리였다. 우리가 좋아하는 음악을 공유할 때와 같은 표정이었다. 나도 네가 좋아하는 그 노래를 좋아해, 라고 할 때처럼. 나는 지나치게 놀랐고 실망에 가까운, 약간의 경멸감을 숨기지 못했다. 점장이 싫었고 점장과 김서정이 사귀는 건 더욱더 싫었다.

점장은 호쾌한 사람이었다. 그리고 살아오면서 익힌 어른의 힘을 이용할 줄 알았다. 좋게 말하면 사회성과 친화력이 뛰어나지만, 그것을 무기로 어리숙한 알바생들의 노동력을 착취했다. 네 경력에 도움이 될 것이라며 개인 작업(점장은 개인 유튜브 계정을 운영했다. 그 계정에 들어가면 수줍어하는 표정으로 음료를 만드는 점장의 벗은 상체를 볼 수 있다.)의 홍보물을 제작하게 하고, 부당함을 호소하면 대가 대신 '선택의 몫'을 떠넘겼다. 진정한 어른이란 자신이 선택한 일에 책임을 져야 한다는 것이었다. 나 또한 티저 비슷한 짧은 영상 편집을 해 주었던 적이 있었고 작업비를 따지지 못했다. 이미 다른 곳에서 어린 사회인을 아끼고 다독이는 척 자신의 이익을 취하는 사람을 만난 적이 있었다. 그런 어른은 어딜 가도 있었고, 짠 것처럼 모두 담배를 사 주었다.

김서정이 알콩달콩한 연애 이야기를 꺼낼 때마다

점장의 부드러운 미소와 그 앞에서 아무 말도 못 했던 나에 대한 혐오가 함께 올라왔다.

점장 계정이 점점 화려해지던데 네 솜씨지? 너 이용당하는 거야.

진심 섞인 말이긴 했지만 오로지 진심뿐인 말은 아니었다. 내가 감정에 못 이겨 일부러 던진 미운 소리를 들은 후, 김서정은 꽤 상처를 받았는지 다시는 점장 얘기를 하지 않았다. 어쩌다 맥주를 먹으며 연애와 관련된 불화, 고민 등을 말하려 할 때는 내가 입을 막아 버렸다. 어떠한 이야기가 나오기도 전에. 그때의 나는 발등에 불이 떨어진 것처럼 살아가고 있었다. 팔자 좋은 연애 고민을 들어줄 정신머리가 없었다. 굳이 내 상황을 핑계 삼지 않더라도 나는 그냥 그 얘기를 듣고 싶지 않았다.

*

점장은 진심으로 내 걱정을 해 주었다. 주로 음식의 영양가와 수면 시간, 체력, 운동의 필요성, 정신 상태 같은 것들을. 점장의 목소리는 높낮이의 변화가 없고 말하는 속도가 느려서 듣기에 좋았다. 나는 무성의하게 고개를 끄덕이며 점장의 말을 들었다. 점장이 가장 걱정하는 것은 내가 멈추어 있다는 점이었는데, 그건 아르바이트를 할 때도 들었던 말이었다. 멈추어 있는 것들은 부패한다. 사람도 예외는 아니야. 멈춰 있으면 망가져. 망가진 사람은 남에게 피해를 줘. 자기 쪽으로 끌어들여서 같이 가라앉게 해. 김서정이라고 지칭하지 않았으나, 점장이 하는 말의 바탕에 김서정이 깔려 있다는 것이 충분히 느껴졌다. 내가 김서정과 세트로 붙어 다녔다는 걸 알고 있으면서 김서정의 안부를 묻지 않았고, 특정한 얘기에만 주어가 생략되어 있다는 점에서 그랬다. 이것도 그저 내 피해 의식의 일부분이려나. 그저 김서정이 죽었다는 걸 모르기 때문일 수도 있는데.

여전히 말이 많고 건강한 점장의 입술이 빠르게 움직였다. 김서정은 이 세상에 있다고도 없다고도 할 수 없는 귀신이 되어 그런 점장을 보고만 있었다. 나는 김서정 얘기를 꺼낼 생각은 처음부터 없었다. 그냥 내가 어떻게 지내는지, 운동이나 음식의 영양가가 아니라 어떤 일이 있었고 어떤 기분이 드는지를 말하고 싶었다. 점장님 당신은 무력해서 침대에만 있고 싶을 때가 정말 도저히 한 번도 없었는지. 하지만 점장은 이제 자신의 최대 관심 분야인 운동에 대해 말하고 있었다. 운동한다고 무조건 좋은 게 아니라 바른 자세로 해야 한다고 했다. 코어니 플랭크니 운동 관련 용어를 쓰면서 열심히 자기 얘기만 했다. 말 많고 건강한 점장의 세계에 나는 도저히 끼어들 틈이 없었고. 김서정은 귀신으로도 남지 못한 채 아예 삭제되었다.

김서정은 귀는 없고 입만 뚫린 사람이랑 어떤 연애를 했을까. 이제야 김서정의 알콩달콩한, 혹은 지난하고 지지부진한 연애사가 궁금해졌다. 지금처럼 멀뚱히 앉아서 점장의 얘기를 듣기만 했는지, 사랑스럽게 고개를 끄덕이며 맞장구를 쳐 주었을지, 잠시만요 그보다 우리 이따 영화 보러 갈래요? 화제를 전환했을지. 귀신의 형태로는 살아 있을 때의 김서정이 어땠을지 점점 추측하기 어렵고.

마음속 숨겨 놓은 연못 위로 오랜만에 바람이 불었다. 바람은 물결을 일으켜, 메마른 잔디가 흘러넘친 물에 젖어 축축해지듯이 갈비뼈 부근이 묵직했다. 김서정은 처음 몇 번은 싫다는데도 굳이 굳이 이야기를 꺼냈다가, 내 싸늘한 반응을 몇 번 경험한 뒤 아예 입을 다물었다. 할 말이 있는 것 같은 얼굴로 찾아와 라면만 먹고 돌아가는 날도 가끔 있었다. 그러니까 나는 이들의 연애 얘기가 듣기 싫다는 걸 방패 삼아 김서정의 고민을 없애 버린 거다. 지금 내 앞에 있는 사람과 다를 바 없이.

*

나는 연못 앞에 있었다. 누구나 마음속에 하나쯤 품고 사는 그런 연못이었다. 연못 주변은 수풀이 우거져 한낮에도 햇살이 잘 들지 않았다. 공기는 미지근했고, 연못을 들여다보기에 적당할 정도로 사위가 고요했다. 나는 거기서 종종 누군가를 생각했다. 주로 애정하는 사람에 대한 것이었다. 그 사람은 어째서 그토록 아름다운지, 왜 자꾸 예상치 못한 곳에서 나타나 나를 놀라게 하는 것인지. 이곳의 풍경은 왜 내가 아니라 그 사람으로 인해 바뀌게 되는 걸까. 그런 생각을 하다가 연못을 들여다보면 낯선 얼굴이 수면에 비쳤다. 물풀이 자라나고 물고기 그림자가 많아졌다. 긴장이 풀리면 초대하지 않은 사람이 연못으로 찾아왔다. 어떤 사람은 내 연못에 우유를 붓고 달아나기도 했다. 우유 한 컵으로 오염된 연못을 정화

하기 위해서는 몇십 배의 깨끗한 물을 들이부어야 했다. 나는 뿌예진 연못을 다시 맑게 만들기 위해 많은 시간을 들였다. 오로지 연못에 시선을 둔 채, 오염된 정도를 추측하면서 물을 쏟아 넣었다. 하지만 연못이 완벽하게 원래의 모습으로 돌아가는 건 불가능해. 내가 깨끗한 물을 붓고 있는 동안 또 누군가 찾아와 또 다시 우유를 넣고, 또 다른 사람이 찾아와 이번에는 재떨이를 털었으니까.

나는 나의 연못을 지키는 데 골몰했다. 하다 보니 이건 별일 아니게 되었다. 온 생애에 걸쳐 당연히 해야 하는 일로 느껴졌다. 지치고 슬퍼서 연못을 내버려 두었다가도, 기분 나쁜 잠에서 깨어난 날에는 다시 연못 앞에 서 있었다. 깨끗한 물을 퍼 나르는 사람으로 살겠구나 나는. 마음속에 예쁜 연못을 지니고 싶다는 욕심은 저주와 같았다. 나는 그래도 멈추지 않았고, 물을 끌어오느라 단단해진 팔에 자부심을 갖고 있었다. 그러는 동안 김서정이 자신의 오염된 연못 앞에 쪼그려 앉아서 연못과 함께 썩어 가는 걸 보지 못했다. 나는 내 연못만 바라보느라 다른 사람들한테도 연못이 있다는 사실을 잊었다. 어떤 사람은 자기 연못이 오염되고, 그 안의 생물이 사라지고, 더 이상 연못이 아니라 늪이 되어 가는 과정을 바라보는 것밖에 할 수 없다는 것을. 난 원래 뭘 쓰려다가 아무 소용도 없는 귀신 얘기나 지껄이고 있는 걸까. 예나 지금이나 나는 내 연못만 들여다보다가 친구가 자기 연못을 덩그러니 남긴 채 어딜 가 버렸는지도 몰랐다.

커피가 식을 때까지 점장의 말이 계속되었다. 예전 같았으면 하등 쓸데없는 그 말을 귀담아들으며 눈을 빛냈겠지만, 지금은 그저 조곤조곤하고 나른해 지겹고 졸렸다. 나는 점장이 담아 준 더치커피를 챙기지 않고 자리에서 일어났다. 움직이는 것들도 부패할 수 있다는 말은 입 밖으로 꺼내지 않았다. 말해 봤자 점장은 이해하지 않을 것이다. 모르니까. 모르는 게 죄는 아니지만 누군가에게 치명상을 입히기도 한다는 것을.

묵례를 하고 건너편으로 길을 건너 걸을 때까지 김서정은 점장 앞에 앉은 채 나를 따라오지 않았다. 제자리를 찾은 건가 싶었지만 역시나 거기에 김서정이 있을 자리는 없지. 집에서 나온 지 얼마 되지 않은 것 같은데 해가 저물었다. 언젠가 한번 가 보고 싶었던 옛날 국숫집에 들어가 잔치국수를 주문하자 김서정은 물 흐르듯 다가와 맞은편 의자에 앉았다. 나는 아무런 말도 생각도 없이 국수를 먹었다. 국물이 진했고 김과 계란 지단이 고명으로 가지런하게 올라가 있었다. 가느다랗고 흰 소면이 목 뒤로 부드럽게 넘어갔다. 나는 돌잔치에서 명주실을 집었으니 오래오래 살 수 있을까. 미신은 별로 믿을 게 못 돼. 김서정은 생명선이 굵고 길었으니까. 우연히 만난 적 있는 무당 언니는 내게 여한이 없으면 혼이 남지 않는다고 말했다. 역시 미신을 믿을 게 못 돼. 머릿속에서 없애려고 애를 쓸수록 나는 그 말에 사로잡혔다.

국숫집 주인 부부는 낮에 손님이 주고 간 거라며 크림빵 한 조각을 덜어 주었다. 마지막 손님이니까 주는 거예요, 라고 했지만 손님인 나를 두고 뒷정리를 하는 게 미안한 눈치였다. 빵이 담긴 접시가 나와 김서정 딱 중간에 놓였다. 김서정은 창밖을 바라보고 있었다. 도대체 얘는 무슨 생각을 하는 걸까. 착잡한 기분으로 집어 든 빵에 작은 점처럼 피어 있는 미약한 곰팡이. 그 부분만 살짝 떼어 내고 빵을 입에 넣으니 크림이 달콤했다. 이 정도로 배탈이 나지는 않겠지만 곰팡이는 열매나 꽃 같은 거라고 들은 적이 있었다. 곰팡이가 피어 있다는 건 이미 음식 전체에 균이 퍼져 있다는 뜻이니까, 상한 부분을 덜어 내 봤자 이게 상한 빵이 아니라고는 할 수 없지. 이 사실을 이미 알고 있었다고 해도 나는 먹겠지. 곰팡이가 피어 있는 부분만 도려낸 후에, 그게 무결하다고 믿으면서. 그 세균 같은 것들이 불러올 나쁜 가능성을 애써 무시하는 일에는 단련되어 있으니. 그치? 김서정은 귀신이라서 크림빵에 손을 대지 않는 걸까, 원래부터 크림빵을 안 좋아했던가 알 수 없었는데 물어볼 수도 없어 답답했다. 나는 사실 크림빵을 싫어해. 그래도 챙겨 주신 걸 남길 수는 없었고, 느끼하고 상한 빵을 입안에 가득 넣고 씹는 건 스스로에게 벌을 주는 것 같았다. 김서정을 앞에 두고서 나는 남은 크림빵을 힘주어 삼켰다.

*

왔던 길을 되돌아가는 건 쉬울 줄 알았는데 꽤 힘이 들었다. 걷다 보니 어찌 된 일인지 김서정은 보이지 않게 되었다. 잠들기 직전에 슬그머니 옆에 눕거나 자고 일어났을 때 커튼 옆에 서 있을지는 모르는 일이다. 좋거나 나쁘다고 말할 수 없이 그저 그렇구나, 하고 말겠지.

귀신이 되어 나타난 후 우리는 눈을 마주친 적이 없었다. 대화를 할 수 없으니 서로 바라볼 필요가 없기도 했지만, 솔직히 말하자면 내가 슬쩍슬쩍 피했다. 그렇다고 살아 있을 때도 우리가 눈 맞추며 이야기하는 편은 아니었잖아. 그치. 어쩌면 김서정이 귀신인 채로 나를 따라다니는 건 내게 벌을 주기 위함이 아닐까. 김서정이 하는 말도, 김서정의 기분도 하찮게 여겼으니까. 살아 있을 때는 화내지 못하고 죽어서 나를 괴롭히는 걸까. 화를 내고 싶어했는지는 사실 잘 모르겠으나 분명히 알고 있는 게 있긴 했다. 김서정은 사랑이 하고 싶었어.

사랑이 하고 싶어.

결혼하기 싫다며.

결혼 말고 사랑.

실컷 해라.

그 말은 정말이었을까. 사랑을 하려면 우선은 살았어야지. 사랑을 하고 있었다면 김서정은 살았을까. 그러니? 하지만 귀신이 된 김서정은 대답 없이 모습을 감추어 버렸다. 그러고 보면 우리는 사랑에 대해 참 많은 대화를 했는데, 모두 부질없는 시간 낭비였다.

애정하고 사랑하는 그런 글을 써 봐.

연애 소설 쓰라고?

꼭 연애하는 내용을 말하는 게 아니고, 어휴 참 너는 사랑도 안 해 봤니. 그냥 느껴지는 거 있잖아. 이거 참 사랑이구나. 읽기만 해도 그런 기분이 들게 하는 그런 걸 써 보라고.

너나 써 그런 건. 완전 내 스타일 아니야.

야 야 넌 참 자신에 대해 모른다. 완전 네 스타일이거든 그거.

그거 뭐.

사랑 말이야 이년아.

사랑은 뭔가를 욕망하는 마음과 가깝지 않나. 욕망하는 게 있는 사람은 자살을 선택하지 않는다고 들은 적이 있는데. 적어도 충동이 아니라 계획적으로 각오를 하지는 않지 않나. 사라지고 싶다는 말을 사랑이 하고 싶다는 말로 잘못 들어왔던 걸까. 하지만 아무리 생각해봐도 김서정이 원하던 것은 사랑이 맞았다. 엄마는 이제 할머니가 없는 할머니의 집에 갔다. 숨이 끊어진 채 마당에 누워 있던 할머니를 맨 처음 발견했다던 교회 목사와 함께 밤을 줍고, 매실주를 담근다고 했다. 이건 사랑일까.

저 멀리 중학교 운동장은 잘 보이지 않지만 누군가 뜀박질하는 소리, 손바닥으로 모래성을 꾹꾹 눌러 다지듯 평평하고 단단한 바닥을 딛는 박자감이 느껴졌다. 드문드문 켜져 있는 가로등의 개수를 세면서 골목을 걸었다. 낮에 익혀 놓은 골목을 밤에 다시 헤매고 있자니 전혀 다른 공간을 찾아가는 기분이 들었다. 고양이는 나무 위에서 밤잠을 자고 있었다. 나는 나무를 방문 삼아 노크하듯이 약하게 두드리다가 그곳을 지나쳤다.

집에 돌아가고 싶지 않았다. 새로운 골목을 만나지 못하면 인생을 실패한 사람처럼 분노를 터뜨려야지. 그런 기세로 육교를 건너고 하천을 따라 걷고 그래 봤자 내 느린 걸음으로는 아주 먼 곳까지 당도하기 힘들 거라는 확신이 들었을 때, 제자리에서 한 바퀴 뱅그르르 돌아 보아도 여전히 김서정은 보이지 않았다. 그러니까 이제는 낯선 곳이 아니라 다시 익숙한 나의 동네를 걸어야 할 것만 같았고. 아 힘들어. 아니 사실 힘들다기보다는 지겹다는 마음으로 남의 집 앞에 주저앉았다.

쪼그려 앉으니 세상은 너무 커 보이고, 어린아이가 된 기분이 들었다. 나는 내 어린 시절을 잘 기억하지 못했다. 언제나 당장 처해 있는 상황 몇 개에 고개를 처박고, 그게 세계의 전부인 듯 아등바등했으니. 작아진 내 앞에는 악몽을 그러모아 구긴 것처럼 표면이 거칠고 새까만 돌멩이 다섯 개가 놓여 있었다. 음영으로 만들어진 눈과 입이 모두 인자하게 비틀린 웃음을 지었다. 나는 기억에 없는 어린 내게 말을 걸었다.

불길한 웃음소리가 익숙해졌을 때, 너는 네가 만든 돌멩이와 친하게 지내게 될 거야. 돌멩이로 제 손바닥을 찌르며 손쉽게 나약한 미래를 예측하게 될 거야. 커다란 손바닥을 갖게 될 거야. 너는 누구보다 공기놀이를 잘 하게 될 거야. 어느 날 무심코 반질반질해진 돌멩이를 손등 위에 올리게 되고, 공중에 던져진 꿈들을 아무런 무리 없이 잡아 낼 거야.

자신의 기분에 집착하는 일은 재미도 없고 감동도 없어 누구한테도 말할 수 없었다. 중학교 운동장에는 아직도 그 여자가 달리고 있을까. 근육이 잘 잡힌 흰 종아리를 떠올렸다. 그 여자처럼 지속적인 달리기가 정말 가능한가. 따라해 보려고 발을 바닥에 딛다 말았다. 뜀박질은 어렵고 뛰는 걸 지속하는 건 엄청난 에너지가 들어, 어느 정도 굳건한 각오가 필요했다. 왔던 길을 되짚어 가 볼까. 나무 위의 고양이와 눈을 맞추게 되거나 나를 관통하는 문장을 만나거나, 어쩌면 아침이 오기도 전에 운동장을 달리는 그 사람같지 않은 여자를 사랑할 수 있을 것만 같았다.

어린 이의 희박한 자리

두애는 방문을 잠그고 한나절 동안 나오지 않는다. 두애에게는 종종 이런 시간이 필요하다. 월경 주기처럼 규칙적으로 그러나 불현듯 찾아오는 이 날에 나는 그다지 날카롭지 않은 칼을 쥐고 두애를 기다린다. 껍질이 끊어지지 않고 길게 길게 이어지도록 사과를 깎는다. 칼은 순간의 세계. 방 쪽에 귀 기울이며 멈칫하다가는 손가락이 베이거나 껍질이 끊어질 것이다. 두애는 자기만의 시간과 생각 속에서 내가 모르는 불행을 견디고 있다. 그런 시간들을 보내고 문을 열 때마다 완전히 지친 모습이고, 먼 미래를 미리 보고 온 사람처럼 허탈한 동작과 표정으로 걸어 나온다. 나는 아무것도 묻지 않고 그나마 덜 갈변된 사과를 한 조각 건넬 것이다. 두애는 사과를 손바닥에 올린 채로 소파에 늘어져 있다가 결국 먹지는 않을 것이다. 지금까지 그래 왔고 앞으로도 그럴 것이다. 이 과정은 조립식 가구를 만드는 것처럼 당연한 절차가 되어 버렸다.

나는 사과의 속살로 미끄러지는 칼날과 그 감각에 집중한다. 두애의 방문을 의식하지 않는다. 그 안에서 어떤 일이 벌어지고 있는지 나는 모른다. 껍질이 끊어지지 않게 사과를 깎는다는 것은 한 순간 순간이 길게 이어져야 하는 일이다. 이 순간들에 몰두하기 위해서는 그냥 지나쳐야 하는 다른 순간들이 있기 마련이다. 비가 잠깐 쏟아졌다 그치고 해가 어느 쪽으로 기울며 가라앉고 잠자리가 베란다 창에 부딪히는 일들을 모르는 하루.

나는 두애가 나오기 전까지 계속해서 몰두한다. 간단한 일도 몰두해서 하려고 한다. 온갖 쓰레기가 널브러진 거실을 걸으면서 재활용이 가능한 쓰레기만 줍고 그다음엔 종이로 된 것만 줍고, 그러다 보면 신발장 앞에 쓰레기봉투가 여섯 개 정도는 금방 쌓인다. 그래도 혼자는 외롭고 시간이 잘 가지 않는다. 두애의 방문 그 단단한 손잡이를 바라보고 있으면 간신히 먼 곳에 떨어뜨려 놓았던 어떤 기분들이 머릿속으로 밀려들기 시작한다. 미루어 놓았던 만큼 매끈하게 성장해 있는 그것들은 작고 단단한 돌멩이 같은 것이다.

어렸을 때의 나는 미끄럼틀 제일 높은 곳에 올라가 시간을 때우곤 했다. 벤치에는 옆집 할아버지가 앉아 있었다. 그와 나는 서로에게 단 한 번도 먼저 인사를 한 적이 없었다. 그러나 이른 새벽 분리수거함을 뒤지는 것, 경비와 사이가 좋지 않은 것, 혼자 사는데 찾아오는 손님조차 없다는 그의 사정을 내가 알고 있듯이 그도 나의 지난한 가정사를 알고 있을 게 뻔했다. 어둑어둑 해가 다 저문 뒤의 놀이터에 끝까지 남아 있는 사람은 우리 둘밖에 없었다.

할아버지는 계속해서 터져 나오는 기침 때문에 손으로 입을 막았다. 휴지나 물, 뭐든지 간에 도움이 필요해 보였지만 나는 미끄럼틀에 가만히 앉아 그 모습을 보고 있었다. '아는 사람'과 '모르는 사이'의 어디쯤에서 생각이 멈춰 있었다. 할아버지는 내 쪽으로 걸어오면서 토했다. 토사물은 별것 없이 묽게 흘렀다. 그는 내게 보여 주기 위해 일부러 토하기라도 한 것처럼 내 앞에서, 굳이 허리를 곧게 세우면서 손바닥을 펼쳤다. 거기 그게 있었다. 조그만 회색 조약돌.

나는 미끄럼틀을 천천히 타고 내려왔다. 가방을 버린 채 집으로 향했다. 거의 매일 보면서도 서로 모르는 체 지내던 옆집 할아버지가 왜 내게 그걸 보여 주었는지 나는 지금도 알지 못한다. 다만 그 후 조약돌은 살다가, 걷다가, 시간을 보내다가 종종 내 손에 잡혔다. 나는 조약돌을 손에 쥐게 될 때마다 버려진 강아지마냥 원한 적 없는 것들이 눈앞에 나타나 살랑살랑 꼬리를 흔드는 기분에 사로잡혔다. 그리고 몰두할 무언가를 찾아 헤매게 되었다.

가방 앞주머니에, 주머니에, 머릿속에 조약돌이 들어 있고 운이 나쁘면 갑작스럽게 조약돌을 만날지도 모른다고 의식하는 것은 내게 이미 오랜 습관이 되었다. 두애와는 재수학원을 같이 다녔지만 서로에 대해 궁금해하거나 누가 먼저 자기 얘기를 꺼낸 적 없었다. 수업이 끝나면 맥도날드에서 각자의 메뉴를 시켜 조용히 먹고 헤어졌을 뿐이었는데, 맥도날드 건너편 재즈 바에 가 보자고 한 사람은 두애였는지 나였는지 기억이 잘 나지 않는다.

나는 그날 이미 입안에서 조약돌을 굴리고 있었

다. 망친 시험지가 가방에 있던 날이었고 학원비 납입 날짜였으며 술을 마시고 집에 들어간 몇 시간 뒤 아버지의 비상금을 훔치다 걸린 날이기도 했다. 술을 많이 먹었고, 이제 대학 안 갈 거다 어차피 가고 싶은 과도 없다, 따위의 말을 오래도록 했는데 두애는 그 지겨운 얘기를 들었다. 나는 조약돌이 자꾸 혀에 걸려 말을 더듬었다. 그 점이 창피해서 정신을 똑바로 차리려고 애썼다. 두애는 말을 잘했고, 잘 들었다. 눈을 맞추면서 들었다.

그래. 나도 알아 그런 기분.

두애는 취미로 코스프레를 한다고 했다. 숨겨 왔던 정체를 고백하는 것처럼 사실은 말이야 나는 코스프레를 해. 이렇게 말했다. 나는 학원이나 길거리에서나 그다지 눈에 띄지 않는 두애가 코스프레를 하는 모습이 잘 떠오르지 않았다. 신기하다 신기해 두애는 주로 어떤 옷을 입을까 궁금했지만 그렇구나, 하고 말았다. 두애는 한결 가벼워진 표정으로 빙글빙글 사람들을 비추는 보라색 불빛을 바라보았다. 그리고 리듬에 고개를 끄덕이며 충만함에 대해 이야기했다.

모나코의 의상을 잘 차려입고 풀 메이크업을 하고 작은 액세서리까지 차면 나는 정말 부풀어 터지기 직전인 풍선처럼 그렇게 완벽해지는 거야.

나는 무언가로 가득 차 있다는 걸 느껴 본 적이 없었기 때문에 두애의 말이 의아했다. 두애는 나를 이해시키기 위해 풍선이니, 갓 만들어진 케이크니 비유를 하며 충만함에 대해 계속 말했다. 나는 아 그거! 이런 거구나 그런 거구나 이제 알 것 같다는 말을 할 수 없었다. 이건 예를 들어 고양이 같은 것이다. 나는 고양이를 좋아하지만 고양이의 기분을 알 수 없다. 두애가 하는 말은 마치 고양이가 내게 '높은 지붕에서 잠을 자다가 몸을 쭉 편 후에 아래로 한 번에 훅 뛰어내리는 기분이야.'라고 말하는 것과 비슷했다. 그러니까, 전혀 다른 눈높이. 서 있는 곳이 다르거나 보고 있는 것이 다르거나. 나는 두애가 말하는 충만함을 이해하지 못했지만, 자신이 좋아하는 것에 대해 확신을 가지고 말할 수 있다는 사실이 부러웠다.

천장에서 미러볼이 돌아가고 있었다. 어둠이 지나가고 빛이 지나가고 두애의 표정이 사진을 이어 붙인 영상처럼 각도별로 비쳤다. 내가 나 이외의 모든 문제에 대해 토로하는 동안 단체 손님들이 들어왔다. 리드미컬한 멜로디가 바를 채웠다. 주변의 소음이 너무 커서 언성을 높여야 했다. 두애는 자꾸만 욕을 뱉는 내 입에 사탕을 넣어 주었다.

지금 우리 둘만 생각해.

미러볼이 몇십 바퀴를 돌고 돌았다. 나는 사탕을 굴렸다. 옆에는 시시각각 바뀌는 두애가 있었다. 비치는 얼굴마다 전혀 다른 사람 같았다.

이제 두애는 학원에 다니지 않는다. 우리는 베란다로 들어오는 햇볕을 즐긴다. 볕이 들지 않는 시간에는 양반다리를 하고 앉아 배달 음식을 먹고 반쯤 누워 음료수를 마신다. 나의 모든 시간을 두애가 함께 한다. 두애의 집에 있으면 아무것도 하지 않아도 되고, 세상이 멈춘 것만 같아. 모두가 다 같이 공평하게 멈추어 버린다면. 여기 있으면 허무맹랑한 바람이 실현되는 기분이 든다. 눈앞에 닥친 것들이 없다는 점에서 실제로 그렇기도 하다. 우리가 함께 있어서 혹은 우리끼리만 있기 때문에 시간은 쉽게 멈춘다.

나는 가끔 내가 없는 두애의 집을 생각한다. 내가 없는 두애의 시간에 대해. 두애는 다채로운 에스닉 무늬 원피스를 입고 화장을 하고 고데기로 머리를 정리한 채로 집에만 있다. 다리를 끌어안고서 애니메이션이나 영화를 보고 배가 고프면 배달 음식을 시키고. 그리고 또 뭘 할까. 내 머릿속에 떠오르는 두애는 표정이 없다.

내가 있거나 없거나 두애의 시간에는 큰 변화가 없다. 자기만의 어떤 것으로 이미 충만하니까. 아주 가끔씩 방에 들어가 나오지 않게 된 것을 제외하면 몇 달 전에 있었던 그 일에도 두애의 일상은 크게 달라지지 않았다. 그렇게 보인다. 그러나 생각해 보면 꼭 그렇지만은 않다. 모르겠다. 사실은 많은 것들이 두애 안에서 바뀌고 있을지도. 나는 그날 두애의 집에 없었고, 내가 없는 두애의 일은 상상이 잘 되지 않는다. 어떤 순간은 지금까지의 삶이 재정립될 만큼 많은 것들을 바뀌게 한다.

그날이 그랬다. 어떤 하루가 우리에게, 아니 두애에게 있었다. 팬이 다녀갔다고 했다.

내 팬이 맞는데 사실 내 팬이라기보다 내가 코스프레한 모나코의 팬이면서, 모나코를 코스프레한 모습일 때의 내 팬이라고 해야 하나. 메시지로 깊은 얘기를 주고받기도 했어. 그래 정말로 깊은 얘기를 나누었어. 어느 한때는 그랬어. 그러다가 연락을 끊었는데, 물론 내가 관심에 굶주려 있다고야 할 수 있지만 그것도 어느 정도여야지. 애정에 정도라는 것이 있다면 그건 원하지 않았던 정도의 애정이었어. 그 사람은 모나코에게 말하고, 모나코가 어떤 말을 해 주길 바라고, 때때로 내가 원한 적 없는 것을 주기도 하고 그랬어. 갑자기 집으로 찾아온 그 팬과 나는 현관에 서서 몇십 분 동안이나 얘기를 했는데 슬쩍 살펴보니 칼이나 망치 같은 건 없었어. 그런 것들이 들어 있을 만한 주머니도. 안심하는 마음 조금, 이 사태를 잘 흘려보내자는 마음 조금, 토하고 싶은 마음 조금이 섞여서 다리가 풀릴 지경이었어. 나는 손님이 찾아왔다는 듯이 행동했어. 그러고 싶다면 언제든 방문해도 좋다는 허락을 한 것처럼. 화를 내야겠다는 생각이 전혀 들지 않았어. 현관문 사이에 껴 있는 그 사람의 운동화가 워낙 완강했기 때문에. 그래 그랬던 것 같아. 그 사람을 집에 들여야 하나 말아야 하나 어떤 것이 더 위험한가, 혹은 안전한가에 대한 순간적인 판단. 그게 꼬인 것 같아. 운동화의 앞코가 점점 문 안쪽으로 들어오는 것 같았어. 그리고 나는 이 집에서 적어도 몇 년 동안은 살아야 하니까. 그러니까. 순간이라는 건 선택을 지배하는 어떤 시간성이라는 생각을 그 순간에 했어. 어쨌든 나는 그 사람을 들어오게 한 다음 테이블 앞에 앉았어.

밥은 먹었어요?

커피 좋아해요?

밥과 차를 대접하니 그 사람은 떠났어.

그날 저녁 두애는 오랫동안 활동해 온 동호회와 인터넷 카페를 탈퇴하고 개인 메신저 계정을 삭제했다. 나는 두애를 도왔다. 두애의 이름과 아이디와 코스프레와 각종 캐릭터를 검색하고 많은 곳에 전화를 걸고 찾아가기도 했다. 불가능한 것들이 생각보다 많았다. 마우스를 붙잡고 자신의 이름을 검색창에 두드리면서 두애가 말했다.

외계인도 하고 코난이랑 유바바도 하고 동물도 하고 천을 뒤집어쓴 요괴나 괴물 같은 것도 했는데, 지워지지 않는 사진들을 보면 나는 반쯤 벗은 여자 캐릭터만 전문으로 코스프레하는 사람이었나 착각이 들어. 그리고 그것들은 내가 한 게 맞아. 긴 시간과 정성을 들여서 만들어 낸 사랑스럽고 자랑스러웠던 코스가 맞아. 그런데 그런 것들만 모아서 보니까 나도 내가 이상하게 느껴진다. 내가 했던 것들이 이상하다. 참 이상해. 그래 이상해. 근데 아무리 보아도 내가 직접 한 게 맞아. 그러면 내가 했으니까 누구 탓을 못하고 내가 한 게 맞다. 맞네. 맞아. 온통 맞는 거밖에 없구나.

나는 두애의 말을 들으면서 속으로 생각했다. 입 밖으로 내지는 않았다. 네가 잘못한 건 없어. 하지만 그 사람은 여전히 네 집을 알고 있지. 그건 맞아.

방문이 열리는 소리가 들리면 나는 일부러 그쪽을 쳐다보지 않는다. 두애는 소파에 눕듯이 앉는다. 촛농을 많이 흘린 초 같다. 내가 건넨 사과 한 조각을 꺼지기 직전의 촛불처럼 들고서 우리가 함께하는 집의 시간으로 되돌아온다. 두애가 말한다.

나 어제 친구 만났는데 그 친구가,

외출했다고?

응. 들어 봐.

응.

그 친구가 옷가게를 하는데 처음으로 그곳에 가 봤어. 자기 취향대로 가게를 꾸미고 자기만의 기준으로 옷을 분류해서 정리하고. 5평 남짓한 곳이었는데 보라보라 섬처럼 예뻤어. 색색의 옷들이 물결처럼 걸려 있고 조명은 줄곧 따뜻했어. 야자수처럼 잎이 넓은 나무가 거울 앞에, 피크닉 가방이 마네킹 아래에 배치되어 있었어. 아 물론 나는 보라보라 섬에 가 본 적이 없는데, 그 어감이라는 게 분명히 아름다울 것 같은 느낌이 들잖아. 그 친구는 그런 자기만의 정원 같은 데서 종일 시간을 보내. 지치고 지겨울 때도 있겠지만 나는 부러운 마음이 들었어. 적성에 맞을 것 같기도 하고. 아무튼 거기서 친구 일을 돕고 아르바이트를 하다가 나중에 작은 가게를 함께 운영하는 얘기를 했어. 기분이 괜찮았어.

요즘 내가 진짜 두려운 것은 두애가 나를 생각하지 않는 것이다. 두애는 종종 가 본 적 없는 보라보라 섬을 말하고 비유하고, 그럴 때마다 즐거워 보인다. 계획대로 흘러가는 미래를 이야기하는 건 원래 즐거워. 너무 순탄해서 환상 같으니까. 내가 없는 시간에 두애는 앞으로의 일에 대해 생각했구나. 이야기가 계속되는 동안 두애는 이미 보라보라 섬으로 가고 있는 것처럼 보인다. 준비해 놓은 짐 가방이 방 어딘가 숨겨져 있고 마음만 먹으면 그걸 찾아 들고 떠날 수 있을 것 같아.

듣고 있어?

응. 근데 뭐?

내일 모레 언니 온다고 조카랑.

두애는 언니랑 같이 산다고 했다. 나는 두애의 언

니라는 사람을 단 한 번도 본 적이 없다. 매일 들락거리는데도 흔적조차 보지 못했으니까. 언니가 오면 내가 없는 시간에도 두애는 다른 생각을 하지 않을 것이다. 어딘가 떠난다든가 하는. 집이 깨끗해질 수도 있고 두애는 고유의 집 냄새나 규칙적인 생활감 같은 것을 얻게 될지도 모른다.

현관문 비밀번호를 누르고 들어갔을 때 아이는 내 쪽을 흘깃 쳐다보다가 텔레비전으로 시선을 돌린다. 방문을 열어 보고 베란다를 살펴봐도 두애는 보이지 않는다.

애, 어른은 없니?

몰라. 텔레비전을 가리고 있잖아요.

아이는 유튜버가 소개하는 장난감 아이섀도를 몰두해서 본다. 장난감 화장품은 색조가 다양하고 내가 쓰는 화장품과 별반 달라 보이지 않는다. 아이는 이미 핑크색으로 뒤덮인 얼굴에 볼터치를 한다. 손동작이 제법 유튜버와 비슷하다. 입가에 초콜릿과 립스틱이 덕지덕지 묻어 있다. 나는 티슈를 건네며 립스틱을 먹은 거야 초콜릿을 먹은 거야 농담을 건네지만 아이는 티슈를 받지 않는다.

나는 두애 이모 친구야. 너는 이름이 뭐야?

김유성.

유성아, 유성아 이름 예쁘다. 엄마나 두애 이모는 어디 갔어?

…….

유성아? 유성이는 몇 살이야?

…….

너 유튜브 좋아하는구나. 그거 뭐지 액체괴물 좋아해?

액체괴물 갖고 있어요?

지금은 없어.

아이는 금세 고개를 돌린다. 소파에 위태롭게 세워진 콜라를 마신다. 버르장머리가 단단히 없네. 나는 핸드폰 메모창을 열어 그렇게 쓴다. 잠시 후 들어온 두애는 바닥에 있는 장난감들을 발로 모은다.

유성이는 너희 언니 딸 맞지?

유성이?

응 재.

아 은재?

김유성이랬는데 이름.

김유성은 우리 언니 이름이고 재는 은재야.

나는 의문을 담아 아이를 쳐다보지만 아이는 내게 시선을 주지 않는다. 두애의 언니는 작은 짐 가방을 두고 급하게 나갔다고 했다. 은재는 잠자코 텔레비전을 본다. 다른 놀이를 하는가 싶어 채널을 돌리면 소리를 지른다. 일곱 살치고 꽤 크다고 생각했는데 웬만한 어른보다 목청이 더 크다. 나는 은재가 내 말을 무시하거나 반말을 할 때마다 텔레비전을 끄고 대화를 시도하지만 내 행동은 일곱 살의 강력한 분노를 이끌어낼 뿐이다. 그냥 내버려두는 것이 모두를 위한 더 좋은 방법 같다. 그래도 애들치고는 꽤 얌전한 편이지 않나 가만히 앉아서 유튜브만 보니까.

두애는 이미 은재가 하는 반말에 익숙하고, 평소에 전혀 하지 않던 요리를 한다. 은재는 한 시간에 걸쳐 완성된 계란프라이와 야채볶음밥을 한입도 먹지 않는다. 냉장고에는 두애의 언니가 챙겨 놓았는지 초코바와 요구르트 같은 간식이 수북하다. 나는 모처럼의 요리에 나가떨어진 두애를 보다가 난생처음으로 애를 씻긴다. 은재는 세수를 하는 내내 울고 물이 얼굴로 쏟아질 때 숨을 참는 법을 모른다. 나는 자꾸만 주저앉는 애를 일으키고 달래다가 화초에 물 뿌리듯 대강 헹구어 버린다.

은재는 밤늦도록 지치지 않고 유튜브를 보고 또 본다. 잠을 자지 않겠다고 도망칠 때가 가장 활기차다. 어르고 어르다가 화가 난 두애는 엄마가 영영 보고 싶지 않다면 마음대로 하라고 으름장을 놓아 버린다. 은재는 침대에 누운 채로 쓸데없는 질문을 몇십 분이나 퍼붓는다. 나는 그냥 불을 끄고 방문을 닫아 버린다. 우리는 얼이 빠져 소파에 앉아 하루를 마무리한다. 육아는 적성에 맞지 않는 것 같다는 둥의 얘기를 하다가 야식으로 주문한 족발이 도착했을 때, 은재가 실실 웃으며 방에서 나온다.

잠이 안 와. 안 오는 걸 어떡해.

은재는 유튜브를 보면서 가장 커다란 뼈다귀를 뜯는다. 두애가 중얼거린다. 내게 하는 말이기도 하고 스스로에게 하는 말이기도 하다.

아침에 데리러 올 거야.

그러나 다음 날 아침 두애의 언니는 전화를 받지 않는다. 그 다음 날에도 다다음 날에도.

일주일 정도는 금방 지나간다. 두애는 언니에게서 메시지 한 통을 받고 내게 말해 주지는 않지만, 나는 그 메시지가 꽤 절망적인 내용인 것을 알 수 있다. 두애는 보라보라 섬 같은 친구의 옷가게에서 아르바이트를 하지 못한다. 은재는 끼니 때와 상관없이 자신이 먹고 싶을 때 시리얼을 먹고 초코바를 먹고 가끔은 식빵에 초코 잼을 발라 먹는다. 씻고 싶을 때 얘기하라고 말해 두었으나 아직 한 번도 씻겨 달라고 한 적이 없다. 그리고 여전히 쉽게 잠들지 않는다. 그 점이 두애와 나를 힘들게 한다. 도저히 못 견딜 것 같은 일도 익숙해지기 마련이다. 끔찍할수록 오히려 타협과 수용은 쉬워지고, 은재는 우리의 일상에 완전히 스민다. 여전히 끔찍한 채로. 같은 공간에 있지만 각자 다른 시간을 보낸다는 점에서 이제 우리들은 한 가족처럼 느껴지기도 한다.

집은 예전보다도 빠른 속도로 더러워진다. 은재는 콜라를 자주 흘리고 혼자서 놀다가 잘 넘어지고 그때마다 울지만 우리는 그냥 내버려 둔다. 시간이 조금 지나고 보면 어느새 울음을 그치고 유튜브를 보고 있다. 종종 내게 와 게임을 방해하면 나는 얼린 요구르트를 손에 쥐여 준다. 그러면 말을 멈추고 요구르트를 녹여 먹으며 컴퓨터 창을 물끄러미 보다가 소파로 돌아간다.

요즘은 나를 찾는 횟수가 잦은데 그건 앞니가 썩

고 있기 때문이다. 은재는 손으로 입을 가리키며 아프고 슬프다고 말한다. 그러고는 양치를 시켜 주려고 칫솔에 치약을 묻히는 동안 내가 찾을 수 없는 곳으로 숨어 버린다. 자고 있는 은재의 입을 벌려 본 두애는 딸기향이 나는 가글을 주문했다. 은재는 가글을 입안에 오래 머금고 있다가 그대로 삼켜 버린다. 나랑 두애는 그 모습이 귀여워서 큰 소리로 웃는다. 우리가 웃으면 은재도 따라 웃는다. 두애는 이제 보라보라 섬에 대해 이야기하지 않고 자신을 꾸미지 않는다. 두애의 화장품은 점점 은재의 것이 되어 간다. 은재는 이 집에 있는 것들을 다 자기 것으로 만들려고 한다. 그건 비단 화장품만이 아니다. 하루라도 깊게 잠드는 법이 없고 늦은 시간까지 우리와 있으려고 기를 쓴다. 나는 헤드폰을 쓰고 모른 체하는데 두애는 그게 잘 안 되는 모양이다.

평소와 달리 은재는 음식 투정을 한다. 나는 헤드폰을 쓴다. 그러면 금세 저녁시간이 되어 있다. 가끔 뒤를 돌아볼 때마다 거실 바닥이나 소파를 수건으로 훔치는 두애가 보인다. 두애는 콘셉트 자체를 아이 엄마로 잡은 것 같다. 집 안은 여전히 지저분하고 해결

되는 게 아무것도 없는데 두애 혼자 바쁘게 움직인다. 은재는 아무도 자신에게 음식 투정의 이유를 물어보지 않자 노래 부르듯 말에 리듬을 붙여 찡얼거린다.

국물이 먹고 싶어 시리얼은 차가워 따뜻하고 국물이 있는 걸 줘 시리얼은 이제 그만 먹고 싶어 국물을 줘 내게 밥과 국물을 줘.

아저씨도 아니고 큭큭. 근데 나도 오랜만에 그런 거 먹고 싶다.

두애가 말을 꺼낸다. 나는 그제야 헤드폰을 벗는다.

나 아저씨 아니야 나 어린이야 어린이라고. 나는 어린이야.

그런 거? 뭐?

밥과 국물 그런 거.

자신을 빼놓고 이야기하자 은재는 결국 울음을 터뜨린다. 두애와 나는 말을 멈추고 잠시 서로를 장난스럽게 바라본다.

내일 마트에 가자. 밥과 국물을 사러. 냉장고가 텅텅 비긴 했어. 그런데 있잖아, 우는 애는 버리고 갈 거야.

그날 밤 우리 셋은 모두 조금씩 들떠 있다. 소풍 가기 전날처럼 잠자리에 쉽사리 눕지 못한다. 은재는 씻고 싶다며 나를 욕실로 이끈다. 머리를 감는 도중에도 두 눈을 꼭 감은 채 콧노래를 부른다. 두애는 내게 슬쩍 다가와 귓속말을 한다.

올해까지는 데리고 있어야 할 것 같아.

올해가 끝나려면 얼마나 남았지?

두 달?

내 생각에 네 언니는 겨울이 끝날 때까지 저 애를 데리러 오지 않아.

언니의 사정이 있는 거겠지.

네 사정은 없고?

별수 없다는 거지. 그치?

응.

꿈속에서 나는 두애의 언니를 본다. 그녀는 두애와 닮았지만 이목구비가 조금 더 짙고 화사하게 웃고 자기 인생을 즐기며 여행한다. 클럽의 리듬과 박자를 즐기는 두애의 언니, 알프스 산 정상에 올라간 두애의 언니, 대왕 돈까스 30분 안에 먹기에 성공한 두애의 언니. 그녀가 호탕하게 웃는다. 희고 빛나는 치아가 빼곡하다.

우리는 마트까지 버스를 탈지 걸어갈지 고민한다. 은재는 레이스가 여러 층으로 겹쳐진 긴 치마를 입고 제자리에서 뱅글뱅글 돈다. 햇빛도 좋고 바람도 좋고 이런 날에는 조금 걸어도 좋을 것 같아. 두애와 나는 눈으로 대화를 나눈 후 시내 쪽으로 걷는다.

바람이 차.

더 따뜻하게 입지.

그러게. 너는 오늘 주부 같네.

두애는 자신의 옷차림을 의식하며 푸른 치마와 회색 레깅스를 손으로 당겨 본다.

주부 같은 게 뭐야?

그냥 그런 느낌. 너한테 부여된 그런 분위기.

요즘 나한테 독설을 많이 하네.

나는 어깨를 으쓱해 보인다.

솔직히 네 스타일은 아니잖아?

풀어헤친 머리카락이 흔들린다. 은재는 우리의 느린 걸음을 보채지 않고 혼자서 앞으로 달려갔다 돌아온다. 깔깔거리며 뛰어올 때는 특이한 모양으로 찌그러진 나뭇잎이나 벽돌 조각 같은 게 손바닥에 놓여 있다. 자신이 주운 것들을 내 앞에 들이민다.

멋지다 어디서 이런 걸 가져왔어? 대단한데?

은재는 내 과장된 반응에 만족한다. 그리고 두애와 나 사이를 비집고 들어와 손을 잡는다. 우리는 좁은 인도를 셋이 나란히 걷는다. 두애는 은재의 신발끈을 고쳐 묶어 주거나 얼굴에 달라붙은 잔머리를 귀 뒤로 넘겨 주기도 한다. 나는 속으로 오 이건 진짜 엄마 비슷한 느낌이네, 생각한다. 욕실 제품이나 가구 광고에 나오는 일반적인 모녀의 모습 같은 거. 환한 운동장을 다 같이 달리는 기분이 든다. 해가 구름에 들어갔다 나왔다 하는지 햇빛이 우리의 얼굴에 드리웠다가 빠르게 사라진다. 그늘은 춥고 햇볕을 곧장 쬐면 뜨겁다. 셋 다 말없이 서로의 걷는 속도를 맞춘다. 나는 두애의 옆모습을 흘낏거린다. 앞으로 두애와 함께 보내게 될 시간은 이 순간들의 연속일지도 모른다.

마트 옆 문화센터는 평소와 달리 시끌시끌하고 부스와 천막이 설치되어 있다. 그곳을 지날 때 두애의 걸음이 현저하게 느려진다. 1년에 두어 번 문화센터 건물을 빌려 애니메이션 축제가 열린다. 두애는 작년부터 이 행사에 참여하지 않았다. 나는 자신이 좋아하는 것을 찾아 먼 곳에서부터 모여든 많은 사람들의 무리를 본다. 행사장 입구의 줄이 길다. 사람들의 손에는 같은 모양의 쇼핑백이 여러 개 들려 있다. 무거운 짐을 들고, 뜨거운 해를 고스란히 맞으며 입장을 기다리는 사람들의 표정이 밝다. 나는 그들의 힘든 기색 없이 환한 얼굴에서 은재를 맡은 후 보이지 않던 두애의 욕망을 본다. 빛나는 눈은 무언가 원하는 마음을 고스란히 보여 준다. 나는 두애의 눈을 보지 않은 채 마음에 없는 말을 한다.

은재랑 장 보고 있을 테니까 잠깐 다녀오는 게 어때? 네가 괜찮다면.

잠시 고민하던 두애는 조용히 고개를 끄덕인다. 나는 은재의 관심을 마트 쪽으로 돌리면서 행사장에 들어서는 두애를 뒤돌아보지 않는다.

대형 마트는 사람들이 너무 많아서 놀이공원 같다. 시식을 권하는 직원들이 목소리를 높인다. 나는 카트를 포기하고 산책하듯 마트 구석구석을 걸으면서 날을 잘못 잡았구나 생각한다. 은재는 카트에 타고 있는 아이들을 물끄러미 보다가 자신이 갖고 싶은 것들을 골라와 들고 다닌다. 사도 되냐고 물어보지 않고 손에 쥐고만 있다가 다시 제자리에 두고 온다. 우리는 냉동식품 위주로 시식을 하고 에스컬레이터를 타고 위로 위로 올라간다.

5층에는 잡다한 생활용품과 작은 가구들이 진열되어 있다. 가족 단위의 사람들이 카트를 중심으로 옹기종기 몰려다닌다. 부모가 누구인지 모를 아이들은 희고 매끈한 마트 바닥을 뛰어다닌다. 우리는 신발을 신은 채로 전시된 침대에 누워 지나가는 사람들을 본다. 사람들은 대화를 하면서 걷고 그 모습은 너무 즐거워 보여서 그들만의 놀이 같다. 가족이 다 같이 산다는 건 물건들이 산더미처럼 쌓인 카트를 즐겁게 끌고 다니는 일과 어울린다.

시간이 꽤 지나도록 두애에게 연락이 오지 않는다. 나는 침구 세트 담당 직원의 눈치를 보고 침대에서 일어선다. 은재는 눈치 보는 것까지 나를 따라한다. 마트는 너무 넓어서 의미 없이 걸어도 끝에 다다르지 않는다. 어딜 가도 사람들의 웃음소리가 유령처럼 따라온다. 은재가 말한다.

반짝이는 이빨을 갖고 싶어.

나는 생각한다. 환한 얼굴을 갖고 싶다. 우리는 아무 말도 하지 않고 욕실용품 코너로 가 치약과 가글을 꼼꼼히 살핀다. 캐릭터 치약을 집어든 은재가 말한다.

내가 반짝이는 이빨을 가질 수 있을까?

내 생각에, 지금은 이미 늦었고 유치가 다 빠지면 새로운 이가 나니까 기다려야 하지 않을까 싶어.

유치가 뭐야?

어린이 이빨.

그럼 어른 이빨을 기다려야 한다는 거지?

응.

어린이 이빨은 언제 다 빠져?

어른이 되는 순간마다 하나씩 빠질걸.

언니도 그랬어?

기억이 잘 안 나.

어른 이빨은 언제 나?

어느 날 눈을 떠 보면 다 자란 어른 이빨이 갑작스럽게 혀에 닿게 될 거야.

언니도 그랬어?

응 그랬어.

은재는 어디선가 장바구니를 가져와 제 치약을 담는다. 나는 쇼핑 나온 다른 사람들을 구경하며 두애를 기다린다. 아 칼을 갈아야지. 무뎌진 과도를 떠올리고 칼갈이를 찾아 생활용품 코너를 돌아다니는 동안 은재는 커다란 장바구니를 잠시 내려놓고 립스틱을 꺼내 바른다. 나는 칼만을 생각한다. 사과 껍질이 단 한 번도 끊어지지 않게 깎으려면 부드럽고 날카로운 칼날이 필요하다. 핑크색 파랑색 핑크색 파랑색 단

란하게 걸려 있는 파자마 세트, 어린이용 카시트, 온도계와 조명이 갖추어진 어항. 마트는 사람이 많고 물건도 많다. 끊임없이 움직이는 그것들은 나와 전혀 무관해 보인다. 은재는 사람들에 휩쓸리면서도 너무 많은 것들을 자세히 들여다본다. 나는 열대어에 집중해 있는 은재를 두고 마트를 빠져나온다.

마트 구석 벤치에 앉아 있는 동안 몇 번의 전화가 오지만 받지 않는다. 은재가 제 엄마에게 돌아가면 두애는 옷 가게 직원이 될지도 모른다. 나는 다시 학원에 나가서 잊어버린 것들을 복습하게 될 것이다. 손에 쥔 치약의 몸통을 찌그러트리다가 바닥에 떨어져 있는 담배꽁초 가운데 가장 긴 것을 줍다가 버리기를 반복한다. 주머니에는 손을 넣지 않는다. 조약돌을 생각하지 않는다.

얼마간의 시간이 지났을 때 두 사람이 손을 잡고 마트 정문에서 내가 있는 쪽으로 걸어온다. 두애는 예전에 내가 알던 두애가 되어 있다. 색색의 매듭이 머리카락과 함께 땋여 있고 눈 밑에 반짝이는 큐빅 세 개가 나란히 붙어 있다. 화려한 메이크업으로 펄이 가득한 두애의 얼굴이 기묘하게 일그러져 있다. 나는 주먹을 한 번 꽉 쥔다.

두애는 나에게 괜찮은지 묻는다. 어깨를 흔들면서 어쨌든 은재를 찾았으니 걱정하지 말라고 위로한다. 어찌 된 일인지 묻지는 않는다. 은재는 핫바를 먹는 데 정신이 팔려 있고 눈물 자국이 볼과 턱에 선명하다. 우리는 찬바람을 쐬며 집으로 간다. 동네 마트에 들러 우유와 솜사탕을 산다. 돌아가는 길은 올 때보다 더 길게 느껴진다. 나는 짙은 화장이 어울리는 두애의 얼굴을 몰래 훔쳐본다. 본 적 없는 귀걸이가 찰랑거린다. 은색의 별과 달이 부딪힌다. 나와 전혀 다른 부류의 사람 같다.

푹 자고 싶지만 나는 이미 아까부터 깨어 있다. 몸이 기억하는 것이다. 두애와 나는 남들이 자는 시간에 잠들어 본 적이 거의 없다. 눈은 어둠에 금방 익숙해진다. 두애는 가끔 나 몰래 컴퓨터를 한다. 나는 그때마다 깨어 있을 때가 많다. 열린 문틈으로 눈을 가늘게 뜨면 두애의 작은 등 너머 컴퓨터 창이 일부분 보인다. 두애는 탈퇴했던 인터넷 카페를 본다. 카페는 애니메이션 캐릭터의 의상 사진으로 가득하다. 색깔이 선명하고 화려해서 멀리서 봐도 알 수밖에 없다. 나는 언젠가 두애가 한 말을 기억한다.

그런데도 나는 아직 코스프레를 하고 싶고 모나코가 되고 싶고 완전히 같아지고 싶은 마음도 있어. 내가 가장 좋아하는 것은 모나코이고 내가 가장 잘하는 일은 모나코가 되는 거니까. 나는 모나코를 미워할 수는 없겠지만, 코스프레를 하는 나를 미워할 수는 있어. 그러니까 이제 나는 모순적인 사람이 되어 가는 기분이 든다. 이미 댓글로 많은 사람들이 말해주었어. 사실 그건 내가 가장 잘 알아. 말해 주지 않아도 나는 정말 잘 알고 있어. 알고 있다고 말하니까 진짜 모순의 끝판왕이 된 것 같네.

나는 그때 뭐라고 했지. 같잖은 위로를 하거나 아무 도움도 되지 않는 해결 방법을 권유했을 것이다. 어차피 살고 싶은 대로 살면 되지, 평소와 같이 장난으로 퉁치고 무마했을 수도 있다. 두애는 지금 코스프레를 구경하는 게 맞는 걸까. 보라보라 섬이나 일자리 같은 걸 찾고 있을 수도. 대부분의 사람들은 어딘가 여행을 다녀오면 새로운 시작을 할 수 있을 거라 믿으니까. 두애의 언니도 그런 마음으로 여행을 하고 있을지 모른다. 새로운 시작을 잠시 재워 두고 여행에서 여행으로, 계속 여행으로. 검색창이 빠르게 바뀐다. 두애의 손가락은 바쁘다. 나는 눈을 감는다.

두애는 오늘 방 밖으로 나오지 않는다. 나는 얼른 저녁이 되기를 기다린다. 사과 서너 개가 담긴 쟁반을 더러운 거실 가운데 놓고 앉아 껍질을 벗긴다. 결국 칼갈이를 사지 못했다. 무딘 칼은 날카로운 칼날보다도 위험하다. 칼을 쓸 때는 그 대상만을 생각해야 하는데, 무딘 날에 익숙해지면 머릿속에서 사과를 쉽게 놓치기 때문이다.

은재는 유튜브를 보면서 우유와 부드러운 식빵을 먹고 있다. 충치가 더 악화된 것 같다. 주로 눅눅해진 시리얼을 먹거나 식빵을 우유에 적셔 먹는다. 그 모습은 팥죽을 오랜 시간 식혀 먹는 노인처럼 보인다. 두애가 방 안에 들어가 나오지 않는 숱한 날 중에 오늘만큼은 은재가 있고 그래서 유난한 날로 느껴지지 않는다. 어린아이 체취와 우유 냄새, 항상 틀어져 있는 텔레비전 소리, 바닥에 흩어져 있는 시리얼 조각들, 햇빛, 베개 두 개, 머리카락. 평소와 다름없는 낮잠의 분위기.

지금 여기 이 안에서라면, 나는 사과를 깎으며 애쓰지 않아도 닫혀 있는 방문과 두애가 의식되지 않는다. 오히려 사과를 깎는 일에 몰입하는 것이 불가능해진다. 평소에는 있는 둥 마는 둥 느껴졌던 은재가 무방비한 나의 눈에 들어오기 시작한다. 관찰하려 하지 않아도 모든 감각이 슬그머니 그쪽으로 향한다. 나는 사과의 푸른 향을 맡으면서 껍질이 아닌 속살에 칼날을 밀어 넣어 버린다. 혼자만 아는 실수가 몇 번 일어난다. 반복되는 실수의 이유는 두애가 없는 탓이다. 두애가 없으니까 보호자 딱지가 저절로 내게 붙어 버렸기 때문이다.

매트한 립스틱을 바르기 전에 립밤을 먼저 바르면 속은 촉촉하고 겉은 세련되게 가을 여자의 입술을 연출할 수 있답니다.

너 연출하는 게 뭘 하는 건지는 아니?

은재는 나의 말을 무시하고 유튜브 영상과 거울을 번갈아 보며 화장을 고친다. 유튜버는 유행하는 걸그룹의 콘셉트 메이크업에 맞춰 새로운 화장품을 추천한다. 은재는 메이크업보다 표정과 말투를 더 잘 따라한다. 마치 자기가 방송을 하듯 대사를 읊고 화장품을 소개한다. 집중하는 눈과 화장을 덧댄 얼굴이 웃긴다. 내가 보든 말든 의식하지 않고 자신만의 세계에 빠져 있다.

장면이 전환되는 사이 새까만 텔레비전 화면으로 은재와 나의 눈이 마주친다. 자기 엄마가 어디 갔는지도 모르면서 조그만 이를 보이며 웃는다. 은재는 버르장머리가 없고 애 같지 않은 말을 하고 그래서 더 애 같기도 하고. 그리고 또 평범한 또래 아이 같을 때는 너무 순수해서 징그럽다. 우리 안에서 자신의 몸을 만지며 관람객을 쳐다보는 오랑우탄 같은 거. 사람들이 오랑우탄을 구경하는지 그 오랑우탄이 사람들을 구경하는지 모를 이상한 광경이 떠오른다. 사람들과 오랑우탄을 감싸고 있던 무료함 같은 게. 나는 깎다 만 사과를 든 채로 은재에게서 눈을 떼지 못한다. 혼자서도 잘 놀고. 오늘 귀엽네. 함부로 생각할수록 나는 어떤 기억 속으로 미끄러진다. 축축한 사과를 은재에게 건네지 못하고 손바닥에 올린 채로.

며칠 내내 멈추지 않고 비가 내릴 때가 있었다. 홍수로 피해 입은 사람들이 중학교 강당에 모여 피신하고 있다고 했다. 고요했던 하천이 뒤집어지고 반지하 창문에서 흙탕물이 쏟아져 나왔다. 며칠 동안 하늘이 컴컴하니까 담배가 간절했다. 나는 부침개를 부쳐 먹고 밖으로 나갔다. 우산이 금세 뒤집어졌고 라이터가 잘 켜지지 않았다. 후드를 쓰고 조금 걸었다. 빵집도 전자담배 매장도 닫혀 있었다. 다리 위에서 하천을 내려다보며 담배의 불씨가 꺼질 때마다 계속해서 불을 붙였다. 하천의 물살을 따라 저 멀리서 인간의 상체 같은 것이 떠내려오고 있는 게 보였다. 그 물체는 아주 빠르게 내가 서 있는 다리 쪽으로 다가오면서 점점 형상이 구체화되었다. 붉은 대야에 들어 있는 작은 개 한 마리. 홀딱 젖은 개가 안절부절 중심을 잡으면서 내려야 할 타이밍을 잡지 못했다. 다리 아래로 고무대야가 지나가기 직전에 나는 그 개와 눈이 마주쳤다. 눈이 정말 맑고 새까맣고 예쁘다. 검은 눈동자가 너무 예뻐서 나는 머릿속으로 예쁘다, 예쁘다 생각했다. 저 눈은 간절한 느낌이다. 뭐든지 간절할수록 예쁘지. 개는 내가 자기를 구해 줄 유일한 동아줄인 것처럼 나를 뚫어져라 응시했다. 물살에 휘말려 멀리 멀리 떠내려가는 내내. 담배를 하천에 버리고 돌아오는 길에 주머니에 손을 넣었을 때, 꺼내어 보진 않았지만 표면이 부드럽고 단단한 조약돌이 만져졌다.

나 그거 먹어도 돼?

나는 고개를 끄덕이고 은재는 사과 한 조각을 고심해서 고른다. 하지만 자신 있게 입에 넣어 씹지 못하고 앞니로 살살 긁어 먹는다.

그렇게 아파?

가만히 있어도 조금 아파.

은재는 내 쪽으로 고개를 돌리고 입을 벌린다. 입 안에는 작게 바스러진 사과 조각이 돌아다닌다. 조그맣고 네모난 이들이 제멋대로 자라고 있다. 뿌리까지 썩었는지 앞니 하나가 어둡다.

병원 가야 돼?

그래야 할 것 같은데.

치과 가면 주사 맞아?

글쎄 주사보다 더 아픈 거 맞을걸.

그래도 아프니까 병원 갈래. 병원 가면 비타민도 주니까.

오늘 나랑 빨리 갔다 올까?

두애 언니랑.

왜 나랑 둘이서는 안 가냐는 질문에 은재는 대답하지 않는다. 고개를 양옆으로 흔들면서 두애의 방문 손잡이를 잡는다. 그러나 문은 열리지 않는다. 내가 다가가자 은재는 문 앞에 주저앉는다. 나는 은재가 겁먹는 모습을 처음 마주하고 마치 이제 막 사건을 저지르려는 범죄자가 된 기분이 든다. 은재가 내 눈치를 잔뜩 보며 기어들어 가는 목소리로 말한다.

너는 나를 일부러 놓칠 거잖아.

아 알고 있었네. 그 일에 대해 묻거나 탓하지 않아

서, 아무것도 내게 말하지 않아서 나는 모르는 줄 알았지. 그런 줄 알았지. 속으로 생각하는 동안 목 안쪽으로 익숙한 느낌이 차오른다. 언젠가 조심스럽게 삼킨 조약돌이 몸 안에서 자라나 뱉어 낼 수도 없이 커다래진 것만 같다. 은재는 두애의 방문 앞에 앉아 나를 쳐다보고 있다. 원망하고 있을까. 나는 은재가 저 까만 눈으로 무슨 생각을 하고 있을지 전혀 추측하지 못한다.

두애는 언제 나올까. 무언가에 빠진다는 건 핀 조명과 비슷하다. 그것에 집중하고 그것만 생각할 수 있는 거. 그러니까 나는 두애가 필요해. 나를 위해서 두애가 필요하다. 내가 핀 조명 아래 무언가를 놓아두는 동안 꺼진 조명 속에서 너무 많은 것들이 자라나는 건 어쩌면 당연한 일일지도 모른다. 두애의 방문이 잠기고 그런 날들이 문득 찾아오는 것은 어쩔 수 없는 것이다. 나는 주저앉은 은재를 본다. 은재의 몸과 바윗돌의 형상이 겹친다. 두애가 혼자 무언가를 견디는 날 방문 앞에는 바윗돌이 있다. 나는 오래전부터 그것을 보아 왔다. 바윗돌은 환한 눈밭을 구르다 온 것처럼 매끈하고 빛나고 둥그렇고 너무 무거워 보인다.

손님이 다녀간 그날 이후, 우리는 인터넷을 뒤져 코스프레한 두애의 사진을 지우기 시작했다. 연락해야 할 곳이 많았다. 그건 그러니까 눈으로 잔뜩 덮인 곳을 걷는 것과 비슷했다. 두애는 없는 길을 걷고 다른 길을 찾고 방향을 틀었다가 이 길이 맞는 건지 틀린 건지도 모른 채 다시 되돌아가는 걸 반복한다. 그리고 뒤를 돌아보면 그사이 쌓인 눈 때문에 발자취를 찾을 수 없다. 나는 사진 지우는 걸 도왔으나 사실 많은 곳에 연락하지는 않았다. 내가 하지 않은 일과 할 수 없는 일은 두애 혼자 하거나 누구도 하지 않거나, 시간이 해결해 주거나 해결해 주지 않을 것이다. 지금 방 안에서 두애는 여전히 눈밭을 걷고 있을 것이다. 걷고 걷다가 완전히 진이 빠졌을 때 나에게 와서 쉬게 될 것이다.

나는 바윗돌을 치우고 두애의 방문을 열지 못한다. 어쩔 수 없는 것들은 조용히 견디는 것이 심신에 이롭다. 안정적인 일상, 목표를 세우지 않아도 괜찮은 삶, 변함없음의 안심. 누구도 나의 소망을 비난하지 못한다. 그동안 바윗돌이 커지고 단단해져 가는 건 어쩔 수 없는 것의 일종일 뿐이다. 두애가 견뎌야 하는 것과 내가 견뎌야 하는 것들이 다를 뿐이다. 그리고 은재는, 은재는 나를 빤히 쳐다본다. 식빵에 낀 곰팡이를 긁으면서. 나는 은재를 설득하지 않는다. 은재는 눈으로만 나를 따라온다. 내가 집을 나와 현관문을 닫는 순간에도.

그 후에도 은재와 나는 한 달에 한 번쯤 둘만 남겨진다. 우리는 그때마다 조금 어색해진다. 나는 은재가 오기 전에 그랬던 것처럼 사과를 깎고 청소를 한다. 하지만 그 어떤 것에도 몰두하지 못한다. 은재는 치과에서 충치 치료를 받는다. 앞니 한 개는 안쪽부터 너무 썩어 버려 일반적인 치료가 불가능하다는 판정을 받는다. 두애와 내가 심각한 표정을 짓자 은재는 일부러 우리 앞에서 가글을 하고 삼킨다. 그건 일종의 퍼포먼스이고 두애와 나는 착한 관객이 되어 웃는다.

우리는 집 밖으로 잘 나오지 않고 계절이 바뀌는 것을 체감하지 못한다. 두애는 새로운 취미로 집을 꾸민다. 잎이 넓은 인조 식물을 사들이고 나무로 된 드림캐처와 풍경을 창문마다 달아 놓는다. 두애의 방은 온갖 조잡스러운 것들이 모여 점점 정체 모를 섬이 되어 간다. 플라스틱 식물과 각종 쓰레기들 사이에 잘 차려입은 두애와 은재가 앉아 있다. 그 모습은 이상하다. 나는 이상한 기분을 익숙하게 접하지만, 왜 그런 기분이 드는지 알지 못한다. 그냥 이상한 채로 두 사람 곁에 앉아 함께 텔레비전을 본다. 화면에 비친 우리는 표정이 없고 가족사진을 찍기 위해 잔뜩 멋 부린 얼치기 가족처럼 보인다.

따분하다 따분해.

어디서 들었는지 은재는 요즘 따분하다는 단어를 자주 쓴다. 너무 많이 쓰니까 지금은 거슬리지만, 나는 은재가 따분하다고 말하는 것이 점차 들리지 않게 될 것이고 은재는 은재의 따분함에 곧 익숙해질 것이다.

예상치 못한 밤에 갑자기 초인종이 울린다. 두애는 눈을 굴리며 어찌할 줄 모르고 내 눈치를 본다. 나는 두통이 인다. 갑작스레 누군가 찾아오는 것, 두애가 자기 집 현관문을 열지 못하는 것, 내 눈치를 보는 것. 우리는 이따금 발생하는 상황에서 견딜 수 없는 긴장감을 느낀다. 아마도 두애는 사는 내내 그 긴장감을 되새길 것이다. 나는 걸쇠를 걸고 조심스럽게 누구냐고 묻는다. 낯선 여자의 목소리가 두애를 찾는다.

처음 보는 두애의 언니는 내 생각보다 나이가 훨씬 적어 보인다. 그녀는 조용히 들어와 신발장 옆에 작은 트렁크를 세운다. 나는 은재의 짐을 챙기기 위해 가져온 것인가 옷이나 용품을 더 전해 주기 위해 가져온 것인가 트렁크의 용도를 가늠한다. 그녀는 나에게 인사를 건네지 않는다. 가만히 의자에 앉아 숨을 고를 뿐이다. 여행을 다녔다기에 그녀는 너무나 지쳐 보인다. 중학생만큼이나 덩치가 작고 얼굴이 수척하다. 내 상상에 전혀 부합하지 않는다. 나는 당황스럽고, 그녀에 대해 쌓아 왔던 이질감이나 분노 같은 것이 다른 알 수 없는 감정으로 변하는 것을 느낀다.

그녀는 아주 느리게 팔을 들어올린다. 머리에 꽂혀 있던 작고 흰 리본을 뽑아 테이블 위에 올려놓는다. 두애는 찬물을 한 잔 떠다가 테이블 위에 놓는다. 아무도 손대지 않는 유리잔 위로 먼지가 떨어진다. 방문 너머 부스럭거리는 소리가 난다. 두애의 언니와 두애와 나는 잠자코 기다린다. 칭얼거림. 한번 터지면 멈추지 않는 은재의 울음이 시작되려는 전조가 들려온다. 우리 세 사람 가운데 누구 하나 먼저 움직이지 않는다. 나는 은재가 잠들기 직전에 나의 소곤거림에 대답하던 것이 떠오른다.

왜 점점 아기가 되어 가니.

아기 맞아. 나는 어린이야. 너는 어른이고.

두애의 언니는 마른세수를 한다. 나는 방 안에서

일어나는 일을 추측한다. 은재는 작은 손으로 옆자리를 더듬고 아무도 없는 침대에서 일어나 눈을 비빈다. 그리고 어둠이 만든 무한한 침실을 둘러본다. 은재는 거기서 뭘 볼까. 본격적으로 우는 소리가 들린다. 은재는 잠에서 깰 때마다 엄마를 찾는다. 몇 번이고 찾는다. 나는 어른이 되어서도 엄마를 부르며 깨어나는 은재를 잠시 상상한다. 문고리가 들썩거리며 열린다. 은재는 부신 눈을 가늘게 뜨고 우리를 본다. 쉽사리 울음을 그치지 못하고 잠결에 휘청거린다. 그리고 자기 엄마를 바로 앞에 둔 채 두애에게 가서 안긴다. 두애의 언니는 그 모습을 말없이 지켜본다.

두애가 은재를 달래며 몸을 들썩일 때마다 유리잔이 조금씩 자리를 옮긴다. 나는 방 안으로 들어간다. 자연스럽게 그들의 장면에서 사라진다. 불 꺼진 방 안에서 보는 거실은 영화관의 스크린 같다. 은재와 두애와 두애의 언니는 짙은 눈썹과 힘없이 긴 목이 닮았고, 그 세 사람을 동시에 보는 일은 마치 한 사람의 성장 과정을 한눈에 보는 것 같다. 한 사람의 세 가지 모습. 전혀 다른 세 사람. 나는 괜히 이부자리를 정리한다.

조그만 베개에서 아기 냄새가 난다. 그리고 희끄무

레한 이. 너무 작은 이. 이를 들여다볼수록 지금까지 내 머릿속에서 돌아다니고, 목까지 차오르고, 종종 주머니 속에서 만져졌지만 모른 척 무시해 왔던 조약돌의 실물을 보는 기분이 들어. 밤은 언제나 낮보다 길다. 오늘 밤은 더욱이 그럴 것이다. 나는 은재의 이를 쥐고 그들의 장면 속으로 들어간다.

지난 이야기

맥주 네 캔과 토마토 한 봉지를 식탁 위에 올려 두었다. 이걸로 오늘 밤도 무사히 보낼 수 있을 것이다. 단조롭지만 나름 낭만적인. 맥주와 토마토는 여름과 무척 잘 어울리고, 나는 그 조합을 좋아한다. 유리잔에 따른 맥주와 막 씻어 낸 토마토에 물방울이 맺혀 있는 사진을 인스타그램에 올리면 여유롭게 하루를 마무리하는 사람처럼 보일 것이다. 잘하면 내가 나를 잘 속여서 실제로도 여유를 얻게 될지 모른다. 그리고 시티팝을 틀어야지. 도회적인 느낌의 전자음이 집 안을 채우면 나는 정말로 쾌활하고 여유로운 사람이 되었다. 팔다리가 나른해지고 절로 고개를 까딱거리며, 이미 벌어진 사건들은 내 탓이 아니거니와 어떻게든 흘러가리라는 낙관적인 마음. 조금은 들뜬 채로 사는 편이 몸과 마음에 이로워. 몇 번이나 생각해 봐도 그랬다. 그렇게 보낸 밤들은 불쑥 찾아오는 걱정을 줄여 주었고, 나는 불안함도 없고 돈도 없고 다음도 없는 사람이 되었다. 나쁘지 않았다. 얼마 전 직장을 잃은 친구는 내 생활을 응원하며 말했다.

이럴 때일수록 부가적인 걸 잘 챙겨 먹어야 해. 너도 그렇고 물론 나도 그렇고. 술, 그래 너 술 좋아하잖아. 돈 없다고 좋아하는 거 포기하지 말고 꾸역꾸역 사 먹어.

부가적인 것이란 살아가는 데 꼭 필요한 것들 외에 사소한 사치를 뜻했다. 당장 오늘의 끼니를 때우기 위한 된장과 계란이 아니라 원할 때 골라 먹는 간식 같은 거. 친구에게는 마카롱, 내게는 과일과 술이 그랬다. 그 친구가 부가적인 것을 사 먹기 위한 용돈이나 지원금을 주지는 않겠지만 말뿐이라도 그게 어딘가. 요즘 내게는 만나자는 연락보다 자기가 처한 상황을 하소연하는 연락이 많이 오는데 그것들보다는 나았다. 전화를 끊은 뒤에 우울만 덩그러니 고이는 경우가 잦아진 탓이었다.

요즘에는 이상한 일이 많이 일어나고 그 모든 것은 오미쿠지를 잃어버렸기 때문이다. 오미쿠지는 일본에 가서 뽑아 온 행운의 종이로, 길흉을 점치는 제비뽑기 같은 것이다. 나는 길이 나왔다. 대길은 단어가 너무 크고 부담스러운데 길(吉)은 내가 누려도 될 정도의 행운인 것 같아 마음에 들었다. 실제로 나는 딱 그 정도의 길을 누렸다. 마음에 드는 티셔츠가 세일한다든가, 꼭 그날 사야 하는 섬유 유연제가 마침 원 플러스 원 행사 중이라든가 하는. 그것들은 너무나 사소해서 부담도 없고 걱정도 없었다.

그러던 중 코로나가 먼저인지 이사가 먼저인지는 기억나지 않지만 아무튼 이사를 했고, 사물함 벽에 고이 붙여 둔 오미쿠지는 어디론가 뜯겨 나가고 말았다. 나는 그날 이후로 얼마 남지 않은 운을 모조리 빼앗겼다. 무슨 뜻인지 제대로 알지도 못하고 혼자서는 해석조차 불가능한 일본어 쪽지 하나에 너무 많이 의지했던 탓일까. 자잘한 것에서 시작해 감당할 수 없이 거대한 사건이 터질 때마다 나는 사라진 오미쿠지를 생각하지 않을 수 없었다.

일어로 적힌 나의 행운을 해석해 준 사람은 김사탕이었다. 야매로 익힌 히라가나를 천천히 읽어 가며 오

꽤 좋은 점괘가 나왔는데, 하는 추임새도 잊지 않았다. 휴대폰 너머 김사탕의 목소리는 조금 들떠 있었고 나는 그 때문에 정말로 행운을 등에 업은 기분이었다. 우리는 전화로만 이야기했다. 아주 먼 곳에 떨어져 사는 사람들처럼. 얼굴을 본 지 거의 1년이 넘어 가는 사람들치곤 너무 자주 통화를 했다. 이틀 걸러 한 번 꼴로 누가 먼저랄 것 없이 전화를 걸어 댔다. 어쩌면 그것으로 충분해 만나지 않게 된 걸지도 몰랐다.

뭐해?

맥주랑 토마토 먹어.

어제도 그렇게 먹었잖아.

그제도 그랬지. 요즘엔 거의 매일이 똑같아. 새로운 일이 생기질 않으니까.

말은 바로 해야지. 새로운 일은 자꾸 터지는데 네가 거기 없는 거지.

정확하네. 퇴근했어?

스피커 너머에서는 성의 없이 옷을 털어 대는 소리가 들렸다. 나는 별 뜻이 담기지 않았지만 정확하게 들어오는 김사탕의 공격을 피해 시티팝 플레이 리스트의 볼륨을 높였다. 코로나가 터지고 요식업계, 공연계, 여행 관련 업종에 종사했던 친구들이 줄줄이 백수가 되었다. 거리에 나가 보면 어느새 문을 닫은 음식점도 쉽게 눈에 띄었다. 하지만 내가 아는 사람들 중에는 코로나로 인하여 일이 바빠진 이도 몇 있었다. 국내 골프장 캐디와 의약 업체 사원이 그러했다. 그중 나와 친한 친구는 캐디였는데 일터에서의 별명은 캔디였고, 내가 그를 부르는 애칭은 김사탕이었다. 일자리를 잃은 날에도 나는 김사탕과 통화를 했다. 나는 계좌에 남은 금액을 보기 전에 우선 맥주를 샀다.

나도 캐디가 되어야겠어.

죽고 싶니? 넌 가끔 말을 너무 함부로 해.

미안 장난이었어. 그 정도로 돈 벌 구석이 없다는 거지.

우리의 대화는 잠시 멈추었다. 하지만 누구도 먼저 전화를 끊지는 않았다. 김사탕이 말했다.

손님들이 골프를 치면서 돈을 걸어. 요즘에 특히. 돈이 고이는 거지 여행을 못 가니까.

나는 그렇구나, 생각하면서 꿀떡꿀떡 맥주를 넘겼다. 시원했다. 잠시 멈추었던 목소리가 이어졌다. 김사탕이 티셔츠를 벗는 소리가 고스란히 들려왔다.

야. 요즘 여기는 나방 때문에 미치겠다. 지뢰밭 같

아. 매미나방 애벌레가 길에 쫙 깔렸다.

나는 창문을 바라보았다. 방충망에는 단 한 마리의 나방도 붙어 있지 않았다. 하지만 김사탕이 무슨 얘기를 하는 줄은 알았다. 끊임없이 개체 수가 증가하는 매미나방에 관한 기사를 본 적이 있었다. 날개에서 독 가루가 날려 함부로 만질 수도 없는 것들이 다닥다닥 나무에 매달려 있다고 했다. 강한 생명력과 번식력. 단어만으로도 지독하게 느껴졌다. 기후 변화 때문에 매미나방이 판치고 역병이 도는 세상. 이건 어렸을 때 생각했던 미래 도시와는 너무 다르고 이상해. 징글징글하기도 해라. 친구들과 내가 코로나로 인해 그나마 겨우 유지하고 있던 일자리에서 잘리는 것도 어렸을 땐 예상하지 못했다. 이런 게 미래에서 기다리고 있는 줄 알았더라도 미리 준비할 수 있는 건 없었겠지. 누군가는 예측할 수 없다는 점이 인생의 묘미라고 말했는데, 그 사람이 지금 내 눈앞에 있다면 가차 없이 명치를 발로 차 버리고 싶었다.

김사탕은 씻는 동안에도 옷을 갈아입으면서도 전화를 끊지 않았다. 나는 샤워기 물줄기 소리와 쾌활한 멜로디를 안주 삼아 새 캔맥주를 뜯었다. 수건으로 머리를 털면서 김사탕이 입을 열었다. 나는 오른쪽 귀로는 노래 가사를 듣고, 왼쪽 귀로는 김사탕의 말을 들었다. 오늘은 말이야,(나카하라 메이코의 「Fantasy」)

끝나고 커피 한잔해요.(사랑은 프리즘의 판타지 그러니 분명)

그건 곤란해요 사장님.(다시 태어날 거야)

아니 무슨 내가 뭐 같이 놀자고 그랬나. 허허. 누가 들으면 커피가 음란한 신호라도 되는 줄 알겠어요. 그죠?(과거는 당신으로 이어지는 회전문)

커피가 음란한 신호는 아니죠. 하하.(밤은 프리즘의 판타지)

마치 웃긴 일화를 말하는 것처럼 성대모사까지 곁들인 김사탕의 목소리가 잠겨 있었다. 멀리서 바라보는 네온사인처럼 나른한 분위기. 노래는 기대만큼이나 김사탕의 말투와 잘 어울렸다. 슬쩍 같은 곡을 반복 재생으로 돌려놓았다. 생각해 보면 우리는 항상 졸린 상태였다. 피곤하거나 잠을 잘 못 잤거나 어딘가 어설프고 늘어지는 목소리로 통화를 이어 갔다. 반쯤은 각자 다른 생각을 하는 것 같았다. 듣고는 있는데, 수업 시간에 딴짓을 하듯 슬그머니 서로의 이야기 속에서 빠져나와 있었다. 김사탕은 또 다른 이야기를 시작했고 나는 취기와 노랫소리, 김사탕의 나직한 목소리 가운데 어딘가를 헤매는 기분으로 엄마를 떠올렸다. 어제는 말이야,

소나기가 내렸다. 나와 엄마는 칼국수를 먹은 후 비를 피해 빵집 처마에 잠시 서 있었다. 칼국수를 먹는 내내 벌어 먹고사는 앞가림에 대한 잔소리를 들어서 사이가 서먹했다. 하늘은 맑았는데 빗줄기가 꽤 굵었다. 이걸 소나기라고 하나 여우비라고 하나 궁금했지만 묻지 않았다. 작은 나비 한 마리가 휘청거리며 빗속을 날고 있었다. 쓸 거면 저런 것들에 대해 써 봐. 나는 대답하지 않았다. 그저 속으로 생각만 했다. 나비는 여전히 비를 맞으면서 꾸역꾸역 날고 있었다. 바보 같기는. 엄마. 나는 저런 거 안 해. 안타깝고 속 터지는 거 말고, 지독한 매미나방 같은 거. 그런 게 될래요. 엄마한테는 그렇게 말했지만 나는 안타깝고 속 터지는 쪽에 가까웠다. 그리고 비 오는 날의 나비 같은 김사탕의 이야기도 제대로 들어 주지 못하지. 나는 나 불쌍한 몰골만 보느라고 다른 목소리를 들을 줄 모르고 사실 그건 꽤 오래된 얘기다. 알면서도 종종 놓치게 되는 것이 현재의 얘기.(그때 사랑을 잃어버린 후로 거울의 반짝임을 잊고 있었는데)

요즘엔 손님이 많아서 팁을 많이 받지만 이상한 놈들도 참 많다는 걸 확인하게 된다니까. 쑥스러운 듯이 웃으면 망설이는 줄 아니까 확실하게 너털웃음으로 상대해야 해.(크리스마스트리 장식한 가게에서 아침까지 춤추며 지새우고 싶어) 웃기는 웃어 줘야지. 안 그럼 잘려. 그저께는 말이야,

그저께는 고위직 남성이 비서로 근무하는 여성에게 오랜 시간 성추행과 성차별을 지속해 왔다는 기사가 떴다. 기사를 접한 후 완전히 지쳐 버린 김사탕은 손님의 골프채를 호수에 던져 버리고 절친한 상사에게 혼이 났다. 그건 네 일이 아니잖아 왜 직장에다 화풀이를 해 공과 사를 구별해야지 코로나 시대잖아 컴플레인 들어오면 답도 없어. 그거 내 일 맞아 맞다고요. 너랑 내가 코로나에 걸린 건 아니지만 우리에게 일어난 사건이듯이.

대화는 결국 그거와 그거랑은 다르지, 이거랑 이거와도 다르고, 같은 개소리로 끝이 났다. 김사탕은 이제 그 사람을 절친한 동료가 아닌 깍듯이 모셔야 하는 직장 상사로 대해야 했다. 그래서 그저께부터 아니 사실 일주일 전부터, 어쩌면 아주 오래전부터 김사탕은 힘이 없어졌다. 우리는 무력과 무기력의 차이점을

생각했다.

나는 힘이 없어. 무기력하니까.

아니지, 무력하니까 무기력한 거지.

뭔데?

잘 봐. 힘이 없으니까 기운도 없는 거야. 기운이 없는 채로 살다가 또 무언가 사건이 터지면, 무력해서 해결을 못 하는 거야. 그러면 또 기운이 빠져 버리는 거지.

아아 그렇구나.

진절머리가 난다.

그렇지. 환멸도 나지.

무력에서 무기력으로, 또 무기력에서 무력으로 우리는 돌림노래처럼 비슷한 이야기를 해 댔고, 그건 그저께 일어난 사건과 몇 달 전에 일어난 사건이 아주 비슷한 모양으로 방방곡곡에서 반복되는 것과 같았다.(과거는 당신으로 이어지는 회전문) 우리는 우리가 다음에 나눌 이야기가 궁금하지 않았다. 다음 이야기는 이미 지나간 이야기가 되돌아오는 것뿐이니. 우리가 여전히 지난 이야기의 연장선에 멈춰 서 있는 것일지도 모르겠지만. '지금, 여기'의 일이란 어영부영 지나가 이미 지난 이야기로 남거나 그 채로 삭제되어

갔다. 그렇다면 문제, 다음의 이야기는 누구의 몫일까. 난 왜 이 글의 제목을 '다음 이야기'로 짓지 못했을까.

한 노래만 주구장창 듣고 있으니 트랙이 그려진 운동장을 천천히 걷고 있는 것 같았다. 누가 이름을 불러주지 않으면 계속 같은 곳을 걸으면서 어딘가로 가고 있다고 착각하겠지. 김사탕의 목소리는 나직하니 오래 듣기에 좋고 밤은 깊어질수록 멀리 떨어뜨려 놓았던 기분을 데려왔다. 내겐 알 수 없는 기분이 들 때가 꽤 많았는데, 요즘에 나를 찾아오는 건 얇은 우울감이나 눈에 보이는 모든 것들을 부숴 버리고 싶다는 그런 감각은 아니었다. 그러니까 이건 마치 한 번도 가 본 적 없는 곳을 그리워하는 기분.

그런 마음이 들 때마다 나는 뭔지도 모르는 것을 상대로 애틋해하다가 점점 차분해졌다. 나는 왜 와닿지도 않는 시티팝을 배경음악처럼 틀어 놓고 사는 걸까. 사람들은 뭘 느끼고 싶어서 7, 80년대의 음악 스타일을 다시 꺼낸 것일까 생각해 보면, 그 설명할 수 없는 기분이 허리를 감으며 기어 올라왔다. 맞아. 그 노래들을 듣는다고 마음이 무작정 편해진다거나 현실에서 떠날 수 있을 것만 같다거나 하지 않았다. 사실은 모두가 알고 있었다. 시티팝 특유의 낭만은 너무 가짜 같아서 도저히 닿을 수 없는 곳의 노래처럼 여겨진다는 걸. 갈 수 없다. 다시는 돌아갈 수 없는 곳. 혹은 한 번도 가 본 적 없지만 아련하게 남아 버린 어떤 시절에 대한 향수.

이제 졸리다.

뭐라고?

재밌는 꿈을 꾸면서 자는 거야. 나는 소망하는 게 너무 많으니까.

김사탕은 그렇게 말했지만, 내 소망은 김사탕이 잠을 잔 후에 개운하게, 꼭 일어나는 것이었다. 난 네가 일어나면 좋겠어. 우리가 언젠가는 완전히 깨어 있는 상태로 이야기를 나누면 좋겠다. 정말로.

내일도 전화해도 돼?

응, 제대로 들을게.

지쳐 있는 상태를 마구 뽐내도 되는 사이라는 건 약간의 안도감이 든다. 너에게 오미쿠지가 그랬던 것처럼.

잘 자 행복한 꿈을 꿔라.

잘 자 깊은 잠에 들어라.

우리는 서로에게 필요한 덕담을 인사로 나누고 전화를 끊었다. 김사탕은 바로 잠에 들 것이다. 오늘도 열심히 일해서 피곤할 테니. 남은 맥주를 홀짝이면서 노래를 들었다. 여전히 한 곡만이 반복 재생되고 있었다. 김사탕의 말처럼 나는 잠들기 전에 오미쿠지를 보면서 안도했던 적이 많았다. 점괘로 '길'을 받은 사람이니까 괜찮아, 사소한 행운에 둘러싸여 살게 될 거야. 이렇게 생각했다. 혼자서는 뭐라고 쓰여 있는지 읽지도 못하면서. 엄마는 내게 빗속에 휘청거리는 나비 같은 글을 쓰라고 했었지. 꽤 멋진 말이었다. 문득 전화를 걸고 싶었으나 너무 늦은 시간이라 문자를 남겼다. 마스크 안 부족해? 집에만 있으니까 적적하지 않아? 우리 자주 얘기하자. 낮에 전화 걸게요. 나는 내 마음을 알아 달라는 낙서와 편지밖에는 그려 본 적이 없는데, 생각해 보니 그건 꽤 울적한 일이었다. 끔찍하거나 슬프다기보다 음. 역시 울적해. 울적한 건 애매한 감정이라서 아무도 알아주지 않고 나조차 쉽게 속여 버렸다. 엄마, 누군가의 행복을 빌어 주면서 그런 마음과 생각을 지닌 채로 무언가 만드는 거, 그런 거 내가 할 수 있을까.

오후가 다 되어 깨어나니 김사탕에게 카톡 메시지가 잔뜩 와 있었다. 희롱이나 추행을 당했을 것이다. 일하는 도중에는 핸드폰을 잘 보지도 않으니까. 김사탕에게 일어난 일을 자연스럽게 그 방향으로 떠올려 버린다는 게 슬펐다. 메시지를 보지 않은 채 핸드폰을 덮어 두었다. 습관적으로 시티팝 플레이 리스트를 틀었다. 밤에 설정해 둔 그대로 한 곡만 반복적으로 재생되었다. 이런 멜로디 한낮의 나른함과도 어울려. 구인구직 사이트를 훑다가 눈을 돌리니 빨랫감이 가득 찬 바구니가 보였다. 오늘은 날씨가 좋고 확진자 동선을 알려 주는 긴급 재난 정보 알림도 세 번밖에 울리지 않았다. 나는 가벼운 마음으로 세탁기를 돌렸다. 온통 수건과 속옷뿐이었다. 세제를 넣는 와중에도 지난 밤 꾸었던 꿈이 선명하게 그려졌다.

두 아이가 눈 덮인 산을 오르고 있고, 얼굴이 보이진 않지만 그 아이들이 나와 김사탕이라는 걸 직감적으로 알 수 있었다. 내가 나이고 김사탕이 김수영이었던 시절. 우리에게는 함께 보낸 어린 시절이 없었는데 왜 나는 이런 꿈을 꾸어야 할까. 그렇게 생각했다. 아무리 동네 어디에나 있는 작은 산이라도 밤의 산은 무척 어둡고 춥고 넓었다. 칼로 연필을 깎는 것처럼 서걱서걱 눈 쌓인 땅을 걷는 발소리가 들렸다. 가끔 나뭇가지에 쌓여 있던 눈이 우르르 쏟아졌다. 귀가 아플 만큼 공기가 찼다. 어둠 속에서 두 개의 작은 입김이 보이다가 사라졌다. 아이들은 밝은 달빛에 의지해 겨우 걸었다. 무엇을 보기 위해 산에 오르기 시작했는데, 나는 관찰자의 시선으로 어린 모습을 한 나와 김사탕을 보고 있었기 때문에 그게 무엇인지 알 수 없었다. 왜 꼭 밤이어야 했는지도. 그저 부지런히 걷는 모습. 낡은 운동화 앞코가 눈에 젖어 있었다. 당장이라도 신발을 벗겨 아이들의 엄지발가락을 오른손으로 꽉 쥐어 주고 싶었다. 꿈에서 깬 직후에는 어찌어찌 산에서 내려와 각자 집으로 간 것이 기억처럼 남았다. 어린 모습을 한 나는 너무 늦은 시간에 들어왔다고 부모님에게 굉장히 혼이 났다. 춥고 서러운 마음이 들면서도 이들이 나를 사랑하는 걸 느꼈지. 김수영도 혼이 났을까, 많이 혼났을까 궁금해하며 나는 다시 잠에 들었다.

개네는 뭘 보기 위해 밤에 산을 올랐을까. 겨울 꿈을 꾼 이유는 에어컨을 켜고 잤기 때문인 것도 같았다. 김사탕은 늦은 퇴근 후에 집에 돌아와 내게 전화를 할 것이다. 그러면 나는 또 노래를 틀어 놓은 채로 이야기를 듣겠지. 김사탕에게 있었던 일들을 잘 듣고 잘 말해 주고 싶었다. 희롱을 받아 내는 게 역할인 직업은 없다. 그런 일상을 살아가야 하는 인간도 없어. 우리는 아주 절망하고 또 절망할 테지(사랑은 프리즘의 판타지), 그래서 지난 이야기를 제대로 직시할 수 있어(그러니 분명 다시 태어날 거야). 그렇다면 다시 문제, 다음 이야기는(밤은 프리즘의 판타지) 누가 펼쳐 볼래(두 사람 일곱 색으로 비추어).

이야기를 나누는 거, 꽤 괜찮은 하루의 마무리가 될 수도 있겠다. 세탁된 빨래를 다시 바구니에 담아와 착착 널었다. 널기 전에는 온 힘을 다해 털었다. 개운했다. 지폐처럼 푸른 오미쿠지가 미약한 접착력으로 빨래 건조대에 붙어 있었다. 나는 그걸 떼어 내 조용히 구겼다. 아무 일도 일어나지 않았다. 덜 마른 빨래는 촉촉하니 시원했고, 진동하는 섬유 유연제의 단내. 건조대는 금세 가득 찼다. 실크 소재의 팬티가 자꾸 떨어져 몇 번이나 허리를 숙여야 했다.

양지바른 곳

왜 장난을 치지 않는 거지, 왜 말이 없지, 왜 소리 내어 웃기는커녕 미소조차 짓지 않는 걸까. 이런 생각을 열댓 번쯤 하다가 잠이 들었다. 김서정은 장난도 말도 미소도 없는 채로 내리 운전만 했다. 중간중간 잠에서 덜 깬 채 흐릿한 시야로 바라보면 여전히 무감한 얼굴로 운전에 집중하고 있었다. 아침 겸 점심을 먹고 이른 시간에 출발했는데 도착하니 늦은 밤이었다. 이런 곳에 펜션이라니 용케 망하지 않았구나, 취미로 운영하는 게 분명하지 않을까 따위의 생각을 하며 차에서 내렸다.

펜션은 별장으로 쓰던 산장을 개조한 듯했다. 통

나무로 만들어진 외관과 벽난로가 여느 산이나 스키장에서 본 숙소들과 비슷했다. 김서정과 나는 몇 번이나 차와 펜션을 오가며 짐을 날랐다. 제일 가까운 슈퍼마켓마저 산길과 비포장도로를 달려 30분은 족히 걸린다는 말을 듣고 식료품을 잔뜩 싸 온 탓이었다. 김서정은 짐을 나르는 와중에도 말이 없었다. 으샤, 라든가 아자, 같이 힘을 주는 추임새도 내지 않았다. 옛날에는 겨울의 길가에서 파는 붕어빵만으로 온종일 떠들었는데. 김서정은 사소한 일화 하나 얘기할 때마다 웃다가 화내다가 슬픈 표정을 짓는 애였다. 그게 벌써 몇 년 전이긴 했다.

나보고 사람들이 강아지 같대. 즐겁고 발랄하다고.

함께 아르바이트하던 시절, 그렇게 말하던 김서정은 활짝 웃고 있었다. 참 이상해. 얘는 참 이상하게 밝아. 그래서 가끔 짜증나기도 했지만 사실은 나도 그런 김서정이 좋았다. 햇살이나 강아지 따위의 별명을 가진 사람은 주변에 따뜻하고 밝은 에너지를 전파했다. 어느 날 김서정은 자신의 MBTI가 뭘 것 같냐고 물었다.

몰라. 우선 맨 앞자리가 E인 건 확실해.

내 대답이 만족스러웠는지 김서정은 부끄러워하면

서도 기쁨을 숨기지 않았다. 내가 살아오면서 본 가운데 가장 환한 얼굴이었다. 아르바이트 매장에서 김서정의 MBTI를 모르는 사람은 없었다. 김서정과 친하지 않은 사람도 없었다.

그랬던 김서정은 초연한 얼굴로 짐을 옮기고, 말없이 조금 쉬다가 배낭을 꾸리기 시작했다. 할머니의 친구에게 전할 보자기 꾸러미는 신발장 앞에 두었다. 오랜만에 만나서 그런 건지, 둘이 여행을 온 것이 처음이라 그런 건지 어색하고 삭막했다. 나는 괜히 엊그제 본 뉴스 얘기를 하고 전세 대출 연장을 앞두고 있다는 이야기를 꺼내며 삶을 한탄했다. 김서정이 짤막하게 읊조렸다.

그러게 정말 이제 지겨워. 지겨운 인간들.

그렇게 말하는 얼굴이 정말로 지겨워 보여서 나는 입을 다물었다. 솔직히 나는 김서정을 밝다 못해 멍청하다고 생각한 적이 많았다. 누가 보아도 개나 소 같은 사람들이 하는 허튼 소리를 일일이 다 들어 주고 고개를 끄덕여 주었으니까. 이제 김서정은 밝지 않고 멍청하지 않고 환하게 웃지 않았다. 무엇이 김서정을 웃지 않게 만들었을까. 살다 보면 다 그렇게 되는 건가. 별별 사람을 다 보게 되고 겪게 되고 사람이라는 게 지겨워지는 데까지 이르는 것. 살다 보면 모두가 그렇게 되는가 보다 생각하고 말았다. 김서정의 할머니의 친구인 조황주는 절에서 지낸다고 했나, 산에서 홀로 자연인처럼 산다고 했었나. 차가 들어올 수 있는 건 시골 마을에서도 한참을 들어온 산골짜기의 펜션까지였다. 내일은 깊은 산속을 걸어 올라야 했다. 나는 배낭을 간소하게 챙겼다. 조황주를 위한 꾸러미는 은은한 황금색 보자기로 싸여 있었다. 누가 묶었는지 한눈에 보기에도 매듭이 단단했다.

황금색 보자기 안에는 피 혹은 현금이 들었을 확률이 높았다. 흡혈귀, 아니 흡혈인 조황주는 얼마 전 막 깨어났다고 했다. 근데 듣고 보니 이상해. 왜 흡혈귀가 아니라 흡혈인이라고 부르냐고 묻는 내 말에 김서정은 곰곰이 고민하다가 대답했다.

귀신이 아니니까.

남들 살아가는 시간 내내 잠들어 있었으면 인간도 아니지.

뭐 그건 그렇지만.

김서정의 할머니의 친구인 조황주는 그러면 몇 살인 걸까. 김서정네 할머니 또래인가 훨씬 더 나이가 많은가, 영화에 나오는 뱀파이어처럼 피부가 창백하고 아주 힘이 센 할머니일까. 상상을 거듭할수록 조황주는 내 머릿속에서 더욱더 인간 같지 않은 모습이 되어갔다. 조황주가 정말 뱀파이어, 아니 흡혈귀든 흡혈인이든 뭐든 그건 별로 중요하지 않았다. 나는 여행이 필요했다. 최근 퇴사를 했고 그와 동시에 전세금 대출 이자가 두 배 가까이 올라 버렸다. 그렇다고 집이 없을 수는 없으니 대출 연장을 안 할 수도 없었다. 월세나 전세 대출금 이자나 거기서 거기지만 월세로 살 수는 없었다. 이러지도 저러지도 못 하고, 매달 얼마 모이지 않는 통장을 보면 다음을 계획할 마음이 싹 가셨다. 서울에는 내가 들어갈 집도 회사도 없는 것 같았다. 나는 완전히 지쳤고 여행을 가고 싶었다. 하지만 여행을 가려면 큰돈을 써야 하지. 그러니 여행도 미루고 기쁨도 미루었다.

함께 가 주면 좋겠다는 김서정의 제안은 일종의 협박처럼 느껴졌다. 간결하고 담담하지만 어딘가 절박한 목소리가 그랬다. 네가 나와 함께 가 주지 않으면, 그래서 내가 죽어 버리면 네 탓도 조금은 있다는 함의가 담긴 듯이. 김서정에게는 아닌 밤중에 홍두깨라는 별명이 있었고, 그날도 어김없이 밤중에 문득 연락을 해 왔다. 평소와 다른 점이라면 징징거림이 덜했으며 목소리가 유난히 맑았다. 바람 소리 때문에 새벽 공기 특유의 청량함이 휴대폰 너머로 전해졌다. 김서정은 여느 때와 같이 나 죽을까? 하고 말했다. 나는 여느 때처럼 아직 안 죽었냐며 웃었다.

우리는 아르바이트 하다가 만난 사이가 대부분 그러하듯이 종종 따로 만나다가 아예 만나지 않게 되었는데, 김서정은 살다가 문득 연락을 해 오거나 나를 찾아왔다. 바쁘고 귀찮아 무시하고 미룬 적이 여러 번이었지만 이번에는 무언가 달랐다. 이대로 전화를 끊어서는 안 된다는 직감. 여행이라고 치자. 멀리 떠났다가 돌아오는 일은 연달아 벌어지는 악재를 끊어 줄 거야. 나는 아닌 밤중에 홍두깨에게 속는 느낌으로, 스스로를 속이는 기분으로 여행 겸 제안을 받아들였다.

*

흡혈인 조황주에 대한 이야기는 김서정에게 몇 번 들은 적이 있었다. 밤에 만나 라면과 맥주를 먹으며 올해까지만 버티고 내년부터는 하고 싶은 거 하고 살자니 어쩌니 취해서 떠들던 때. 김서정의 할머니가 김서정에게, 그리고 김서정이 내게 전달한 흡혈인 역사는 이러했다.

흡혈인은 아주 오래전부터 있었고, 이들의 존재는 말 못 할 금기나 비밀이 아니었다. 충청도든 전라도든 나이 든 사람이라면 흡혈인을 공공연하게 알고 있었다. 양로원에 연예인 사진 가져가 봐. 하도 옛날부터 살아온 사람들은 얘, 얘 하고 정확하게 짚어 낸다고들. 김서정의 할머니는 그렇게 김서정을 설득했다. 설득했다기보다 왜 당연한 걸 의심하냐, 늙었다고 무시하냐며 화를 냈다. 그러면 왜 우리 주변에서는 안 보이는 건가요? 어정쩡하니까. 귀신은 아닌데 인간도 분명히 아니니까. 그리고 피를 먹는다는 게 좀 께름칙하잖아. 그냥 쉬쉬한 거지. 모든 게 다 그렇잖니. 단점이나 장점이나. 일부러 들추면 있는 거지만, 없는 듯 조용히 있으면 있던 것도 없는 것처럼 되는 거야. 일리가 있는 말이었다.

근데 참 이상하지. 옛날에는 그래도 두 다리 세 다리 건너면 있을 정도로 흡혈인이 그렇게 적지 않았대. 근데 점점 그 수가 줄어들어서 이제는 다섯 다리 건너도 없대. 남아 있는 흡혈인이 몇이나 되는지 어디서 뭐 하고 사는지 도통 알 수가 없대. 이상하잖아 늙어 죽지도 않는데 그 수가 줄어드는 게. 식생활이 특이하니 눈에 띄고, 사람들이 은근히 거리를 두고 관찰하니까 자기들끼리 모여 사는 마을이 있어. 낮에는 무덤가처럼 조용하고 해가 지는 저녁부터 슬그머니 깨어나는 마을. 깊은 새벽에 조명을 켜 두어서 밤에는 오히려 그 마을만 눈이 부시대.

맥주를 한잔한 뒤라서 그런지 김서정은 들뜬 표정으로 말했다. 흡혈인 이야기는 흡사 전설의 동물이나 멸종 위기종 같은 느낌이었지. 그때 나는 한 치의 의심도 없이 흡혈인 이야기를 믿었다. 김서정의 감정이 고스란히 전해졌기 때문이었다. 흡혈인 조황주는 10년 가까이 연락이 끊어져 죽은 줄로만 알았는데 최근 김서정 할머니에게 연락을 해 왔다. 죽은 게 아니라 잠들었다가 깨어난 것뿐이라고 했다. 그렇게 오랜 시간 잠들었다가 깨어나면 개운하려나. 두통이 있지는 않으려나. 김서정은 할머니의 심부름을 하고, 나는 이를 핑계 삼아 흡혈인도 보고 여행도 하고. 흡혈인이 모여 산다는 마을. 우리는 내일 아침 일찍 일어나 그곳으로 간다.

*

조용히 물건을 정리하는 김서정을 두고 밖으로 나왔다. 공기가 차가웠다. 깨끗하고 밀도 높은 시골의 어둠. 맑고 깊은 우물 가장 밑바닥에 서 있는 것 같았다. 어둠에 눈이 익으니 저 멀리 낮은 지붕의 집들이 보였다. 실루엣으로 집이 있다는 것만 알 수 있을 뿐, 사람이 살고 있는 집과 그렇지 않은 집을 구별할 수 없었다. 이 동네는 사람이 살지 않는 빈집이 많다고 들었다. 젊은 사람들은 원래도 잘 없었고, 여기서 살다가 노인이 된 이들은 동네를 떠나거나 세상을 떠났다. 수레나 농기구, 가재도구를 그대로 둔 채 떠난 이도 많다고 했다. 내가 이곳에 와서 살까. 사람이 살고 있지 않은 집 가운데 가장 마음에 드는 집을 골라 들어가는 것이다. 원래 그 집에 살던 사람마냥 마당을 쓸고, 여기저기 일을 도와준 뒤 야채와 쌀을 얻고, 매달린 채 썩기 직전인 홍시를 따 먹으면서. 이곳은 일손도 부족할 테니 젊다는 이유 하나만으로 나를 환영해 주지 않을까. 무일푼에 잘하는 게 없다고 하더라도.

사실상 잘리다시피 퇴사를 선택한 것은 2주 전이었다. 적당히 적은 월급을 받으면서 글을 쓰고 살기 위해 선택한 직장이었다. 나는 순진하고 오만했다. 직장이야 얼마간 쉬었다가 다시 구하면 그만이었지만 무언가 잃어버린 느낌이 들었다. 내 일부 중에서 무언가 애달픈 부분이 떨어져 나갔고 다시는 그것을 되찾지 못할 거라는 직감. 처음에야 떨떠름했지만 그리 아쉽지는 않았다. 글을 쓰지 않는 건 내가 드디어 현실 감각을 획득했다는 증거처럼 느껴졌으므로 차라리 다행이었다. 애달픔이라는 건 원래 없는 걸지도 몰랐다.

애달픈 글을 써 봐.

그렇게 말한 건 아르바이트를 하던 앤스버거에서 햇살, 강아지 역할을 맡았던 몇 년 전의 김서정이었다. 이거 참 애달프다, 애달파. 읽기만 해도 그런 기분이 들게 하는 그런 걸 써 보라고. 김서정은 내가 쓴 글을 끝까지 읽어 주며 그렇게 말했지만, 그때나 지금이나 나는 애달픔이 뭔지 알 수 없었다. 대학교에 다닐 때 친했던 선배는 언젠가 내게 사람을 너무 좋아하면 마음이 쓸쓸해진다고 말했다. 당시에는 선배가 지독한 사랑을 하고 있는가 보다, 하고 말았다. 이제 와 갑자기 떠오르는 걸 보면 그 마음이 애달픔과 닿아 있는지도 모르겠다.

사람을 너무 좋아하면 마음이 쓸쓸해진다. 나는 이 말을 이해하지 못하고 가슴 한편에 치워 두었다. 어쩌면 김서정이라면 이 말을 완벽하게 이해하고 있을 수도. 김서정은 사람을 지나치게 좋아했다. 사람 좋아 사람 너무 좋아. 이렇게 떠들고 다니진 않았지만 공감의 제스처를 취하며 남의 이야기를 허구한 날 듣고 앉아 있었다. 그리고 그 감정을 그대로 끌고 와 내게 전했다.

지원 씨가 이번에 취업했잖아. 근데 사수가 아주 이상한 방법으로 엿을 먹인대. 아무리 머리를 굴려도 사수가 왜 자기한테 그렇게 밉살맞게 구는지 모르겠고 그냥 장난 받아들이듯 웃어넘길 수밖에 없대. 낮에는 회사에서 내내 가짜로 웃고, 밤에는 집에 돌아와 내내 울다 잠든대. 얼마나 마음고생이 심하겠어. 그치?

나는 처음에야 고개를 끄덕이며 듣다가 나중에는 귀찮아졌다. 왜 저렇게 남의 인생에 몰입하는지 이해할 수 없었다. 시간이나 에너지가 남들보다 더 많이 주어진 것도 아니고 그 사람과 별로 친하지도 않은데 왜 그런 걸 다 듣고 오는가. 인생을 대신 살아 줄 것도 아니면서 넌 대체 왜 그러는가 하는 나의 질문에는 항상 같은 대답이 돌아왔다.

내가 엣프제라서 그래.

김서정이 자기 입으로 사람을 좋아한다고 한 적은 없지만 김서정은 사람을 좋아하지. 누군가의 말을 경청하고 진심으로 이해하는 행위는 그 사람에 대한 애정이 깔려야 가능하니까. 그러니, 사람을 좋아하는 사람 김서정이 '지겨운 인간들'이라고 읊조리듯 뱉었을 때 나는 무척 놀랄 수밖에 없었다. 오랫동안 가슴속에 간직했던 쪽지가 제힘으로 주섬주섬 펼쳐지는 듯했다. 내가 아니라 김서정이 그런 말을 하다니. 사람을 사랑하는 힘으로 살던 애가 어쩌다가 인간을 지겨워하게 되었나.

찬바람을 쐬고 들어오니 김서정은 팔짱을 낀 채 소파에 반쯤 누운 자세로 잠들어 있었다. 온종일 운전하고 와서는 쉬지도 못하고 피곤했을 것이다. 나는 솜이불을 김서정 몸에 툭 얹어 주고 창을 열었다. 긴 시간 사람이 드나들지 않은 집은 공기가 텁텁했다. 흐르지 못한 시간과 미세한 먼지가 고여 있던 냄새. 냉장고에는 캔맥주가 줄지어 서 있었다. 하여간 참 꼼꼼하고 이상해. 모든 맥주의 상표가 한 방향을 바라보고 있었다. 선반에는 신호등의 빨간 불, 노란 불, 초록 불처럼 일정한 간격으로 놓여 있는 통조림들. 나는 과일 통조림과 참치 통조림 중에서 고민하다가 장조림 캔을 따 안주로 먹었다. 20분 정도 환기를 한 뒤 창 닫는 소리를 듣고 김서정이 깨어났다. 눈 주위가 붉은 것으로 보아 피곤이 가시지 않은 듯했다. 김서정은 휘적휘적 거실을 가로질러 와 내 맥주를 들이켰다.

출출하다. 네 특제 라면 끓여 줘.

나의 특제 라면이란 우리가 만나는 밤마다 맥주 안주로 먹었던 라면을 뜻했다. 나는 물을 정량보다 조금 적게, 버섯과 미나리를 잔뜩 넣고 강불로 라면을 끓였다. 향긋한 미나리 내음과 짭짤하고 매콤한 국물은 차가운 맥주와 잘 어울렸다. 내가 라면을 끓이는 동안 김서정은 벽난로에 불을 지피고 텔레비전을 켰다. 타오르는 불 앞에서 맥주를 들이켜니 서울에서 멀리 떠나왔다는 실감이 났다. 텔레비전에서는 옛날에 인기를 얻었던 영화가 재방영되고 있었다. 너무 유명해서 김서정도 나도 그 내용을 전부 알고 있었다. 하지만 우리는 마치 이 영화를 처음 보는 사람들처럼 약간 긴장한 채로, 인물들이 처한 상황을 걱정하면서 맥주로 목을 축였다.

벽난로의 열기 때문일까 빈속에 들이부은 맥주 때문일까, 얼굴에 열감이 올라왔다. 특제 라면은 김서정이 내 자취방에 찾아올 때만 만들어 먹었다. 김서정이 자기가 사는 동네에서 멀리 떨어진 우리 집까지 올 때는 그때마다 이유가 있었다. 매운 음식을 즐겨 먹지 않는 김서정에게 매콤한 라면이 필요한 건 속이 미어터질 때뿐이니까. 나는 울 것 같은 얼굴로 찾아오던 김서정의 입을 막았다. 나도 요새 힘들어. 그런 얘기 들을 힘이 없어. 그렇게 말한 이후에도 김서정은 내게 연락을 하고 우리 집에 왔다. 할 말이 있는 것 같은 얼굴로 찾아와 라면만 먹고 돌아가는 날도 가끔 있었다. 그때의 여파가 지금의 김서정을 만드는 데 한몫 거들었을까?

김서정은 라면이 매운지 혀를 식히면서 쉼 없이 맥주를 들이켰다.

맥주 먹으면 더 매워.

나는 물을 컵에 떠다가 김서정 앞에 놓아 주었다. 영화는 절정을 찍고 우스운 끝을 맺었다. 우리는 영화가 장면마다 의도한 대로 착실하게 놀라고, 감동하고, 마지막에는 깔깔 웃었다. 김서정은 피로가 몰려오는 것인지 긴 하품을 했다. 그리고 내가 남긴 장조림을 싹 긁어 먹으며 말했다.

나 헤어졌다. 점장님이랑.

나는 작게 응, 대답하고 왜 헤어졌는지 묻지 않았다. 앤스버거 점장님은 김서정과 나이 차가 아주 많이 나던 사람이었고, 나는 그 사람과 김서정의 연애를 달가워하지 않았다. 사실은 대놓고 싫어했는데 두 사람의 나이 차가 많이 나기 때문은 아니었다. 그 사람이 싫었고, 그 사람에 대해 고민하는 김서정을 보는 게 싫었지. 그래서 연애 얘기는 아예 꺼내지 말라고 했다. 말하지 않으면 점장님은 김서정과 나의 세계에 없는 사람이 되었다. 말하지 않으면 김서정의 고민은 내게 없는 일이 되었다.

먼저 씻고 나오니 김서정은 소파에 등을 기대고 앉아 선잠이 들어 있었다. 내가 상을 치우는 동안 김서정은 어영부영 일어나 겨우 씻으러 갔다. 바디워시 냄새 참 좋다. 당연하지 비싼 거야. 금방 잠들 줄 알았는데 각자의 이부자리에 누우니까 시시콜콜한 얘기도 재밌게 느껴졌고, 그렇구나 저렇구나 걔는 결혼했고, 쟤는 아이를 낳았구나. 그동안 지내 온 이야기를 나누다가 누가 먼저라고 할 거 없이 잠에 들었다.

*

운동복 차림의 김서정이 저 멀리서 뛰듯이 걸어왔다.

너는 도대체가 안 피곤해?

피곤해서 평소보다 두 시간 더 늦게 일어났어.

나는 고개를 젓고 아직 온기가 남아 있는 커피를 한 잔 더 마셨다. 날씨가 좋았다. 입김이 나왔지만 햇볕이 따스했다. 나갈 채비를 하고, 어제 미리 준비한 배낭을 멨다. 김서정은 조황주에게 줄 보자기 꾸러미를 잊지 않고 챙겼다. 나는 어제 꿈속에서 이사를 했다. 해가 잘 드는 집이었다. 햇빛이 창문의 모양 그대로 바닥에 드리웠고, 나는 그 위에 누워서 잠들었다. 김서정은 내 꿈이 길몽이라고 했다.

집에 해가 잘 드는 꿈은 경사를 의미한대. 기쁜 소식이 올 거야.

분명 편안한 꿈이긴 했지만 기쁜 일이 일어날 것 같지는 같았다. 꿈속에서 나는 구멍 난 양말을 신고 있었다. 구멍 난 양말을 의식하면서 얕고 긴 잠을 잤다. 김서정과 나는 서로 네가 먼저 잠들었다느니 이야기하며 걸었다. 물론 내가 더 늦게까지 깨어 있던 게 확실했다.

바위나 돌 같은 장애물은 적었지만, 전반적으로 경사가 꽤 높은 산이었다. 사람들이 잘 찾지 않는 산이어서 그런지 산길 또한 가늘고 좁았다. 사람이 아니라 사슴이 걸어가기에 더 적합할 듯했다. 김서정이 약도를 쥐고 앞서 걸었다. 나는 그 뒤를 좇았다. 한 시간 반 정도 걸었을까. 하지만 시계를 보니 출발한 지 약 40분밖에 지나지 않았다. 우리는 급격히 말이 줄었다. 이른 오후였는데 산속이 어두웠다. 올려다본 하늘은 나뭇잎으로 덮여 해가 없었다.

열이 오르고 식기를 반복했다. 땀이 식으면 손이 시려웠고, 숨을 들이마실 때마다 몸에 한기가 들었다. 보자기 꾸러미는 김서정의 품에 있었다가 내 품에 있었다가 김서정의 왼손과 오른손을 오갔다. 갓난아기만 한 크기의 꾸러미를 안아 들면 무언가 비밀스러운 일을 꾸미는 기분이 들었다.

흡혈인은 추위도 안 타고 잠들지도 않는다던데. 그러면 집이 필요 없지 않을까. 어쩌면 나무 위에서 유유자적하게 살아도 상관없을지 몰랐다. 월 대출 이자만 아껴도 살 만하겠다. 살아갈 맛이 생기겠어. 잠을 안 자도 되면 그 시간에 남들보다 돈을 더 벌 수 있고 글도 잔뜩 쓸 수 있고. 그러고 보니 이게 가능한가 싶을 정도로 많은 분량의 글을 쓰는 작가들이 있던데, 혹시 흡혈인이었나. 바쁜 시간 쪼개서 제대로 잠도 못 자며 글을 쓴다고 인터뷰했던 몇몇 작가들의 얼굴이 떠올랐다. 하나같이 볼이 탱탱하고 피부에 광이 돌았다. 그거였네. 사람들이 잘 시간에 글을 쓰면 가능하겠네. 그렇네. 그럴듯한 생각을 하다 보니 앞서 걷던 김서정이 걸음을 멈춘 것을 보지 못하고 그대로 김서정의 등에 얼굴을 박아 버렸다.

뭐해?

힘들어서.

그거 줘. 이제 내가 들게.

아니 근데, 힘들기도 한데 힘든 것보다 지금 좀 길이 안 맞아.

정말로 힘이 드는지 김서정의 왼손이 떨리고 있었다. 빼어 든 약도에는 일곱 살 아이가 그렸다고 해도 믿길 정도로 조악한 그림이 네임펜으로 그려져 있었다.

이거 누가 줬어?

우리 할머니.

잘 그리셨네.

약도를 아무리 살펴보아도 우리가 어디쯤 왔는지 알 수 없었다. 흡혈인이라면 날 수도 있나? 저 위로 날아 올라가서 여기가 어딘지 확인해 보면 좋을 텐데. 날지 못한다고 해도 흡혈인으로 사는 거 꽤 괜찮겠다는 생각이 들었다. 시선을 약도에 둔 채로 웃으니 김서정이 뭔 생각을 하냐고 물어왔다.

흡혈인이 되는 생각.

입 조심해.

김서정은 내 손에서 약도를 뺏어 다시 앞장서 걸었다. 보자기 꾸러미를 든 손이 눈에 띄게 힘들어 보였으나, 나는 꾸러미를 대신 들어 주지 않았다.

우리는 말없이 오래 걸었다. 어느새 어두운 기운이 산속에 깔려 있었다. 해가 지기 시작했기 때문인지, 김서정과 나의 삭막한 분위기 때문인지 알 수 없었다. 나는 걷는 동안 한 번도 보자기 꾸러미를 건네받지 못했다.

너 혹시 무슨 일 있었니?

내 물음에 김서정은 보자기 꾸러미를 반대 손에 들었다가 품에 안았다가 하며 묵묵부답으로 걸었다. 보다 못한 내가 꾸러미를 빼앗아 들자 김서정은 전혀 고맙지 않은 표정으로 고맙다고 말했다.

아무 일도 없었어.

무슨 일이 있던 것이 분명한데, 그렇지 않으면 이렇게 다른 사람이 될 수가 없을 텐데 김서정은 끝까지 말해 주지 않았다. 점장님과 어떻게 헤어졌는지는 몰라도 그게 발화점이었나. 김서정은 마라톤 크루, 독서 모임 등 만나는 사람이 너무 많았다. 어떤 일이 어디서 발생했는지, 어떤 사연으로 김서정이 인간을 지겨워하는 지경에 이르렀는지 추측하기 어려웠다. 김서정은 무슨 일이 있든 다시금 밝은 모습으로 되돌아오는 애였고, 사람에게 받은 상처는 다른 사람들 속에 섞여 회복해 나갔으니까.

내가 나만의 사정에 파묻혀 있는 동안 김서정이 어떻게 지냈는지 떠오르지 않았다. 늦은 밤 몇 번이나 갑자기 내 집에 찾아와 현관문을 두드렸는데도. 어쩌면 무슨 일이 있었을 거라는 건 나의 착각에 불과할지도 몰랐다. 김서정의 말처럼 정말 아무 일도 없었을 수도 있다. 살다 보면 이것도 겪고 저것도 겪고, 끔찍한 일만큼이나 신물 나는 사람도 많고, 그것들이 모두 지겹게 느껴지겠거니. 그러다 보면 성격이 변하기도 한다고 생각한다기보다 그렇게 믿고 싶었고, 믿으려고 애썼다.

근데 MBTI가 바뀌기라도 했나? 성향이나 성격이

바뀌는 것과 사람에 대한 애정을 잃는 것은 전혀 다르지 않나. 김서정의 등을 뚫어져라 바라보았다. 좁고 둥근 어깨, 대충 묶은 머리카락, 언뜻언뜻 보이는 목. 지금은 머리카락 때문에 보이지 않지만 목덜미에 조그만 점이 있지. 아지랑이처럼 퍼져 있는 잔머리를 모아 다시 묶어 주고 싶다고 생각할 즈음, 김서정의 어깨 너머 누군가의 형체가 보였다.

한 노인이 고개를 쭉 빼고 우리를 향해 걸어오고 있었다. 느리지만 한 발 한 발 힘주어 내딛는 걸음. 주름이 많아서 그런지 노인은 어딘가 화가 나 보이는 인상이었다.

등산하는 데도 아닌데 어떻게 들어왔어. 여기까지 어떻게 들어왔어.

할아버지, 혹시 고암사 아세요?

노인은 나와 김서정을 지긋이 응시하다가 샛길로 잘못 들어온 것 같다며 자신을 따라오라고 했다. 아무래도 화가 난 건 아니었던 것 같았다.

*

고암사는 굉장히 오래된 절이라서 사람들이 옛 고

(古) 자를 쓰거나 높을 고(高) 자를 쓰는 줄 아는데 그게 아니라 되돌아볼 고(顧) 자를 쓴다고. 나도 알게 된 지는 얼마 안 됐어.

노인은 원래 서울에서 살다가 이곳으로 온 지 3년 정도 되었다고 했다. 그러고 보니 말하는 와중에 사투리를 한 번도 쓰지 않았네. 한 치 망설임도 없이 걸으니까 당연히 토박이인 줄로만 알았다. 김서정은 길을 다시 찾게 되어 안심했는지 흡혈인 동네니 뭐니 이것저것 노인에게 떠들고, 어떻게 서울에서 이곳으로 오셨냐고 물었다. 노인은 별다른 대답 없이 자기 가방에서 고구마를 꺼내 주었다. 불에 구운 흔적이 잔뜩 남은 고구마는 식었지만 맛있었다. 맑은 공기와 맛있는 고구마. 정말로 여행을 온 것처럼 들뜨고 가벼운 마음이 들다가도 김서정과 눈이 마주치면 서로 피했다.

노인은 어디에 살고 있을까. 어젯밤 내려다본 집 중 한 군데에 살고 있을까. 서울에서 사는 게 힘들고 피곤해 고향으로 다시 돌아온 걸지도 몰라. 아니면 어떤 사정으로 가진 돈을 다 잃고 돌아온 후, 빈집 가운데 아무 데나 들어가 살고 있을지도. 사람이 살지 않고 그래서 온기가 없는 집에 들어가 고구마를 굽고 수제비를 해 먹고. 비어 있던 집은 점차 노인의 온기로 채워지고. 집은 사는 사람에 따라 고유의 냄새가 새겨졌다. 고유의 냄새란 누군가 그 집에서 살았다는 흔적과 가까울 것이다. 어쩌면 내가 집 만드는 일을 그만둔 건 냄새를 입히는 데 실패했기 때문일지도 몰랐다.

미니어처 하우스를 만드는 데 있어 중요한 점은 '정말 그럴듯하게'였다. 나는 미니어처 소품을 만드는 것에서 시작해 베토벤이나 고흐 등 유명 인사의 집을 재현했다. 비닐을 자르고, 나무젓가락을 깎고, 잘 마른 점토를 도색하고. 그럴듯하게 만들어진 작은 세상을 오래 들여다보았다. 미니어처 하우스를 만들지 않게 된 분명한 계기는 없었다. 어느 날 갑자기 내가 만든 집들이 소중하게 느껴지지 않았다. 써먹을 곳도 없고 알아주는 이도 없고 부질없구나, 그런 생각이 들자마자 아크릴 상자에 고이 전시해 놓았던 미니어처 하우스를 차마 부수지는 못하고 하나둘 날라 집 밖에 내놓았다. 누구라도 주워 갈 줄 알았는데 하나 빼고는 전부 제자리에서 비를 맞고, 그 옆에 새로운 쓰레기가 놓이고, 무단 투기 스티커가 붙었다.

학생 때 가졌던 취미가 몇 년이나 잊혔다가 다시 떠오른 건 김서정이 내 소설 초고를 읽고 했던 말 때문이었다. 나는 내 소설에 애정을 갖지 못했다. 분명히 쓸 때는 재밌었는데 이상하게 다 쓰고 나면 재미가 없었다. 가득가득 사건 사고를 채워도 무언가 이야기가 빠져 있다는 느낌이 들었다.

사람이 없잖아.

김서정은 술에 취해 그렇게 말했다. 나는 그 말을 이해하지 못했으면서 소설 맨 마지막 장에 '사람이 없음'이라고 크게 적은 뒤 가방에 프린트를 집어넣었다. 다음 날 술이 덜 깬 채로 가방에서 프린트를 꺼냈을 때, 엉망으로 구겨진 종이가 대충 만들어진 집과 같은 형태로 책상 위에 덩그러니 놓였다. 그때 본인이 그런 말을 했다는 걸 김서정은 기억하지 못할 것이다. 나는 소설을 쓸 때마다 미니어처 하우스 만들었을 때가 떠올랐다. 같은 실수를 반복하는 기분이 들었다. 내가 만든 작은 집에 살고 있을 그 누군가가 전혀 그려지지 않았다.

노인과 동행한 지 얼마나 지났을까. 점점 시야가 환해지는 것 같았다. 실제로 빼곡하게 하늘을 덮었던 나무의 수가 눈에 띄게 줄어들었다. 이상했다. 아무리 약도가 조악했어도 고암사는 산 위쪽에 있었고, 우리는 고암사를 지나 더 높이 올라가야 했다. 노인을 따라가니 마음이 편해서 그런가, 발걸음이 편하다 싶었는데 완만한 내리막길로 둘러둘러 산에서 내려오고 있었다. 작은 언덕을 넘으니 저 멀리 비포장도로와 더 멀리 차가 달리는 풍경마저 보였다. 김서정과 내가 뭐가 잘못되어도 한참 잘못되었다는 걸 눈치챘을 때는 이미 노인의 표정이 차게 식은 뒤였다.

여기서 차 잡아 타고 너희가 살던 곳으로 돌아가.

노인은 그렇게 말하고 가 버렸다. 그 뒷모습이 너무 단호해 보여서 차마 따지지도 못했다. 우리는 그의 뒤를 쫓지도 못하고 산이 끝나는 흙길 위에 멀뚱히 서 있었다. 여기가 어딘지, 우리가 어느 쪽으로 가야 하는지, 당황해야 하는지, 슬퍼해야 하는지 아무것도 알 수 없었다.

재수 없는 노인네. 이해할 수 없는 노인은 어디에나 종종 있었다. 폐지를 달라고 시끄럽게 떼를 쓰며 식당을 떠나지 않는 노인, 먼저 와서 부딪혀 놓고 갑자기 화를 내는 노인 등등. 꼭 노인만 있는 건 아니었지만 나는 그런 사람들을 만나면 우선 놀랐고 그래서 피했다. 다시는 마주치지 않았으면 좋겠다는 마음으로. 잊고 싶었고, 그들은 정말로 내게서 금방 잊혔다.

자기를 따라오라고 해 놓고 엉뚱한 곳으로 우리를 데려온 노인은 왜 그랬을까. 이상한 사람이겠거니 생각하는 게 편했다. 입안에는 아직도 군고구마의 단맛이 남아 있었다. 우리는 다시 산으로 들어갔다. 산길이 안내하는 쪽으로 마냥 걸었다. 김서정의 손에는 소용없어진 약도가 들려 있었다. 옛날의 김서정이었다면 이따위 약도를 가지고 산에 오르지 않았을 것이다. 노인이 그렇게 떠나 버렸어도 금방 당황한 정신을 다스리고 민가로 내려가 정확한 위치와 방향을 알아냈을 것이다. 하지만 지금의 김서정은 조황주를 꼭 만나고 말겠다는 신념에 꽂힌 사람처럼 무작정 산 쪽으로 향했다. 우선 올라가다 보면 고암사를 안내하는 표지판이 있을 거라고 믿었다.

정말 무슨 일 없었어? 점장이랑 헤어져서 그래?

뱉어 놓고 크게 말실수했다는 걸 깨달았지만 김서정은 화를 내지 않았다. 오히려 담담한 어조로 말했다.

별일이 있었다기보다 그냥 말을 안 하고 싶어졌어. 자기 일이 아니면 다들 참 쉽게 말해서. 나는 미래를 약속한 애인이랑 헤어졌고 베이킹 클래스에서 만난 언니는 얼마 전에 이혼했대. 마라톤 크루 중 한 명은 11월부터 모임에 나오지를 않는데 함께한 지 얼마 안 돼서 다들 잘 모르더라고. 베이킹 클래스는 그만뒀어. 사람들이 이혼한 언니의 애를 걱정하기에. 마라톤도. 크루 연말 뒤풀이를 이태원에서 하겠대서. 그냥 그런 거야. 사람들을 만나고 이것저것 생각하는 거 피곤해. 나는 이제 말을 하고 싶지 않아.

김서정은 거기서 말을 그쳤다. 하지만 김서정의 뒷모습이 내게 말하고 있었다. '어차피 말해 봤자 네 마음대로 생각할 거잖아. 너는 내 애인을 싫어했으니까.' 김서정이 각종 모임을 탈퇴했다는 소식은 이미 다른 친구를 통해 전해 들었다. 산악회인가, 산악자전거회인가를 김서정과 함께하던 친구는 김서정이 이상하다고 했다. 걔 좀 이상해. 엄청 웃고 떠들고 놀았는데 바로 다음 날 갑자기 단톡방 나가더니 탈퇴했잖니. 착하고 밝은 애라고 생각했는데. 암튼 너도 조심해라.

나는 내 소설에 사람이 없다고 했던 김서정의 말을 이제야 조금 알 것 같았다. 김서정의 주변에는 항상 사람들이 바글바글했다. 그런데 사람이 빠져 버리면 김서정에게는 무엇이 남나. 내 앞에 있는 김서정은 분명히 김서정인데 김서정의 어떤 부분이 빠져 있었다.

그중 일부는 내가 빼 버린 것이 틀림없었다. 곧은 등. 똑똑 두드리고 싶은 익숙한 뒷모습이 열심히 산에 올랐다. 나는 배낭에서 보리차를 꺼냈다. 밤새 얼려 놨던 보리차는 반도 녹아 있지 않았다. 미지근한 물을 넣으면 금방 녹아. 김서정은 자기 생수를 내 물병에 따라주었다.

너 근데 조황주 할머니 만나면 알아볼 수 있어?

글쎄 아마도. 어렸을 때 딱 한 번 본 적 있어. 우리 할머니는 내가 어렸을 때도 할머니였는데 조황주 씨는 별로 할머니 안 같았어. 선생님을 찾아온 오랜 제자처럼 우리 할머니 무릎에 얼굴을 묻고 있었어. 그 뒷모습이 기억나. 흡혈인은 늙지 않으니까 그때랑 같은 모습일 거야.

그런가.

확실해.

확신해?

응. 확신해.

김서정은 보리차로 입을 적신 후 어딘가를 응시하며 웃었다. 시선을 따라가니 저 멀리서 선한 인상의 한 여자가 걸어오고 있었다. 긴 치마가 바람에 차분하게 흔들렸다. 김서정은 망설이지 않고 여자에게 다가갔다. 보자기 꾸러미를 받아들며 조황주가 말했다.

친구의 냄새가 나기에 마중을 나왔습니다.

*

빙빙 돌고 돌아 아주 먼 곳으로 떨어져 나온 줄 알았으나 조황주의 집은 생각보다 가까웠다. 가파른 경사와 몇 개의 언덕을 거치며 산을 올랐다. 땀이 나고 입이 마를 때마다 가방에서 보리차를 꺼내 마셨다. 흡혈인의 능력인가 싶을 정도로 조황주는 가볍게 걸었다.

조황주의 집은 고암사에서 조금 떨어져 있는 작은 나무 집이었다. 흉흉하거나 무언가 갖추어지지 않을 거라는 추측이 무색할 정도로 여느 시골집과 다를 바 없었다. 우리가 머무는 펜션과 비슷하게 생겼으나 훨씬 아담하고 단순한 생김새였다. 댑싸리비가 문 옆에 등을 기댄 채 곧게 서 있었다. 집 앞쪽에는 작은 평상과 텃밭이 있었다. 여름에 텃밭을 가꾸다가 평상에 앉아 맥주를 마시면 참 좋을 것 같았다. 쌈장에 오이를 찍어 먹는 것만으로 안주는 충분할 것이다.

조황주는 우리를 집 안으로 들이고 대추차와 곶감

을 내왔다. 직접 말린 거라면서 자꾸만 곶감을 권했다. 나와 김서정은 곶감을 우물우물 씹어 삼키는 조황주를 가만히 쳐다보았다. 내가 생각한 것과 여러모로 참 다르네. 말은 하지 않았으나 김서정도 비슷한 생각인 것 같았다. 보자기 꾸러미는 매듭이 얼마나 단단한지 세 명이 돌아가면서 힘을 주며 겨우 풀었다. 보자기 안에는 생활용품과 건조식품이 들어 있었다. 개별 포장된 물건들을 하나씩 확인할 때마다 조황주는 크게 웃었다. 건미역을 꺼낼 때는 고개를 뒤로 젖히고 웃으면서 바닥을 두드렸다.

내 친구는 아직도 참 한결같습니다. 저는 추위도 안 타고 굳이 음식을 안 먹어도 되는데요.

그제서야 나는 방바닥에 흩어진 물품을 훑었다. 기능성 내복, 수면 양말, 팬티 5개입 묶음과 영광굴비, 북어포 등등. 웃음이 비어져 나왔다.

집이 춥지요? 시간이 늦어 오늘은 못 내려가실 겁니다. 밤의 산은 위험해요. 자고 가세요.

우리가 무어라 말할 새도 없이 조황주는 물건을 정리한 후 벽난로에 불을 지폈다. 그러고 보니 집 안이 냉기로 싸늘했다. 나와 김서정은 외투를 입은 채 따끈한 대추차를 부여잡고 있었다. 조황주는 벽난로 가지고는 추위를 버티기 힘들 거라며 솜이불을 꺼내 가져다주었다. 마지막으로 방문을 닫고 나오는 조황주의 품에는 유리병이 안겨 있었다. 유리병 바닥에 가라앉아 있던 샛노란 매실이 물결에 따라 천천히 떠올랐다.

*

조황주는 술고래였다. 매실주가 동나자 정수기 물통만 한 복분자주 술병을 꺼내 왔다. 이것도 직접 담근 거니까 아끼지 말고 먹으라며 국자로 밥그릇에 술을 떠 주었다. 나는 술 때문에 몸에 열이 올라 패딩 점퍼를 벗었다. 김서정도 얼굴이 붉었다. 술에 취한 건지 흥에 취한 건지 조황주는 자기가 살아온 얘기를 하다가 기타 연주를 하다가 노래했다. 대부분 옛날 곡이었다. 무슨 곡인지 몰라 우리가 호응해 주지 않으면 연주곡을 바꾸었다.

이 노래는 아시죠?

김광석의 「일어나」 기타 반주가 시작되었다. 흡혈인은 목이 쉬지 않는 것일까. 나와 김서정은 술로 목을 축이고 목 터지게 노래를 불렀다. 조황주는 요즘

말로 '인싸'였다. 궁금한 거 다 물어보라며 우리와 친해지는데 스스럼이 없었다. 이렇게 떠들고 놀기 좋아하는 사람이 산속에서 혼자 산다는 게 믿을 수 없을 지경이었다. 왜 이렇게 깊은 곳에 들어와서 사느냐는 물음에 조황주는 원래부터 그랬다고 했다. 어차피 흡혈인은 살아가는 데 딱히 필요로 하는 것도 없고, 나라에서 쉬쉬하기를 원하니까 한 마을에 모여 조용히 지내 왔다고. 원래는 인간이었는데 어쩌다 인간이 아닌 게 되어 버린 것이 부끄럽기도 하고, 흡혈인 수가 워낙 적기도 하고 그러니까. 부끄러움을 느끼고 인간과 다르다는 걸 항상 되새기면서 사는 게 당연한 거였다. 조황주가 흡혈인이 되었을 시절에는 그게 당연한 것처럼 되어 있었다.

본격적으로 술을 먹기 전, 조황주가 우리에게 가장 먼저 던진 질문은 MBTI가 뭐냐는 것이었다.

요즘 필수 질문이지 않습니까.

속세에서 떨어져 살 것 같은 말투와 달리 조황주는 유행에 민감한 편이었다. 김서정과 자신의 MBTI 유형이 같다는 걸 안 후 조황주는 잔뜩 신이 났다. 너무 반갑다면서 온갖 간식을 내오고 말이 많아지기 시작했다. 생김새로만 보아서는 우리 또래였다. 게다가 대화도 잘 통하니 경계와 긴장이 쉽게 풀어졌다. 조황주는 마치 연예인 같고, 달에 다녀온 사람 같았다. 김서정은 실례될 수도 있는 말을 아무렇지도 않게 던졌다. 흡혈인으로서의 장단점 같은 것. 나는 왜 그런 걸 묻느냐는 표정으로 김서정을 흘겨보았지만, 어쩐지 그 실없는 질문이 서글프기도 하고 기쁘게 느껴지기도 했다. 옛날의 김서정은 이런 걸 하루에도 몇 번이나 던졌다.

무작위입니다. 물린다고 모두 흡혈인이 되지 않았어요. 일상을 잘 살고 있는데 어느 날 갑자기 큰 사고에 휘말리거나 차에 치이는 것처럼요. 이유도 뭣도 없습니다. 미친 개에게 물린 거랑 비슷합니다. 아, 처음에 나타나는 증상도 광견병과 비슷하네요. 또 흡혈인에 대해 궁금한 점? 인간에 가까운지 동물에 가까운지는 안 궁금하나요? 20년 전에는 궁금해하던 사람이 있었는데.

우리는 조황주의 뛰어난 언변과 자조적인 농담에 정신을 못 차리고 웃었다. 조황주는 말이 많았고 이야깃거리도 많았다. 그중에는 재밌는 이야기도 있었고 심각하거나 슬픈 이야기도 있었다.

최근에 깨어난 이후 가장 많이 말을 하는 것 같네

요. 즐겁습니다.

조황주는 이야기가 떨어지면 우리가 잠들어 버리기라도 하듯 쉬지 않고 떠들었다. 마찬가지로 안주와 술을 자꾸 내왔다. 김서정네 할머니가 주신 북어포를 찢어 먹고, 굴비도 구워 내왔다. 불이 잦아들면 벽난로에 장작을 넣었다. 조황주는 그동안 살아오면서 두 번의 긴 잠을 잤다. 8년 전 가을쯤에는 오래 살아 있으면 오랫동안 많은 일들을 슬퍼해야 하는구나, 하는 생각을 안고 잠들었다. 자다가 저절로 죽는 걸 바라기에 흡혈인은 몸이 너무 튼튼했다. 이번 가을에는 세상이 소란스러워 깨어났다. 세상이 흔들리면 사람들의 마음이 무너지는 소리가 뒤따라와 잠이 달아나더라고 했다.

그전에는 몇 년도에 잠들어서 몇 년도에 깨어났어요?

단순히 조황주의 실제 나이를 추측하기 위한 질문이었다. 조황주는 질문에 대해 골똘히 고민했다. 한참 뜸을 들인 후 안주가 부족하다고 생각했는지 자리에서 일어섰다. 밖에 나갔다 들어온 조황주의 손에는 고구마 대여섯 개가 들려 있었다. 나는 고구마를 건네받아 조황주와 함께 벽난로에 집어넣었다.

그렇게 불에 닿게 넣으면 고구마가 다칩니다. 타 버려요.

고구마를 적당한 위치에 놓는 조황주의 얼굴에 불빛이 드리웠다. 흡혈인의 얼굴은 차가울까 따뜻할까. 그러다 마주친 눈이 너무 깊어서, 생긴 것만 나와 또래일 뿐 오랫동안 살아온 존재라는 것을 피부로 깨닫고 말았다.

조황주가 처음으로 긴 잠을 잤던 때는 흡혈인들이 한 마을에 모였을 시절이었다. 흡혈인 중 몇 명이 늙지 않는 연예인으로 활동하고, 흡혈인이라는 걸 굳이 비밀로 하지 않아도 되었던 시절. 깊은 밤 제일 환하게 빛나던 마을에 산사태가 일어났다. 흙과 나무가 낮은 지붕을 덮치고 여기저기 큰 불길이 일었다. 몇 달에 걸쳐 빗물에 흙이 쓸려 내려갈 때마다 분절된 신체 일부분이 발견되었다. 많은 이들이 죽었으니 한꺼번에 장례를 치르고 화장을 했다. 절차는 대부분 낮에 이루어졌다. 살아남은 흡혈인들은 낮에도 잠들지 못하고 그늘 속에서 울었다. 밤에는 부엉이와 함께 울었다. 그렇게 우는 동안 왜 멀쩡한 산에 그 마을에만 산사태가 일어났는지, 동료들의 시신이 어디로 갔는지 몰랐다. 어차피 흡혈인은 전부 화장하는데 그걸 무얼 하러 찾느냐고 하는 탓에 어디 가서 따지지도 못했다. 낮에는 졸면서 울고 밤에는 신체 일부를 주우러 산을 돌아다녔다. 조황주는 충분히 슬퍼하지도 동료들의 온전한 시신을 되찾지도 못했다.

슬프다고 눈을 감아 버리지 않고, 슬픔에 짓눌리지 않고 충분히 슬퍼해야 해.

조황주는 그렇게 말했지만 나는 충분한 슬픔이란 무엇인지 잘 그려지지 않았다. 내 표정을 읽은 조황주가 눈을 똑바로 마주 보고 입을 열었다.

나는 너무 오랜 잠을 잤습니다. 내가 슬퍼하는 동안, 슬픔에 파묻혀서 생각을 잠재우고 살아가기를 멈추는 동안 나의 동료들이 사라졌어요. 같은 시대를 함께하던 이들이. 그러니까 슬퍼하고, 그 슬픔이 왜 발생했는지 보아야 합니다. 다음에 그와 비슷한 일이 일어나지 않도록 충분히 슬퍼해야 합니다.

고구마가 익었는지 고소한 단내가 집 안을 채웠다. 조황주는 이제는 기운도 없고 잠들 생각도 없다고 말하며 웃었다. ESFJ의 특징은 마음이 아프면 미소를 지어 보이는 것일까. 조황주는 다시 기타를 들었다. 김서정은 벽난로의 불길을 바라보고 있었다. 나는 낮에 보았던 노인에 대해 생각했다. 노인은 흡혈인 형과 산다. 노인의 형은 중학생 때 흡혈인이 되어 앳된 얼굴을 하고 있다. 노인은 서울에서 내려와 형과 둘이서 살기 좋은 빈집을 며칠에 걸쳐 탐색한다. 두 사람은 깊은 밤에 조용히 이사한다. 지금 이 시각 노인은 형에게 말한다.

형 오늘 젊은 사람들이 마을에 왔어. 형이 자는 사이에. 무슨 일을 벌일지 몰라서 내가 내쫓았어. 잘했지?

어차피 우리한테 관심도 없는데 뭘. 그래도 잘했다. 아이 잘했어.

흡혈인 형은 비닐 팩에 포장된 피를 뜨거운 물에 담가 데워 먹는다. 미지근하고 걸쭉한 돼지 피. 그 옆에서 할아버지가 된 동생은 화롯불에 고구마를 굽는다. 타닥타닥 장작 타는 소리.

*

언제 잠들었는지도 모르게 눈을 떴다. 앉은 채로 졸았다고 생각했는데 솜이불이 몸 전체를 꼼꼼하게 뒤덮고 있었다. 누군가의 머리카락을 빗겨 주는 꿈을 꾼 뒤였다. 내가 가느다란 참빗으로 까맣고 부드러운 머리카락을 빗는 동안, 또 다른 누군가가 내 뒤에서 나의 머리카락을 빗어 주었다. 빗이 머리카락을 긁어 내려가는 소리는 먼 곳에서 파도치는 소리를 듣는 것과 비슷했다. 바람에 나뭇잎이 흔들리는 것인지 꿈속의 소리가 문밖에서 들려왔다. 김서정은 벽난로 바로 앞에서 잠을 자고 있었다. 가로등을 하염없이 바라보고 서 있는 사람처럼 얼굴에 노란 불빛이 드리웠다.

끝나 가는 겨울 시골의 새벽하늘은 묵직하고 컴컴했다. 조황주는 댑싸리비로 마당을 쓸고 있었다. 자기 전 이부자리를 정돈하는 흡혈인의 의식 같은 걸까. 소매로 밤새 내려앉은 서리를 닦고 평상에 앉아 조황주의 고른 비질을 지켜보았다. 하늘이 조금 밝아지자 조황주는 빗자루를 원래 있던 자리에 세워 놓고 담배를 꺼내며 내게 시선을 던졌다. 내가 고개를 저은 후에야 조황주는 자신의 담배에 불을 붙였다.

밤새 마당을 쓴 거예요?

매일 새벽 고암사에 다녀옵니다. 잠들기 직전에는 마당을 쓸고요. 오늘도 여느 때와 같았습니다.

서정이랑은 무슨 얘기를 그렇게 했어요?

덕이는 나와 미싱 돌리던 시절을 나눈 사이입니다. 고암사 스님들 외에 유일한 인간 친구이기도 해요.

깨어난 직후 절에 가니 스님들이 저를 꾸짖더군요. 그래서 반신반의한 마음으로 연락을 할 수밖에 없었습니다.

김서정의 할머니는 조황주의 생각과 달리 살아 있었고, 연락처를 바꾸지 않았고, 조황주에게 욕을 퍼부었다. 흡혈인은 수명이 다하는 방법으로는 죽지 않았다. 사고사든 타인에게든 죽임을 당하거나 스스로 이승을 떠나는 것밖에 죽음을 맞이할 방도가 없었다. 죽는다는 건 자연스러운 건데, 흡혈인에게 자연스러운 죽음은 없었다. 김서정의 할머니는 조황주를 협박했다. 연락이 닿지 않으면 스스로 목숨을 끊은 줄로만 알 거라고. 그러면 자기는 굉장히 절망스러울 거라고 화를 냈다.

다 늙어 버린 목소리로 어릴 때와 똑같이 화내다니 참 잔망스럽죠? 덕이는 몰라요. 저도 죽는 게 두렵습니다. 사람으로서는 죽어 보았으나 흡혈의 존재로서는 죽어 본 적이 없으니까요. 경험은 겪어 보지 않은 일을 대비할 수 있는 힘을 줍니다. 하지만 어떤 경험은 미래를 더 두렵게 만들거나 별로 그 미래를 기대하지 않게 만드는 것 같아요.

아주 천천히 담배를 피우면서 조황주는 나를 향해

웃어 보였다. 김서정에게 있었던 일을 듣고 싶었으나 조황주는 김서정의 할머니 이야기만 잔뜩 늘어놓았다. 나는 김서정보다 먼저 잠이 들었지만 잠들어 가는 와중에도 귀는 오랫동안 깨어 있었다. 어렴풋한 의식 속에 많은 소리가 들려왔다. 우는 듯이 웃는 소리나 웃는 듯이 우는 소리. 마지막에 들린 건 나지막한 웃음소리였던가. 두 사람은 함께 고암사에 다녀왔을 것이다. 걸으면서 많은 이야기를 나누고, 어쩌면 김서정은 지난 시간을 되돌아보았을 것이다. 아닌 밤중에 홍두깨였던 시절에 그랬던 것처럼.

김서정은 사람들에게 별별 이야기를 듣고, 내게 와서 자신의 별별 이야기를 다 했다. 어쩌면 김서정이 화사하고 밝은 모습을 유지할 수 있었던 것은 매일 자신이 한 언행을 되돌아보며 자책하다가 다시금 기운을 얻었기 때문일지도 몰랐다. 사람들 속에서 기본적으로 웃는 표정을 짓고 있던 김서정이 어떻게 우는지 나는 알고 있었다. 김서정은 화를 못 냈다. 감정이 차오르면 눈물이 차올라 아예 입을 꾹 다물어 버렸다. 그런 김서정이 밤중에 택시를 타면서까지 나를 찾아와 목이 메어 가며 말하고 싶었던 건 뭐였을까. 수치심이 고스란히 전해지는 목소리로 나를 바라보는 김서정. 이건 김서정이 ESFJ이기 때문일까. 그냥 김서정이기 때문일 것이다. 김서정은 김서정이고, 김서정의 슬픔은 김서정의 슬픔이고.

서정이랑 무슨 얘기를 그렇게 했어요?

둘이 한 대화는 둘만의 이야기로 두어야지요. 저는 사람 때문에 상처받은 적이 있지만 여전히 사람이 좋습니다. 사람에게서는 잘 마른 풀 냄새가 납니다. 겨울에 얼었다가 녹아서 축축해진 풀이 이른 봄 양지바른 곳에서 새싹과 뒤엉키며 잘 마르는 냄새가 나요. 만약에 제가 죽게 된다면 그런 곳에 묻히고 싶어요. 사람의 냄새는 생각보다 참 오래 남습니다.

결국 못 참고 다시 한 질문도 소용없었다. 원하는 말을 내주지 않고 교훈을 주려는 듯 돌려 말하는 조황주의 화법이 마음에 들지 않았다. 어둠이 한층 갠 하늘은 물을 부어 놓은 것처럼 맑고 푸르스름했다. 곧 해가 뜰 것이다. 텃밭의 고른 흙으로 보아 조황주의 마당은 볕이 잘 들 것이다. 나는 그동안 내가 지나쳐온 김서정의 밤에 대해 생각해 보려 했으나, 그 밤들은 너무 어두워 잘 보이지 않았다. 나의 원래 소원은 해가 잘 드는 집에서 사는 것이었는데, 이제 다른 걸 소원으로 삼고 싶어졌다.

밖으로 나오지 못하고 집 안에서 우리를 배웅하던 조황주는 손에 황금색 보자기를 쥐고 있었다. 곱게 접힌 보자기는 손수건이나 오래된 편지처럼 보였다. 김서정의 할머니는 어떤 마음으로 보자기를 단단하게 묶었을까. 노인 특유의 두껍고 주름진 손가락이 잠시 떠오르다 말았다. 나와 김서정은 조황주가 일러 준 지름길이 아닌 다른 길로 산을 내려갔다. 산책하듯 일부러 산을 둘러 돌아가는 길이었다. 깊숙한 산의 안쪽이 아닌 바깥쪽으로 걸으니 발이 가벼웠고, 산 아랫마을 풍경이 눈에 들어왔다. 김서정은 어딘가 편해 보이는 표정으로 말했다.

옛날에 네가 나한테 사람을 너무 좋아한다고 했던 거 기억나? 그래서 내가 개소리하지 말라고 짜증 냈잖아. 근데 사실 나 그런 소리 되게 많이 들었다. 정이 많다고. 사람 너무 믿지 말라고. 개처럼 말이야. 멍멍이 같대.

그랬던 것 같기도 하고. 괜한 소리지 뭐.

멍멍.

뭐야.

어때? 나 개 같아? 멍멍.

이상한 짓 좀 하지 마.

왜. 강아지 같으면 좋은 거지. 멍멍. 조황주 할머니도 사람 참 웃기더라.

겉으로 보기엔 우리랑 나이 비슷해 보여서 할머니라고 부르기 좀 이상해.

맞아 이상했어.

참 재미있었다.

응. 재밌었다 정말.

몰래 김서정의 옆얼굴을 훔쳐보니 재밌었다고 한 말은 진심인 듯했다. 더 이상 조황주와 어떤 이야기를 나누었느니, 대체 어떠한 일을 겪고 인간을 지겨워하게 되었는지 물을 필요가 없어졌다. 여기서 머무는 기간 동안 조황주를 또 만날 수 있을까. 사람을 좋아하는 조황주라면 우리의 냄새를 맡고 펜션으로 찾아올 가능성이 농후했다. 이상한 양반. 다시 만나게 되면 그때는 어떻게든 잠들지 않고 버텨야지. 암막 커튼으로 햇살을 다 막을 테니 낮에 술을 먹자고 하면 야비해 보이려나. 조황주는 너무 내 또래 같고, 대학생 때 함께 술을 먹던 친구들 같아서 어딘가 익숙하니 인간과 다를 바가 없었다. 그러다가 살아온 얘기를 꺼내면 맞네, 흡혈인이시네. 문득 정신이 들었다. 김서정과 나는 너나 할 것 없이 부질없고 예의 없는 질문을 던졌다. 조황주는 대부분의 질문을 우스갯소리로 넘기거나 농담으로 답했다. 하지만 가벼운 웃음을 멈추고 고민한 뒤 진심을 가득 담아 내놓은 대답도 있었다. 어쩌면 우리가 영원히 공감하거나 이해할 수 없을.

흡혈인의 단점은 음. 인간으로서 살았던 기억이 점점 멀어지고 있다는 것입니다. 인간이었을 시절에 나는 곶감을 참 좋아했습니다. 아버지가 잘 마른 곶감을 들고 나를 부르면 자다가도 일어났어요. 깊은 새벽에 눈도 뜨지 못한 채로 먹었어요. 그런데 인간이었던 내가 곶감을 왜 좋아했는지 아무리 곶감을 씹어도 그 이유가 생각나지 않아요. 그것이 슬픕니다. 시간이 갈수록 나에게서 인간의 시절이 빠져나가고 있어요.

내가 미니어처 하우스 만드는 일에 푹 빠지게 되었던 이유는 집이란 사람이 살던 기억으로 이루어진다는 문장을 접했기 때문이었다. 미니어처 하우스 만드는 일에 흥미가 떨어지게 된 이유를 곰곰이 생각해보면 마찬가지로 그 문장 때문이었다. 김서정은 내 소설 초고를 아직 기억하고 있을까. 사람이 거주했던 시간으로 집이 채워진다면, 사람은 무엇으로 다시 채워질 수 있을까. 나는 그동안 김서정이 해 왔던 활동을 떠올렸다. 일어 스터디, 독서 모임, 등산 크루, 마라톤 크루, 영화 토론 모임 등등. 사람을 좋아하는 김서정은 아마 다시 그 힘으로 채워질 것이다. 나는 펜션으로 돌아가 오늘 밤 특제 라면을 끓일 것이고, 냉장고의 맥주를 모조리 비울 것이다. 펜션에 머무는 동안 나와 김서정은 그동안 먹었던 것보다 더 많은 양의 미나리 버섯 라면을 먹게 될지도 모른다. 어느 날은 산속을 걷고 어느 날은 펜션 아래 빈집이 많다는 동네를 걸어야지.

내가 그 동네에 관해 이야기하자 김서정은 이미 우리가 그곳을 거쳐 올라왔다고 했다. 내가 자느라고, 유의 깊게 보지 않아서, 관심을 두지 않아서, 볼 생각이 없어서 지나쳐 버린 동네 풍경에 대해 말해 주었다.

예전에 누군가 살았던 흔적이 곳곳에 남아 있어.

'슈퍼마켙'이라고 쓰인 옛날 간판, 망가진 평상, 빗자루나 삽 따위를 가게 밖에 그대로 내놓은 채 문이 닫힌 철물점. 아무 곳에나 세워져 있는 수레, 플라스틱 의자, 구루마, 목장갑, 양파 망, 비료 포대 수십 개, 빈집들, 빈 개 집들. 김서정은 빈집이 많은 동네에 대해 상세하게 설명했다. 나는 그런 김서정의 뒤통수를 가만 바라보았다. 단정하고 튼튼하게 잘 지어진 집. 그 집에는 손님이 곧잘 찾아오고, 햇빛이 창문의 모양 그대로 바닥에 드리운다.

우리 죽은 듯이

짐 정리는 곧 마무리 될 것 같다가도 끝이 보이지 않았다. 이게 마지막인가 싶을 때마다 테이프를 뜯지 않은 상자들과 커다란 상자 안에 있던 작은 상자들이 계속 눈에 들어왔다. 나는 상자 속 물건들에 제자리를 찾아 주면서 잡생각에 빠져들었다. 인간관계라든지 일이라든지 제대로 된 '끝'이라고 말할 수 있는 일이 몇 번이나 될까 하는 것에 대해. 자신의 삶을 제대로 끝맺음한 뒤에 죽음을 마주하는 경우는 특히나 드물 것이다. 죽음은 때와 장소를 모르고 찾아오니까. 만약 죽음을 준비할 수 있다면 사람들은 죽는 것을 두려워하지 않을 것이다. 죽는 것을 두려워하지 않는 것은 사는 것을 두려워하지 않다는 말과 같다.

내가 들어오기 전 이 집에는 노인이 혼자 살았다고 했다. 주인집 할머니는 그 노인이 왜 여기 살지 않게 되었는지 말해 주지 않았다. 나는 요 며칠 풀지 않은 상자를 벽면에 딱 붙여 쌓아 둔 채로 바닥을 몇 번이나 쓸고 닦았지만, 종종 바닥에 굴러다니는 흰 머리칼을 발견했다. 하루 중 딱 30분 햇살이 이 집에 들어올 때마다 바닥에서 유난히 빛나는 하나의 선이 보였다. 나는 그 빛을 잃어버릴까 봐 집중한 채로 다가갔다. 오른손 검지에 침을 살짝 묻히고 선의 중심을 눌렀다. 눈앞에 손가락을 가까이 가져오면 가느다란 흰 선이 다양한 각도로 빛을 냈다. 미약하게 휘어진, 이 집에서 사라져 버린 사람의 머리카락이. 나는 그걸 창밖에 버렸다. 살면서 점점 보이지 않게 되겠지만 잊을 만할 때마다 하나씩 줍게 될 생각을 하니 벌써 지긋지긋하게 느껴졌다.

재희는 골몰히 집 안 구석구석 엉성한 부분을 고치고 있었다. 아까 긴 대화를 나눈 이후 아무 말도 하지 않았다. 내가 너무 많은 말을 했기 때문일까. 언젠가부터 노랫소리가 커졌다. 재희가 스피커 음량을 키운 것 같았다. 우리는 말없이 각자의 작업에 집중했다. 중간 중간 재희를 훔쳐볼 때마다 땀에 젖은 티셔츠의 얼룩이 넓어졌다. 어느 정도 상자를 거의 다 없앤 즈음엔 점심을 시켜 먹었다. 탕수육도 시키고 먹고 싶은 걸 먹으라고 했지만, 재희는 짜장면 두 그릇만 주문했다. 면이 그릇에 붙어 잘 섞이지 않았다. 재희는 나무젓가락이 부러질 때까지 면과 짜장 소스를 저었다. 나는 맥주를 조금 섞었다. 둘 다 반 이상 먹지 못했다.

샤워해도 지친 몸이 깨어나지 않았다. 우리는 잠이 들 듯 말 듯 하면서 멍하니 바닥에 누워 오후를 보냈다. 재희의 시선은 천장에 멈춰 있었다. 스피커에서 비슷한 느낌의 나른한 음악이 연달아 흘러나왔다. 하늘이 금방 어두워졌다. 우리는 안주 없이 맥주를 두 캔씩 더 먹고 이부자리에 누웠다. 술을 잘 먹지 못하는 재희의 눈가가 붉어졌다. 잠자코 누워 있던 재희가 내 몸 위로 기어 올라왔다. 어깨에 왼쪽 얼굴을 기댄 채 말했다.

이 집 바닥에 그을린 자국 있는 거 봤어? 검은 까마귀가 바싹 말라 죽어 있는 모양인데 그게 이 좁은 집 꼭짓점마다 하나씩 있어.

나는 그 자국들을 알았다. 신발장 바로 앞에, 패브

릭 소파도 들어오지 못하는 좁은 원룸을 굳이 분리해 놓은 미닫이 문 옆에, 눈이 닿는 구석마다 개가 파 놓은 굴처럼 있었다. 보일러 열이 제대로 흐르지 못하고 고여서 그런가 생각했을 뿐 얼룩의 모양을 자세히 들여다본 적은 없었는데 생각해 보니 재희의 말처럼 까마귀 같기도 했다. 날개를 펼친 것같이 생긴 자국, 온몸을 웅크린 것 같은 자국, 깃털을 잔뜩 떨어뜨린 것 같은 것도 있었다. 다양한 자세로 죽어 있는 새의 사체들. 그렇게 보려면 그렇게 볼 수도 있겠다.

전선 정리하려고 냉장고 옮겼을 때 그 바닥에도 있더라고. 다른 커다란 가구를 들춰보면 숨겨진 것들이 두어 개 더 있을 거 같았어. 진짜 이상한 건 천장에도 하나 있다는 거야. 바닥에 있는 작은 것들보다 유난히 큰 얼룩이 높은 나뭇가지에 앉아서 아래를 내려다보는 것처럼. 전에 살던 사람이 난로를 사용했나 보다 생각했는데 천장에 난로를 놓을 수는 없잖아. 근데 비슷한 얼룩이 천장에 있으니까, 그건 어떻게 생긴 건가. 도대체 난 이 집을 이해할 수가 없어.

나도. 근데 그냥 살아야지 뭐, 언제부터 이해하고 살았나. 뭔가를 이해하려면 그 뭔가를 이해할 수 있는 입장이 되어야 해. 만약에 누가 아프다고 한다면,

아무리 병문안을 많이 가고 아픈 모습을 보고 있어도 그 환자가 어떻게 얼마나 아픈지 알 수가 없으니까. 음 그러면 이 집을 이해하려면 이 집이 되어야 하나.

이 집을 우습게 볼 정도의 돈이 있어야지.

그런가.

그렇지.

말을 끝내고 재희는 바로 잠이 들었다. 자세가 불편했는지 내게서 등을 지고 벽을 보면서 잤다. 나는 잠이 오지 않았다. 벌써 일주일이 지나가는데도 이 방에 적응하지 못했다. 보증금 없이 간신히 월세로 얻은 방이었다. 최소한으로 최대치를 구하는 것에 자부심을 가지고 있는 재희가 발품을 팔았다. 겉에서 보기에도 낡고 오래되어 보이는 건물만 콕 집어 돌아다녔다고 노하우를 알려 주었다. 빌라는 이름도 없었다. 원룸 단지로 가득한 골목에서 단 하나 철거되지 않고 남아 있는 집. 어디쯤 있는 낮은 건물 거기로 불린다고 했다.

빌라는 처음부터 잘못 지었거나 점점 잘못되어 가는 것 같았다. 외관의 문제가 아니었다. 현관 바닥과 방바닥의 높이가 달랐다. 방 안쪽으로 향할수록 서해 바다에 걸어 들어가는 것처럼 바닥이 점점 깊어졌다. 책장과 이부자리를 어떻게 배치해야 할지 감이 잡히지 않았다. 밥을 먹을 때는 경사가 거의 없는 현관문 쪽에 상을 폈다. 최소한의 보증금은 300에서 500. 월세와 생활비를 아무리 적게 써도 60. 아니다 교통비도 넣고 70. 그러면 한 달에 얼마씩 저금해야 다른 곳으로 거처를 옮길 수 있을까. 흰색 페인트와 시트지로 화장실 문과 부엌 선반을 덮고, 흰색 이불을 사고, 스탠드만 켜고 지내면 그나마 집이 좀 예뻐 보이지 않을까. 어쩌다가 목돈이 들어오면 흰 레이스 커튼을 달아 작고 못생긴 창문도 가릴 수 있을 것이다. 재희를 불러 맛있는 걸 해 먹고 영화도 보고.

나는 잠든 재희를 두고 혼자 깨어 있었다. 생각은 잠으로 이어지지 않고 자꾸만 다른 생각을 끌고 왔다. 건너편 빌라에 사는 누군가도 잠에 못 들고 있는지 반투명한 유리창 너머 간헐적으로 빛이 깜빡거렸다. 그때마다 재희의 뒷모습이 창백하게 밝아졌고 나는 그 등에 있는 작고 큰 점 몇 개와 눈이 마주쳤다. 눈을 감았다. 감은 눈 안에서 곰팡이 같은 빛이 한 개 두 개 피어올랐다. 어둠이 몰려왔다가 한순간 사라졌다가 다시 조용하게 몰려오기를 반복했다.

요즘 재희는 어디서나 깊은 잠이 들었다. 일이 고

된 모양이었다. 벽 너머 어디선가 물 흐르는 소리가 선명하게 들려왔다. 나는 눈을 감은 듯이 떴다가 뜬 듯이 감다가 했다. 재희의 호흡에 귀를 기울일수록 시야가 흐릿해지고 재희 등에 있는 점들이 조금씩 커졌다. 찻잔 안에서 새까만 커피가 자기만의 물결을 만들어내는 것과 비슷한 모양새로, 잔잔하게 점의 가장자리가 퍼지고 있었다. 나는 그것들이 점점 넓어져서 등을 덮고 몸 전체를 덮고 결국엔 재희가 하나의 검은색 인간이 되어 버리지 않을까 생각했는데, 그러기에는 숨소리가 너무 편하고 고르게 들렸다. 그리고 다행히도 검은 점은 딱 재희의 등을 넘치지 않을 정도에서 커지는 걸 멈췄다.

어렸을 때는 동화책의 삽화로, 어른이 되고 나서는 영화에서 본 앨리스의 토끼 굴처럼 타원형으로 둥그스름한 홀. 나는 그것이 재희에게 향하는 입구라고 확신했다. 등에 손바닥을 가져다 대어 보았을 때, 아직도 창밖에서 깜빡이는 빛은 무언가의 눈빛과 같이 느껴졌고 등의 온기, 숨이 몸 깊숙이 들어갔다 나오는 소리. 재희가 말한 천장의 까마귀. 커다란 어둠. 그 속에 들어온 것만 같았다.

온도와 습도가 적당했다. 그러나 너무 적막해서 작게 말해도 목소리가 울릴 것만 같았다. 아 여기는 재희의 꿈속이다. 너무나 당연하게도. 언젠가 본 적 있는 글의 내용이 떠올랐다. 한 남자가 어떤 고민을 하면서 걸었는데 걷다가 걷다가 주위를 둘러보니 남자는 어둠 속에 안겨 있었다. 남자는 생각했다. 고민하면서 걸으니까 고민 속에 들어와 버렸구나. 시작이 무엇이었는지도 모른 채로 고민 그 자체에 묻혔다. 사실 그 글의 내용이 정확하게는 잘 기억이 나지 않지만 나는 그렇게 해석했다. 거의 모든 문장은 의미를 어떻게 담느냐에 따라 뜻이 달라지기 마련이므로. 그러니까 나는 요새 재희에 대해 생각하고 그건 고민에 가까운 생각이다. 그러니까 생각하고 생각하다가 마침내 재희 안으로 들어오게 된 것이다. 커다랗게 번진 등의 점을 통해서. 원래 누군가를 잘 알게 되는 건 그 사람이 등 뒤에 숨겨 놓은 걸 눈치 채면서 시작하곤 하니까.

어둠에 눈이 익숙해지자 수많은 좌석과 스크린이 보였다. 아파트 복도에 서서 혼자 중얼거리는 어린아이의 모습이 상영되고 있었다. 나는 맨 뒷좌석 부근에 서 있다가 아무 자리나 골라 앉았다. 화면이 넘어

가고 환한 햇빛과 흔들리는 커튼이 나왔다. 머리카락을 바짝 깎은 뒤통수들, 학생들의 흰 교복 셔츠, 맨 뒷자리에 앉은 애, 그 애의 마른 팔, 조금 떨리는 손가락. 선생님 몰래 교과서 아래에 편지지를 놓고 망설이며 적는 글씨. 평범한 일상의 장면들이 지나갔다. 점점 성장하는 것처럼 보이는 주인공은 재희일 것이다. 여기는 재희 꿈속이니까. 흐뭇하게 지켜보았다. 영상은 풋풋하고 나른하고 조금은 쓸쓸했다. 나에게는 그렇게 보였다.

그러나 누군가에게는 그렇지 않은 모양이었다. 나밖에 없는 줄 알았던 상영관이 어느 순간 울음소리로 가득 찼다. 자리에서 일어나 좌석을 내려다보았다. 맨 앞자리에 앉은 한 여자가 음향이 묻힐 정도로 목 놓아 울고 있었다. 나는 사람이 그렇게 펑펑 우는 걸 본 적이 없었다. 물론 그렇게 울어 본 적도 없었다. 연기가 아니라 실제로도 세상이 무너진 것처럼 울 수 있구나. 내가 맨 뒤에서 계단을 하나하나 밟아 내려가 앞에 설 때까지도 그 여자는 울고 있었다. 울음의 정도나 소리가 줄어들지 않았다. 스피커를 최대한 틀어 놓은 것 같이 컸다. 달래질 기미가 보이지 않아 달래 줄 마음이 들지 않았다.

나는 그냥 옆에 서 있었다. 그 사람은 허리를 푹 숙이고 엎드려 있었다. 몸에 달라붙은 옷 위로 들썩이는 갈비뼈와 척추의 태가 보였다. 굉장히 마른 여성이었다. 나는 그녀가 울음을 멈추길 기다리며 내가 아는 재희의 모든 여자 사람을 떠올렸다. 재희의 꿈속에서 펑펑 울 수 있는 사람이란 도대체.

그녀의 옆 좌석에 앉아 엔딩 크레딧이 올라가는 걸 가만히 지켜보았다. 검은 바탕에 흰 글자들이 천천히, 그러나 하나하나 들여다보기엔 빠른 속도로 사라졌다. 조금 전까지도 우는 걸 멈추지 못하던 여자는 새로운 영상이 시작되자 눈물을 싹 훔치고 고개를 들었다. 나는 그녀의 옆얼굴을 몰래 쳐다보았다. 나를 닮은 것 같기도 하고 재희를 닮은 것 같기도 했으나 냉정히 말하자면 평범하고 익숙한 느낌의 낯선 사람일 뿐이었다. 어쩌면 재희가 나 몰래 어플에서 만난 사람일지도. 영상 속 장면은 내게 익숙한 내용이었다.

배경: 우경의 새로운 자취방

시간: 오후 2시

등장인물: 재희, 우경

1. 오후 2시의 자취방. 전에 살던 사람이 청소를 제대로 하지 않고 나간 듯 먼지 덩어리가 바닥에 굴러다닌다. 재희는 얼마 되지 않은 짐을 옮긴다. 우경은 방바닥을 급하게 쓸고 닦는다. 그러면서 생각한다.

우경: (독백) 이건 벌은 받는 것이다. 나는 지금 벌을 받고 있구나. 그렇게 생각할 수밖에 없다. 그게 마음이 편하다. 내가 잘못한 게 많으니까 하늘이 알아서 벌을 챙겨주는 거다.

우경은 재희의 눈치를 본다. 재희는 땀을 많이 흘린다.

2. 오후 2시 30분의 자취방. 가구 조립을 마친 재희와 우경은 짐을 푼다. 박스를 열고 그릇과 주방용품을 꺼낸다. 재희는 뻑뻑한 창문을 연다. 먼지가 일어난다.

우경: 아까 그런 생각을 했어. 내가 잘못을 해서 그래서 지금 벌을 받는 거라고. 예상치 못한 일에 돈이 들어가고, 일이 끊기고, 여기로 이사를 오게 되고 그런 것들이. 근데 내가 잘못해서 벌을 받는데 너도 같이 받는 것 같은 기분이 드는 거야. 그랬어. 그냥 그런 기분이 들었어.

재희: 네가 무슨 잘못은 했는데?

우경: 습관 같은 건데, 어렸을 때부터 나는 가진 게 없었으니까. 없어 보이는 느낌이 드는 게 싫어서 이것저것

자잘하게 도둑질했어. 작은 건데 있어 보이는 거. 샤프나 머리핀 같은 거.

재희: (창틀의 먼지를 닦으며. 먼지 때문에 눈을 찡그린다.) 어릴 때 간단한 도둑질은 누구나 하지. 나도 했어. 문방구에서 불량식품도 훔치고 엄마가 몰래 숨겨 놓은 비상금도 훔치고. 들켜서 눈물 쏙 빠지게 혼났지만. 정말 너무 갖고 싶어서 훔치는 거랑 친구들과 어울리느라고 장난으로 훔치는 거랑은 다르지. 그래서 슬픈 거지.

우경: 도둑질한 걸 잘못이라고 말하는 건 아니야. 나는 가난했으니까, 갖고 싶은 걸 가지지 못하는 입장에 줄곧 서 있곤 했으니까 그런 냄새를 잘 맡았어. 티가 난다고 하잖아. 진짜로 냄새가 나는 게 아니라 태도나 행동이 이미 배어 있는 거야. 가난을 맛본 사람의 태도가. 사람은 그렇게 보는 거라고 우리 아빠가 그랬거든. 디테일. 사람은 전체적인 게 아니라 디테일에서 티가 난다고. 결이 좋은 코트를 입고 세련되게 꾸민 사람이 카페 셀프 바에 배치된 빨대를 한 움큼 가방에 집어넣는 순간이라든가, 점원이나 아르바이트생에게 예의 바르게 대하던 사람이 화가 났을 때는 일부러 바닥에 커피를 쏟아 버린다든가 하는.

재희: 그래? 그런 건가? 그게 티가 그렇게 나나. 나는 어떤데?

우경: 그러니까 이건 마음의 가난 같은 건데, 생각하기 나름인 거야. 뭔가에 시달리고 그 시달리는 것으로 자기를 계속 낮추는 사람은 그게 드러나는 거지. 자기만의 방과 직업이 있고 남부러울 것 없는 학력을 지녀도 자기가 못났다 못났다 생각하면 가난한 얼굴을 갖게 되는 거야. 넌 안 그래.

재희: 그래? (어깨를 으쓱하며)

우경: 나는 사람들한테 그런 걸 발견하고, 나한테는 어떤 냄새가 날까 티가 많이 날까 생각하고, 하지 않으려고 해도 해 버려. 내 마음대로 상대방이 잘 가려 놓은 걸 발견해 버리는 거. 그 부모에 그 딸이라고, 우리 아빠는 디테일을 잘 찾고 전체적으로는 가진 게 없는 것처럼 보이지만 디테일이 진짜인 사람을 볼 줄 알고, 그 사람의 돈 냄새를 맡고. 만약에 아빠가 도둑질하지 않았으면 어땠을까. 내가 가난의 냄새를 모르고 다른 사람들한테서도 냄새를 맡지 못하고 평생 가난이라는 게 실제로 있다는 거 마음의 가난이든 진짜 가난이든 정말로 그런 게 있다는 거 모른 채 살 수 있었을까. (아빠를 떠올리면서 얼굴이 일그러진다. 혐오스러워하는 표정을 짓는다.)

재희: (진지한 얼굴로 조심스럽게 묻는다.) 아버지가 절도범이었어?

우경: (숨겨 왔던 것을 들킨 얼굴로) 아…….

재희: (위로하는 말투로) 혼자 고모네 맡겨졌었다는 게 그거였어?

우경: 응.

재희: 더 숨기는 건 없지?

우경: (수치스러운 듯 말을 더듬는다.) 숨긴 적 없어. 말을 안 했던 것뿐이야.

우경은 고개를 돌리고 박스에 눈을 고정한다. 손이 바쁘게 움직인다. 나른한 느낌의 햇살이 방안에 들어온다. 먼지가 떠다닌다. 재희는 한동안 움직이지 않다가 장갑을 벗는다. 자신의 손바닥을 본다. 땀에 불은 손가락에 주름이 져 있다.

영상이 진행되는 내내 여자가 나를 힐끔거리는 시선이 느껴졌다. 정말 저렇게 행동하고 저런 표정을 지었느냐고 묻는 것만 같았다.

아니에요. 난 저런 대사를 한 적도 일부러 숨긴 적도 없고 아빠가 창피하지도 않아요.

여자가 슬며시 입을 열었다.

그래도 조금 너무하네.

저건 재희가 지 마음대로 생각한 거지. 난 아니라

니까요.

다 지어낸 장면인가요?

아니 저 장면은 그러니까, 있었던 일은 맞는데 난 숨긴 적이 없어요. 저기 나온 나처럼 말을 더듬지도 않았고 얼굴이 빨개지지도, 혐오스러운 표정 같은 거 지은 적 없어. 근데요 그쪽 누구세요?

그래도 조금은 숨길 마음이 있었으니까 저렇게 나온 거 아닌가…….

여자는 일부러 내게서 고개를 돌린 채 혼잣말을 했다. 하고 싶은 말을 다 하고, 은근하게 엿 먹이는 방법을 아는 것 같았다. 그러니까, 아빠가 도둑이었고 전과가 있었다는 것을 들킨 것은 내가 일부러 숨기려고 한 적이 없었기 때문이다. 최선을 다해 숨기려고 했다면 얼마든지 거짓으로 둘러대거나 저런 말을 꺼내지도 않았을 것이다. 재희는 이 일을 저렇게 기억하는 걸까. 당황하고 수치스러워하며 비밀을 들켰다고 생각하고 기억해서 내가 저렇게 만들어진 건가. 자랑할 일은 아니지만 아빠의 과거는 아빠의 일일 뿐이다. 나와는 아무 관련이 없다고 여겨 왔다. 그러나 생각을 하면 할수록 한편으로는 여자의 말처럼 정말로 내가 조금은 숨길 마음이 있었는지도 모르겠다. 내가 재희에 대해 알고 싶어하고 더 많이 좋아하게 될수록 재희를 파헤치는 동시에 나를 숨겨 왔을지도 모른다. 사실 이 영상을 보기 전까지 내 머릿속에 남은 이 장면은 재희의 눈빛뿐이었다. 대화가 끝난 이후 나를 뚫어지게, 내가 뭔가를 더 고백하길 기다리고 있는 것처럼 오래도록 쳐다보는 시선.

재희는 깔끔 떠는 성격이고 실은 깔끔이라기보다는 조금 이상한 버릇이 있는데, 그건 더럽다고 느껴지면 숨을 참는 것이다. 정기 봉사를 하는 김 노인의 집에 갔을 때였다. 재희는 잡다한 물건이 많이 쌓여 있어 지나다니기 힘든 현관문 입구를 정리하고 망가진 가전제품이나 가구를 밖으로 날랐다. 나는 냉장고 정리를 하고 노인에게 안부를 물었다. 노인의 말은 발음이 뭉개지고 사투리가 섞여 알아듣기 힘들었다. 나와 달리 재희는 노인과 대화가 능숙했다. 긴 얘기를 끝까지 들어주고 위급 상황 때는 버튼 뭐 누르거나 할 것도 없이 그냥 전화기를 들었다 놓으라고 시늉을 하면서까지 대처 방법도 알려 주었다. 나는 재희가 대단하게 보였다.

귀에 대는 부분 있잖아요. 이거를 전화기 본체에서 그냥 떼기만 하면 경찰한테 연락이 가요. 할머님한테 무슨 일이 생긴 줄 알고 몇 분 뒤에 바로 오니까 요렇게 하기만 하면 돼요, 알겠죠? 할머님 한번 해 보세요. 얼른요. 하는 걸 보고 가야 마음이 편해요.

청소가 끝난 후 노인은 우리에게 간단한 식사를 하고 가라고 했는데 재희는 극구 거절했다. 살갑게 포옹하고 안마를 해 드리고 손을 씻고서 노인의 배웅을 오랫동안 받으며 집을 나섰다. 돌아가는 지하철 노선에는 유난히 노인이 많았다. 지하철 칸에 우리를 제외한 모두가 나이가 지긋한 노인들뿐이었다. 두 자리를 차지하고 잠들어 있는 노인, 술에 취한 노인, 빈 좌석이 없어 바닥에 앉은 노인, 물건을 파는 노인, 물건을 사는 노인. 그들 중 몇몇은 목소리가 아주 컸다. 우리는 대화를 나누지 않았다. 입구 쪽에 바짝 서서 창밖을 보며 긴 시간 이동했다. 나는 재희가 티 나지 않도록 숨을 참는 것을 보았다. 재희는 자기 옷으로 코와 입을 가리고 최소한으로 호흡하다가 지하철에서 내리자마자 깊게 숨을 들이마셨다. 그건 이상한 장면이었다.

재희는 남을 돕는 일에 거리낌이 없고, 다른 봉사는 뒤로 미루어도 혼자 사는 노인들 집에 가는 일은 태풍이 불어도 거르지 않았으니까. 어르신 호흡기에는 유난히 안 좋다고 화장실 곰팡이를 모조리 닦아 내던 재희가 노인의 집에 들를 때마다 속으로 뭔 생각을 했을까. 그러고 보니 재희는 봉사 활동 중에는 말이 거의 없고 어떨 때는 중간에 혼자 밖으로 나가 마스크를 사 오기도 했다. 나는 그 이후 괜스런 마음이 종종 튀어나오게 되었다. 눈치를 보게 된 것 같았다. 노숙자가 많은 거리를 지나갈 때 재희의 입과 코를 곁눈질했다. 머리를 안 감거나 담배를 피운 뒤에는 일부러 조금 거리를 두고 얘기하고, 평소에는 그러지 않다가도 재희와 함께 있으면 손도 많이 씻었다. 재희는 나를 어떻게 생각할까.

나는 지나치게 눈치를 많이 봤고 그건 재희에 대한 피해의식이나 의심에 가까운 것일지도 몰랐다. 재희에 관해서라면. 하지만 어쩔 수 없는걸. 채팅 어플로 만난 사이란 어느 정도의 의심을 계속 지닐 수밖에 없는 거 아닌가. 이것도 나만 그런가. 우리는 채팅 어플에서 밤낮없이 며칠 동안 이야기를 나누었다. 이래도 될까 싶을 정도로 너무 많은 것을 한꺼번에 말해 버려서 오프라인에서 만났을 때는 오히려 말이 없었다. 어플에서는 아주 가까운 사이가 된 것만 같았는데 막상 얼굴을 마주하고 있으니 그냥 낯선 사람에 불과했다. 이야기를 나누다가 이제는 몸을 나누어 보자, 그래 보자, 나도 괜찮다는 얘기가 오가고 육체를 정말로 나누어 가지지는 못했으나 우리는 생각보다 잘 섞이긴 했다.

언제 서먹했냐는 듯 자연스럽게 어깨를 핥고, 밝은 빛 아래서 발가벗은 몸을 창피해하지 않고 웃으면서 했다. 나는 재희의 허벅지에 반쯤 누운 채로 채팅방과 모텔방은 비슷한 성질을 가진 장소인가에 대해 진지하게 고민했다. 첫 만남 이후로 우리는 채팅 어플이 아니라 서로의 휴대폰 번호로 연락을 주고받았다. 빙수를 먹고 영화관에 가고 몇 주 동안 꾸준히 재희를 만나는 동안 나는 생각했다. 그리고 재희에게 말했다. 처음 만난 날 간 이후 단골 모텔이 된 그곳에서.

이건 제대로 된 연애가 아니야. 제대로 된 섹스도 아니야.

왜? 아니 잠깐만. 섹스는 제대로 된 거 아니야?

너만 즐겁잖아. 애무 과정이 너무 적다고.

우리는 곧바로 옷을 입고 이른 시간에 모텔에서 나와 다시 처음부터 만난 것처럼 영화관에 갔다. 그날 나는 제대로 된 연애를 했다. 그리고 데이트의 끝에는 제대로 된 섹스도 했다.

다른 날들과 비슷했지만 조금 달랐던 그 날에 우리는 아이스크림을 하나씩 먹고 집으로 돌아갔다. 재희는 처음으로 밤에 전화를 걸어 뜸을 들이면서 잘 자라고 말했다.

우리가 조금 믿음직스럽지 못하게 만나게 된 건 맞지만 우리는 알고 있잖아. 우리가 이렇게 만났어도, 남들이 보기에 가볍고 쉽게 만났어도 우리만 아는 게 있잖아. 그러니까 눈에 보이는 거 그 너머에 더 중요한 것들이 있다는 거 말이야.

우리가 나눈 것. 밤새워 이야기하며 고백한 거. 끔찍하고 창피한 거. 말하고 들었는데도 불구하고, 아니 그것들을 나누었기 때문에 사랑할 수 있을 것 같다고 생각한 거 그런 거 아직 유효할까요?

여자는 턱에 손을 괴고 내 이야기를 들었다. 아까 영상을 보며 울 때와는 사뭇 다른 얼굴이었다. 괜히 떠들었나. 재희에 대한 일화, 나와 재희의 만남 같은 이야기를 여자는 이미 알고 있지 않았을까 하는 생각이 들었다.

꽤 긴 변명이네요. 어쨌든 둘 사이가 예전 같지 않

다는 말이잖아요. 보통 연인들 다 그러면서 사귀는 거 아닌가요.

왜 자꾸 재희 편만 들어요

재희 편든 적은 없는데……. 너무 의심이 많은 것 같아요. 과한 건 뭐든지 좋은 법이 없잖아요.

또 내 탓이래. 참나 그쪽 누군데요. 도대체 누군데 남의 애인 꿈속에서 그냥 우는 것도 아니고 아주 펑펑 울고 내 말에는 꼬투리만 잡고 그러면 의심이 안 갈 수가 있겠냐고. 근데 또 의심이 많다고 그러면 저는 정말, 정말 휴. 시발.

아니 저는 그냥 여기서 사는 사람인데요. 누구냐고 물어보면…….

저에 대해 뭐 많이 아세요? 재희랑 나를 그렇게 잘 알아요?

그래도 뭐 어느 정도는. 영상에 나온 거 몇 번 봤으니까요.

여자의 시선은 스크린을 가리켰다. 그러니까 이걸로 우리 사이를 보고, 본 것들을 안다고 말한다 이거지? 어이가 없었다.

그럼 그것도 알아요?

네?

재희 휴대폰에 있는 거.

우리는 서로의 다리 위에 자기 다리를 올려놓은 채로 영화를 보고 있었다. 배우들의 체위를 보면서 저게 정말 가능한 자세인가, 저렇게 하면 머리에 피가 쏠리지 않을까 가벼운 농담을 해 댔다. 중요한 장면에서 피자 배달원이 문을 두드렸다. 재희는 현관문으로 걸어갔다. 나는 재희 자리에 덩그러니 남아 있는 휴대폰을 익숙한 번호로 두드렸다.

당황스러울 정도로 너무 쉽게 열린 휴대폰에는 우리가 처음 서로를 만났던 그 채팅 어플이 깔려 있었다. 급하게 휴대폰 화면을 껐다. 영화의 중요한 장면은 이미 지나가 있었다. 주인공이 힘껏 문을 두들겼다. 피자 냄새가 훅 끼쳤다. 주인공은 어느새 맨발이었다. 재희가 콜라를 컵에 따랐다. 탄산의 개운한 향이 올라왔다. 나는 내가 무엇을 어떻게 어디서부터 화낼 수 있는지에 대해 피자를 먹으면서 고민했다. 재희는 재생 시간을 돌려 우리가 놓친 부분을 다시 틀었지만, 나는 여전히 그 지나간 장면을 기억할 수 없었다.

채팅 어플 그건 몰랐는데요.

그런데요 그걸 본 것도 본 건데 재희가 묻더라고요. 혹시 자기 핸드폰 몰래 훔쳐봤냐고. 그렇게 말하고서는 오래도록 제 대답을 기다렸어요. 저는 재희의 눈을 보고 있었는데 무슨 말을 해야 하는지 그런 건 다 생각이 안 나고, 아 눈동자가 너무 새까맣다고 생각했어요. 그 새까맣고 예쁜 눈이 마치 나한테 점점 가까워지는 것 같고 오로지 나를 향해 있으니까 나는 뭔가 추궁당하는 것 같으면서도 생각이라는 걸 멈출 수밖에 없었어요. 재희는 가끔 입이 아니라 눈으로 말할 줄 아는 것처럼 느껴지는데, 종종 눈은 말하는 것보다 더 많은 걸 전해 주기도 하잖아요. 나는 재희의 눈에 대고 말하고 싶었어요. 재희야 그래서 나는 어때? 구질구질해? 사실 그딴 것도 조금 뒤에 든 생각이고, 그 당시에는 오로지 눈. 나를 빤히 보는 재희의 눈에 압도당해서 타이밍을 놓쳤어요. 말을 해야 하는 시점이요. 나는 어떤 말들을 간직한 채로 이미 여러 타이밍을 건너 버린 게 아닐까. 종종 이상한 무력감이나 분노에 휩싸이는데 그건 어떤 대상을 향한 분노라기보다는 내 안에 있는 무언가가 저절로 불타 버리고, 눈에 보이는 거 그 너머에 있는 더 중요한 거. 그거 나까짓 게 발견할 수 있는 건가.

혼자서 속으로 생각하는 걸 멈추는 건 어때요? 막상 재희랑 대화를 해 보면 혼자 몰입해서 들어간 것보다 별거 아닌 감정일 수도 있잖아요.

안다고요. 그쪽 말대로 나 혼자 과도하게 나간 걸 수도 있다는 거. 그러니까 탓도 못 하고 말도 못 하고. 사실 내가 속으로 끙끙댈 거리가 없으면 되는 거잖아요. 근데 어플도 그렇고 당신은 대체 뭐냐고요.

재희를 사랑하는 사람이요.

차라리 모든 게 재희 탓이라고 말할 수 있으면 좋을 것이다. 나는 재희의 디테일을 생각하고 그건 인간을 어떤 식으로 한정 짓는 것과 같다. 우리는 각자의 방식으로 서로의 한계를 발견했다. 기를 쓰고 발견하려 들었다. 여자의 말마따나 나만 그래 왔을지도 모르는 일이다. 나는 여자의 주둥이를 틀어막고 싶었지만 자기 생각을 너무 뻔뻔하게 말하니까 오히려 그 입장에 설득되고 있었다. 따지고 들 에너지가 점점 사라져 가기도 했고 이게 뭔 소용인가 생각도 들었다.

우리는 영화관에서 나와 걸었다. 여자는 아까 대화한 후로 내게서 고개를 돌리고 한숨을 몇 번이나 쉬었다. 내가 너무 많은 생각을 들켜 버린 탓일까. 풍경은 어딘지 모르게 익숙하게 느껴졌다. 나는 목이 말랐다. 주변에는 카페나 자판기가 보이지 않았다. 여자는 아무 데로 향하는 것 같았지만 자연스럽게 방향을 정하며 걸었다. 그리고 조금 씁쓸한 표정으로 말하기 시작했다.

예전에 누군가 저한테 과일 같은 사람이라고 얘기한 적이 있어요. 아주 친했던 친구였는데 집에도 자주 와서 우리 가족이랑 같이 식사도 하고, 제 다른 친구들 무리에 껴서 만나도 어색하지 않았어요. 그때도 친구들이랑 다 같이 술을 먹고 있었는데 다른 친구들이 우르르 화장실에 갔을 때 말하더라고요. 턱을 괴고 나를 바라보다가 갑자기. 유튜브에서 열대과일 소개하는 영상을 봤다고. 그 과일은 껍질이 두껍고 단단해서 손질할 때 여간 힘이 드는데, 안에는 꿀이 가득하고 새콤해서 인기가 많대요. 근데 그 과일은 안에서부터 썩어요. 껍질이 너무 두꺼우니까 언제 어디서부터 망가져 가는지 아무도 몰라요. 얼마나 오랜 시간에 걸쳐 천천히 썩어 왔는지도. 근데 그 과일 자체도 자기가 썩어 가는지 모르고 나무에 매달려 있는대요. 다른 과일들은 어느 정도 썩으면 약해져서 뚝 떨어지잖아. 근데 걔는 모르는 거예요 자기 속을. 사실 그 과일이 저 같다고 하지는 않았지만 저는 그렇게 들렸어요.

그 얘기 왜 저한테 해요?

여자는 기지개를 켜면서 말했다.

아까 한 말에 공감이 돼서요. 안에 있는 게 저절로 불타 버리는 부분에서.

이 여자는 나한테 무슨 말을 하고 싶은 걸까. 누군가 나를 탓하는 말은 듣는 것 자체로 힘이 많이 들었다. 나는 이제 여자에게 아무 말도 듣고 싶지 않았다. 그냥 여기가 재희의 꿈이면 재희 꿈에서 사는 사람이고, 내 꿈이라면 내 꿈에서 사는 사람이겠지 싶었다. 우리는 작은 슈퍼마켓 처마 밑에 잠시 섰다. 날이 점점 더워졌다. 슈퍼마켓은 조악한 자물쇠로 문이 닫혀 있었다. 주인이 잠시 어디에 간 모양이었다. 나는 현기증이 났다. 입속까지 버석거렸고 몸이 달구어지는 것 같았다. 여자는 자기 혼자 뭐라고 조금 떠들다가 내게 물었다.

어때요?

갈증이 나요.

고개를 숙이고 내 발만 보고 있는 동안 여자는 자물쇠 잠긴 문을 뜯어낼 것처럼 잡아당겼다. 두 다리를 벌리고 팔을 쭉 뻗은 자세가 웃겼다. 정말로 문이 뜯어지다시피 열렸다. 나는 당당하게 슈퍼로 들어가는 여자의 등을 때렸다.

어쩌려고요. 여기 아주머니 무서운데.

슈퍼 주인 안 와요. 사라진 지 꽤 됐어요.

여자는 오렌지 주스를 꺼내 건넸다. 시원했다. 우리가 슈퍼 바깥으로 나오자 저 멀리서 슈퍼 아주머니가 오고 있었다. 나는 혼자 도망쳤다. 여자는 따라오지 않았다. 나는 뛰어가면서도 몇 번 뒤를 돌아보았지만 여자가 누군지 알 수 없었다. 그저 여기가 어디든 여기에 사는 사람이겠거니 생각할 수밖에 없었다. 주스를 건넬 때, 내 말을 들으며 인상을 쓸 때, 자기 얘기를 할 때 실컷 본 여자의 눈을 떠올렸다. 그러나 여자의 눈동자 너머에 무엇이 있을지, 그것이 중요한 것인지 발견할 수 없었다.

그 뒤로 잠자리에 들 때마다 재희의 등을 뚫어지게 바라보거나 그 여자를 떠올려 보았지만, 재희의 꿈속으로 들어가지도 내 꿈에서 여자를 만나지도 못했다. 나는 방에서 혼자 영화를 보고 청소를 하고 맥주를 먹으며 살았다. 간간이 여자의 얼굴과 여자가 했던 말들과 재희 핸드폰에 있던 채팅 어플이 생각났다. 그때마다 바닥을 닦고 엄청 매운 떡볶이를 배달시켜 먹었다.

최근에는 직업을 구했다. 예전에는 주로 빵과 초콜릿 따위를 포장하는 일을 했는데 이번에는 인간을 포장하는 일이었다. 결혼 정보 회사에 회원 등록을 하기 위해서는 내가 생각했던 것보다 많은 정보를 기입해야 했다. 매니저가 된 후 가장 마음에 들었던 작업은 42세 남성이 되어 자신의 커리어를 너무 자랑 같지 않게 소개하는 작업이었다. 인생을 후회하지 않는 사람인 척하는 건 쉽고 재밌었다. 이쯤 되면 나라는 사람을 포장하는 일도 잘 할 수 있을 것 같았는데 그건 쉽지가 않았다. 내 얘기를 듣던 재희는 포장을 하려면 포장지가 있어야 한다고 했다. 그 말에 우리는 둘 다 웃지 않았다. 둘 다 포장지가 없기 때문이었다.

재희는 내가 아무리 괜찮다고 해도 일이 끝나는 시간에 맞춰 회사 앞에서 기다렸다. 팔짱을 낀 채로 서서 조는 모습이 안쓰럽고 고마웠다. 재희는 나를 데려다주고 자기 집으로 돌아가거나, 너무 피곤하다며 아예 자고 가기도 했다. 오늘은 야근을 했고 재희는 모자를 쓰고 회사 앞으로 찾아왔다. 편의점에서 음료를 사서 마시며 걸었다. 늦은 밤인데도 거리에는 사람이 많았다. 우리는 얼큰하게 취한 아저씨 무리를 피해 차도로 걸었다. 지하철역 근처는 술집 간판이 화려했고 지나다니는 모두가 큰 목소리로 말했다. 재희는 휴대폰을 보다가 고개를 완전히 오른쪽으로 꺾어 뭔가를 쳐다보다가 다시 제자리로 돌아와 나와 발맞춰 걸었다.

뭘 그렇게 봤어?

아니 다른 사람들이 얘기하는 걸 들었는데 웃겨서.

뭔데?

저기 있는 사람이 밤에 돌아다니는 게 무섭대.

응.

그러면 안 돌아다니면 되잖아. 근데 지금 벌써 새벽인데 잘 돌아다니고 있으면서 밤에 돌아다니는 게 무섭다니까 웃긴 거야. 그러고 있는데 다른 한 명이 뭐라는 줄 알아?

뭐라는데.

밤에 술 먹으러 나오는 게 취미면서. 이러는 거야. 그니까 내 말이. 웃기잖아. 밤이 무섭고 돌아다니는 게 무서우면 안 나오면 되는데 나와 놓고 무섭대.

그게 웃겨?

재희는 나를 빤히 쳐다보았다. 나는 그 시선을 피하거나 별다른 말을 꺼내지 않았다. 재희는 다시 고개를 돌리고 휴대폰을 만졌다.

나도 무서워.

뭐?

밤에 돌아다니는 거.

그래서 내가 데리러 온 거잖아.

나도 밤에 나와서 산책하고 술도 먹고, 안 무서운 채로 혼자 집에 가고 싶은데 무서워.

우리는 별 얘기 없이 집에 도착했다. 집 근처 가로등 두 개가 연달아 꺼져 있었다. 짧은 터널을 지나는 것처럼 그곳만 캄캄했다. 재희가 바로 옆에 있었는데도 혼자 걷는 것 같았다. 나는 재희가 기분이 상하지 않은 걸 알았다. 다툼으로 번지지 않고 조용히 지나갔던 일들이 이미 켜켜이 쌓여 있었다. 우리는 평소처럼 씻고 나란히 누워서 몸을 지분거리다가 각자 휴대폰을 했다. 재희가 휴대폰을 보면서 킥킥거렸다. 나는 재희 어깨에 얼굴을 딱 붙였다. 재희가 휴대폰 화면을 보여 주며 말했다.

길고양이가 가끔 사람에게 쥐를 물어다 주는 일이 있대. 그건 고양이가 사람을 무섭게 생각해서 먹이를 물어다 바치는 게 아니라 반대로 사냥 능력이 없어 보여서, 먹이를 물어다 줘야 하는 존재라고 생각해서 그런대. 너무 귀엽지.

나는 요새 재희의 말에 의심이나 꼬투리를 잡아 생각하는 일이 많아졌고 이 이야기를 듣고도 속으로 생각했다. 귀엽지 물론 귀여워. 사실 우리가 이 일화를 귀엽게 생각하는 거 자체도 사람이 고양이를 귀엽게 볼 수 있는 존재기 때문이다. 그렇게 생각하는 거, 그렇게 생각해도 되는 거. 하지만 나는 말로 하지 않았다. 피곤한 존재가 되기 싫었다.

그래? 고마움을 표현하려고 물어다 주는 일이 많던데. 은혜 갚는 것처럼.

그런가. 만약에 사람이 아니라 표범이었으면? 그럼 고양이가 쥐 같은 걸 물어다 바쳤을까?

내 말이. 내 말이 그거야.

뭐라는 거야.

아니야. 네 말이 맞다고.

어떤 시간의 끝을 미리 준비할 수 있다면 사람들은 끝이 나는 것을 두려워하지 않을 것이다. 끝나는 것을 두려워하지 않는 것은 계속되는 것을 두려워하지 않는다는 말과 같은 것일까. 그러나 나는 예측 가능한 결말 때문에 계속되는 모든 것들이 두려워지고 있다. 말 한 마디 한 마디, 그다음에 어떤 말이 이어질지 기다리는 것도. 꿈속에서 나는 누군가를 기다렸다. 그게 누구인지는 모르겠으나 기다리는 이는 오지 않았고 모르는 할머니가 등장했다. 할머니는 내가 열심히 정리한 집을 제집처럼 돌아다녔다. 나는 방 모서리 한구석에 앉아 그 장면을 구경했다. 할머니는 없는 물건이 눈앞에 있듯이 행동했다. 배경과 인물이 따로 노니까 유령 같기도 하고 마임을 잘 하는 사람 같아 보이기도 했다. 뭘 하는지 잘 보고 있으면 가스레인지 불을 켜고 물 주전자를 올리는 거구나, 동작을 보고 추측할 수 있었다. 할머니는 할머니의 시간을 살았다. 천천히 움직여 빨래를 개고 다 갠 수건을 화장실 선반 위에 올렸다. 까치발을 하는 게 위태로워 보여서 수건이 있을 만한 부분을 조금 밀어 올려 주었지만, 내 행동은 할머니의 시간에 아무런 영향도 미치지 못했다. 할머니는 느리지만 쉬지 않고 움직였다. 뭔가를 빻고 난로 온도를 조절했다. 어느 시간대에는 창가 앞에 가만히 앉아 있기만 했다. 이 집에서 이렇게 익숙하게 생활할 수 있는 사람. 아무도 알아주지 않아도 차곡차곡 자신만의 시공간을 쌓아 가는 사람. 할머니는 빗질을 하고 나서 떨어진 머리카락을 손바닥으로 슥슥 쓸었다. 그리고 옆으로 누워 움직이지 않았다. 잠시 잠에 든 것 같았다.

나는 할머니의 등허리를 보면서 재희를 생각했다. 나는 재희에게 머리카락 몇 올 정도의 흔적으로 남을 수 있을까. 가장 강력한 기억 몇 개만 남겠지. 그렇다면 아마도 사귀기 전일지도 모르겠다. 우리가 서로에게 고백한 거. 진짜로 사귀게 될지 모르고 온통 다 말해 버린 그런 거. 재희는 오래도록 반성문을 쓰는 학생이었다고 했다. 하루마다 새로운 분량이 정해졌고 그걸 채우기 위해 쉬는 시간에도 수업 시간에도 반성문을 썼다. 남의 반성문을 쓰는 건 땀이 많이 나는 일이었다고 했다. 재희는 학창시절을 통해 빠르고 신속한 손가락질과 중지에 배긴 굳은살을 이로 물어뜯는 습관을 얻었다. 누군가의 삶이 끝났을 때, 재희는 괴롭힘을 당하는 것도 자신을 괴롭히는 것도 끝낼 수 있었다.(그 당시엔 그렇게 생각했지만 그 뒤에도 많은 일이 벌어지고 만다.) 딱하다 딱해. 그런 말을 많이 들어서 딱딱하다는 단어도 싫어한다고 멋쩍게 말했다. 나는 재희에게 무슨 얘기를 어디까지 했지. 채팅으로 얘기할 때는 놀라울 정도로 말이 잘 통한다고 생각했는데.

할머니는 몸을 뒤척이지도 않고 같은 자세로 계속 잤다. 나는 이불을 덮어 주려다가 이불이 할머니 몸을 통과해서 바닥에 떨어질까 봐, 그걸 보는 게 싫어서 그냥 두었다. 구석에서 일어났을 때 내가 앉았던 자리에는 그을린 자국이 있었다. 엉덩이에는 아무것도 묻어 있지 않았다. 베개를 들고 가 할머니 옆에 누웠다. 바닥이 딱딱했다. 재희와 헤어지게 된다면 내 집을 찾아오는 사람은 아마 아무도 없을 것이다. 만약에 심장마비가 온다든가, 비누를 밟고 미끄러져 넘어진 채로 깨어나지 못한다면 아무도 내가 죽은 줄 모를 수도 있겠다. 최소 몇 주에서 몇 달 동안은. 살면, 재희 없이 계속 계속 살아가면 나는 무엇을 볼 수 있으려나.

눈을 떴을 때 내 옆에는 할머니와 같은 자세로 자고 있는 재희가 있었다. 나는 조그맣게 재희의 이름을 여러 번 불렀다. 재희는 웅얼거리는 목소리로 응응 듣고 있어, 했다.

우리 아주 옛날에 얘기 엄청 많이 했던 거 기억나지.

응응 듣고 있어.

표범이 보고 있었다는 얘기.

응응 듣고 있어.

재희는 자면서도 꼬박꼬박 대답해 주었다. 정말 기억하고 있을지는 모르겠지만. 채팅으로만 만났던 그

때, 재희의 학생 때 이야기를 듣고 러브 레터 답장을 쓰는 마음으로 나는 내 어린 시절 이야기를 해 주었지. 열 살 때쯤 나는 남몰래 성기를 여기저기 비볐다. 자주 그랬다. 책상 모서리나 소파의 팔걸이 같은 곳에 사타구니를 걸치거나 몸의 무게를 앞으로 쏟아 성기를 비비면 기분이 좋았다. 이유를 알 수 없었지만 누구에게도 비밀이라고 스스로 그렇게 생각했다. 그리고 소풍으로 동물원에 갔을 때 나는 얼마간 주어진 자유시간을 혼자 보냈다. 멀찍이 떨어져 있는 벤치를 보자 자동으로 몸이 향했다. 벤치는 딱딱했다. 허벅지가 아렸고 성기가 간지러웠다. 아무도 없는 주변에서 시선이 느껴졌다. 그래도 나는 멈추지 않았다. 느리고 간지럽게. 너무 세게 비비면 아프니까. 다리가 너무 아파서 자세를 바꾸었을 때 한 철장 우리가 보였다. 어둠 속에서 누가 날 보고 있었다. 나는 손으로 바지를 털어내고 우리 앞에 다가갔다. 나무 그늘 속에 잠겨있는 무언가 가만히 나를 응시하고 있었다. 내가 다가오기 전부터 천천히 가까워질 때까지. 나는 그 앞에서 손가락으로 바지 앞섶을 지분거렸다. 검은색 표범이네 생각하면서.

재희야.

응응 듣고 있어.

근데 내가 말한 표범이 정말 표범이었을까?

응응 듣고 있어.

그냥 표범이 아니라 다른 건데 이렇게 말하는 걸 수도 있잖아. 거긴 온갖 종류의 원숭이들이 모여 있는 곳이었으니까. 뜬금없잖아 표범은.

눈을 감고 있던 재희는 반짝 눈을 뜨고 일어나 앉아 내 눈을 보았다. 재희가 말했다.

사람이었다는 거야?

그건 분명히 표범이었어.

도대체 난 네가 무슨 생각을 하는지 알 수가 없어.

재희는 다시 자리에 누워 나를 껴안았다. 내 목에 코를 박고 잠들었다. 나는 재희의 품안에서 눈을 감았다. 내 방은 안쪽으로 들어갈수록 바닥이 깊어졌다. 바닥을 따라 이불과 우리의 다리와 발도 아래쪽으로 쏠려 있었다. 누군가 잡아당기고 있는 것처럼 몸의 무게가 하체로 향했다. 깊은 잠에 들고 싶었다. 깊은 잠을 계속 생각하다 보면 깊은 잠 속으로 들어갈 수 있을까. 지나칠 정도로 깊은 잠. 우리는 껴안은 채로 가라앉았다. 나는 눈을 감고 잠에 대해 생각했다. 그런데 말이야 재희야, 혹시 나한테 무슨 냄새 안 나?

퍼플 피플

최소한의 요리를 한다. 카레를 만든다고 했을 때, 각종 야채와 고기를 볶아 풍미를 돋우며 정성스럽게 만든 카레가 아니라, 들어간 것이 감자밖에 없는 감자 카레를 하는 것이다. 재료도 노력도 최소한으로. 잘게 썬 감자를 기름에 볶다가 다진 마늘을 조금 넣어 마늘 기름을 낸다. 계속 볶다가 물을 넣고 강황 가루를 푼다. 그게 끝이다. 유진은 컵라면을 만드는 것처럼 카레를 간편식으로 만들 줄 안다고 했다. 모든 음식을 그렇게 하게 되었다. 그녀는 유진의 요리법이 그다지 특별하게 와닿지 않았다. 그저, 그런 생활 방식. 자신과 비슷하면서도 또 다른 생활이 있다는 걸 생각했을 뿐이다. 유진과 그녀는 테이블 앞에 우두커니 앉아 있었다. 두 사람이 무엇을 더 함께 할 수 있겠는가.

그녀의 생각보다 책방은 작고 낡았고 왜 손님이 없는지 알 것 같았다. 이 책방에서 책을 사면 뭔가 불길하고 구질구질한 느낌까지 따라올 것 같았기 때문이다. 책방을 정리하고 청년 지원 푸드 트럭을 운영할 거라는 유진의 말대로 노끈에 묶인 책 더미가 여기저기 쌓여 있었다. 오래된 철문이 천천히 열리고 닫히길 반복하는 것처럼 목 안쪽을 긁는 신음소리가 책방 깊숙한 곳에서 반복적으로 들렸다. 그녀는 괜히 온 걸까 생각했다. 시간의 때로 누렇게 변색된 솜이불을 머리끝까지 덮고 있는 기분이었다. 남의 손톱, 살비듬, 체온 따위가 오랜 시간 축적되어 온 공간에 있는 것 같았다. 테이블에는 여러 종류의 두통약 상자가 널브러져 있었다. 그녀가 책방 안쪽에 귀를 기울일 때마다 유진은 약봉지를 눈으로 구기듯 응시했다.

호흡이 불편하시거든. 아주는 아니고 하루에 몇 시간 정도만 그래.

너 아직도 두통 달고 살아?

응. 머리 아파. 골속에 뭐가 있는 거 같다.

왜 그럴까, 유전이야?

유전은 가난으로 충분해. 잠을 너무 많이 자서 그런가 봐.

잠을 푹 자면 개운해야지 못 자는 것도 아니고 왜 머리가 아파.

푹 자는 게 아니라 그냥 잠들어 있는 시간이 길 뿐이니까. 근데 웬일이야. 아예 안 올 줄 알았는데.

네가 나를 가장 잘 알 거라고 생각해서.

사실이었다. 그녀가 유진을 찾아온 이유는 그게 전부였다. 그들은 사실 공식적인 이별에 대해 이야기한 적이 없었다. 그러나 서로가 서로에게 전 애인이라는 호칭으로밖에 남지 않았다는 것을 암묵적으로 알고 있었다. 그들은 아주 가끔 밥을 먹는 사이었고, 각자의 집에서 서로에 대해 금방 잊었다. 둘 사이에는 어떠한 인연의 끈도 남아 있지 않았다. 기억하는 것이 곧 인연의 끈이므로. 물론 둘 중 하나가 먼저 부르면 쉽게 만나고 익숙하게 몸을 만지겠지만, 둘 중 하나라도 연락을 하지 않는다면 너무나 당연하게 잊힐 것이었다. 오랜 시간이 흐른 어느 날에는 서로를 부르는 방법에 대해서도 까먹을 것이다. 거의 사실이 되어 버린 이러한 예상 때문에 그녀는 잠깐 그리고 깊게 슬퍼했다. 물론 지금은 아니다. 언제나 그래 왔듯 그녀는 자신이 무엇을 원하는지 모르면서 기다리고 있었다. 많은 것들을 기다렸고, 사실은 그 많은 것들이 그녀를 기다리고 있을지도 몰랐다.

너에 대해서는 네가 가장 잘 아는 거 아니야?

그런 줄 알았는데 아니더라고.

그래서 문제가 뭔데?

그녀는 유진에게 엊그제 있었던 일을 이야기했다. 그 사건의 원인을 굳이 따지자면 '말'이었다. 그녀는 '어서 오세요', '안녕히 가세요' 외에 말을 거의 하지 않았다. 판매가 주 담당이 아니었기 때문에 이마저도 손님이 넘치는 특별한 경우에나 했다. 굳이 말을 할 필요가 없는 생활에 익숙해져 있었다.

말을 뱉으면 그 말이 진정 자신이 하고 싶었던 말이 맞는지 의문이 들고, 의문이 들면 골똘히 생각에 잠기고. 그런 과정은 그녀를 피곤하게 했다. 그녀는 말을 뱉지 않았다. 자기 자신에게, 혹은 누군가에게 말하듯 머리로 생각했다. 그녀의 머릿속에는 밖으로 나오지 못하는 무음의 언어가 끈질기게 생성되었다. 야채가 썰리는 방향을 보면서, 식사할 때 자신이 들고 있는 숟가락을 보면서, 걷는 도중 걸음걸이의 보폭, 끓는 기름 속 부풀어 오르는 도넛에도. 모든 행위에 보이지 않는 말이 깃들었다. 그러던 어느 날 밖으로 표출되지 못한 생각과 농담이 포화되었다고 그녀는 느꼈다.

그 사건 당일에 그녀는 도넛을 튀기고 있었다. 그날따라 이상한 손님들이 많이 왔고 이상한 손님들로 시작한 과거의 경험들이 기억 속에서 자꾸 뽑혀 나왔다. 그녀는 잘 굴려지고 있는 도넛들에게 머릿속으로 말을 걸었다. 오버타임 근무 싫습니다. 반말 안 돼요. 돈 던지지 마세요. 도넛은 평소의 1.5배 이상 크게 부풀었다. 팽팽한 도넛의 표면에 튼살처럼 균열의 무늬가 새겨졌다. 정해진 분량의 도넛을 다 튀긴 후 캐셔를 맡는 동안에도 한번 시작된 생각의 열기는 가라앉지 않았다. 그리고 그 일이 벌어졌다.

엄마와 아이로 보이는 손님이 들어왔다. 아이는 엄마가 계산하는 옆에서 도넛을 꺼내 한 입 물었다. 살짝 일그러지긴 했지만 윤기가 남다르게 예쁜 도넛이었다.

엄마, 말하고 싶어. 달리면서 말하고 싶어.

아이는 정말로 가게를 달려 나갔다. 당황한 아이 엄마가 뒤를 쫓았다. 아이는 온 힘을 다해 어떤 말들을 했고 소리쳤고 달렸다. 카페 주위를 빙빙 돌았다. 달리면서 티셔츠를 벗기까지 했으나 차도로는 나가지 않았다. 아이를 쫓느라 지친 아이 엄마는 테라스에 앉아 아이스 커피를 한입에 들이켰다. 계산대 앞에 서서 상황을 바라보던 그녀는 밖으로 나가 아이의 상태를 구경했다. 아이 엄마에게 조심스레 물었다.

안 잡아도 괜찮을까요?

우선은 즐거운 얼굴이니까요.

아이 엄마는 아이가 지쳐서 그만 둘 때까지 달리는 것을 멈추게 할 생각이 없어 보였다. 아이 엄마와 그녀는 아이가 달리면서 떠드는 모습을 함께 지켜보았다. 아이 엄마는 구매한 샐러드를 꺼내 뚜껑을 열었다. 아이가 떠드는 말 중에는 반 선생님, 엄마를 조롱하는 말도 있었다. 아이 엄마는 그 모습을 흥미롭게 지켜보았으나 화가 나 보이지는 않았다. 그리고 쓸데없는 말들.

햄버거 먹고 싶다! 존나 학원가기 싫다! 존나게 맛있는 햄버거 먹고 싶다! 게살버거!

그걸 들은 아이 엄마가 터진 웃음을 주체하지 못하며 그녀에게 말했다.

평소에 욕 못하게 하는데요. 큭큭 저렇게 잘 할 줄

이야.

김상규 시발! 유은성 시발!

아이 엄마는 또 웃음이 터졌다.

김상규는 애 아빠 이름이에요.

30분 정도 뛴 아이는 땀을 잔뜩 흘리며 빨갛게 상기된 얼굴로 엄마에게 돌아왔다. 머리부터 티셔츠에 넣으면서. 개운한 얼굴이었다. 두 사람이 텅 빈 비닐봉지를 구기며 돌아갔다. 그녀는 아이가 부러웠다. 이야기를 다 들은 유진이 말했다.

그러니까 부러웠다는 거지?

응. 근데 막 부럽다 이건 아니고, 뭔가 빼앗긴 것 같은 느낌이 드는 거야.

그 아이가 아니라 네가 달렸어야 됐다는 거야?

아니 그건 아니고.

책 정리 하면서 생각해 볼게. 네가 별로 할 일은 없을 거야. 말동무 좀 해 주고 시간 맞춰서 약 챙기고. 잘 부탁할게. 말이 좀 많을지도 모르겠다.

그녀는 책방 뒤쪽에 있는 실내로 발을 옮겼다. 유진에게 자신의 답답함을 잘 전달하지 못한 것 같았다. 자신이 생각해도 너무 모호했다. 하지만 딱히 설명할 방법이 없었다. 그녀는 자신도 모르는 사이 모르는 누군가에게 모르는 무언가를 빼앗기는 기분을 어떻게 말해야 할지 생각하면서 유진의 할머니가 있는 방으로 갔다.

할머니는 말이 많았다. 정말 많았다. 욕도 잘했다. 딱히 대화를 원한다기보다 말하는 게 습관인 사람 같았다. 그녀는 유진의 말을 떠올렸다. '할머니는 가끔 나를 아주 싫어해. 평소에는 이 웬수야, 라고 부르는데 뭔가 기분이 나빠지면 진짜 원수라도 만난 것처럼 욕해대니까. 좆밥아, 좆같은 새끼야, 좆 대가리야, 이런 식으로. 그러면 내가 좆 그 자체가 된 기분이야.' 할머니는 침대에 누워 있었고 장미색으로 빛나는 스탠드를 켜 놓고 있었다. 화려한 장식의 침대가 방을 거의 꽉 채우다시피 했다. 그녀는 주위를 둘러보다가 할머니와 멀찍이 떨어진 침대 끄트머리에 걸터앉았다.

바닥에 앉아. 침대는 내 자리야.

할머니가 가리킨 바닥에는 방석이 깔려 있었다. 그녀는 얼른 방석으로 가 다소곳하게 앉았다. 당황하면서 선반을 짚다가 재떨이를 엎을 뻔했다.

뭐 트럭을 몰겠다고 늙은이 인생을 팔아먹어? 나쁜 새끼. 다 허튼 패기지. 젊은 놈이 다 그렇지 뭐. 지가 대단한 성공이라도 할 줄 아나 보지. 너도 재랑 같은 생각이냐? 말려 줄 거 아니면 부추기진 말아라.

네.

그녀는 자기만 들릴 정도로 작게 대답했다.

네가 내 새로운 이야기꾼으로 온 애구나?

아, 네.

그녀는 자기도 모르게 그렇다고 대답했다. 그 말은 거짓이었으나 할머니의 목소리에는 부정할 수 없게 하는 어떤 힘이 있었다. 그녀는 할머니의 말이라면 지금이 꿈속이라고 해도 믿어 버릴 것 같았다. 침대 머리맡 곳곳에 선반이 달려 있었고 할머니는 손을 뻗기만 하면 원하는 것에 닿을 수 있었다. 담뱃갑과 라이터가 베개 옆 선반, 두세 권의 도서 위에 있었다. 할머니는 그녀가 바닥에 앉자마자 벌떡 일어나 침대 머리에 기대앉았다. 튼튼한 팔을 뻗어 물을 따랐고 알약도 꿀떡꿀떡 잘 삼켰다.

보다시피 난 건강해. 비싼 커피랑 담배, 고급 초콜릿도 잔뜩 있어. 눈이 많이 안 좋아져서 책을 오래 못 보게 된 것뿐이야. 난 언제나 이야기에 목말라.

네.

뭘 네야, 이야기꾼으로 고용했으면 이야기를 풀어

야지.

전 말을 잘 못하는데요.

그럼 내가 시동을 걸게. 나는 이야기하는 것도 좋아해. 어떤 그림을 보고 그 그림의 속사정을 추측하는 것처럼. 이야기를 하고 듣고, 그 사람이랑 같이 만든 놀이 같은 건데. 서로가 서로한테 습관이 된 거지.

그 사람이요?

저기 봐.

할머니는 방문 옆을 가리켰고 담배에 불을 붙였다. 입에서 담배 연기가 길고 아득하게 흘러나왔다.

유령 말이야. 이야기를 할 때마다 기어 나와. 이야기, 하면 무의식적으로 나타나 버리는 거야. 자기를 부르는 줄 알고. 우선 이야기를 시작하면 가만히 서서 듣다가 차례를 건네받으면 내 귀 옆에 바싹 붙어서 입을 열고. 나는 그 숨결 속에서 잠들고. 그러면 우리는 꿈속에서 진짜 이야기를 시작해. 자, 이제 네 차례야.

할머니는 이야기를 지어내는데 재능이 있는 것 같았다. 그녀의 침묵이 길어지자 할머니는 담배를 깊게 들이마셨다. 담뱃잎이 타들어 가는 소리가 들렸다.

그러니까 그 유령이 할머니를 재우는 자장가 같은

존재네요.

그녀에게도 할머니의 유령과 같은 것이 있었다. 예감하는 밤. 그 밤들은 그녀에게 습관 같은 것이었다. 없앨 수 있다고 호언장담하면서도 굳이 없앨 필요는 없으니 몸에 장착해 버린. 믿음으로 먹는 비타민이나 비타민처럼 챙겨 먹는 수면제 같은 것들 말이다. 예감이라 하면 보통 어떤 일이 일어나기 전에 미리 느끼는 것이지만, 그녀의 예감이란 오로지 과거를 향했다. 이미 일어난 후의 일을 가지고 그때 다르게 행동했더라면 상황이 어떻게 달라졌을까를 예상했다. 말을 더듬지 않고 생각해 놓은 대로 연기하듯 자연스럽게 대처했더라면. 어떻게 되어도 상관없다는 태도를 취했더라면. 그러니까 조금은 힘 있게 말했더라면, 분노를 담은 눈으로 그 상황들을 마주할 수 있었을까. 이미 지나간 일들을 재구성해서 다시 맞이하는 일 따윈 없었을까.

그녀는 누구에게도 말하지 않고 혼자서 예감하는 밤들을 보내 왔다. 예감이 끝난 뒤에는 메트로놈을 켜 놓고 박자에 스스로를 맡겼다. 또각또각 시계 초침처럼 듣기 좋은 소리. 그 소리를 듣고 있다 보면 그녀는 그녀의 할아버지가 메트로놈을 자장가 삼아 켜

주던 기억과 함께 어떤 추억의 냄새에 젖어 들었고 터널처럼 길어지는 슬로우 템포. 그녀의 머리 위에 할아버지의 커다랗고 늙은 손바닥이 내려앉으며, 깨끗하고 아늑했던 옛날 집이 생각났다. 그 기억 속 분위기에 잠겨 있기 위해 일부러 메트로놈을 켜는 건지는 모르는 일이다. 그 밤들은 그녀를 안정적이고 차분하고 약간의 착각 속에서 스스로를 올바른 사람이 되게 했다.

아직 오지 않은 밤, 유령, 담배 연기, 스탠드 불빛으로 붉고 푸르게 물든 할머니의 왼쪽 얼굴. 그녀가 이야기에 대해 궁리하는 동안 할머니는 방 한구석을 빤히 바라보았다. 방 밖에서 책이 우르르 떨어지는 소리가 들렸다. 그녀는 할머니의 눈치를 보다가 책방으로 갔다. 유진이 바닥에 있는 책들을 크기, 오로지 크기로만 분류해 쌓고 있었다. 방문으로 고개를 내민 그녀를 보고 유진이 말했다.

괜찮아, 별 거 아니야. 나 혼자서 할 수 있어.

그녀는 도와준다거나 괜찮냐는 말을 꺼내기도 전에 다시 방석 위로 돌아와 앉아야 했다. 그리고 생각했다. 내가 왜 또 유진에게 와 버렸을까. 진짜 유진이 나를 잘 알까. 아는데 저럴까. 유진은 내게 원하는 게 없나. 그럼 나는 유진에게 뭘 원하고 있나. 나는 유진에 대해 어디까지 알고 있을까. 할머니는 참을성이 없었다. 은근하게 힌트를 주는 척 이야기를 재촉했다.

유령은 그림자가 보라색이야.

유령은 그림자가 없지 않을까 속으로 생각하면서 그녀가 물었다.

왜요?

사람이 아니니까.

그녀는 다시 이야기를 궁리하기 시작했다. 어둠이 고여 있는 방구석을 보면서. 그녀의 생각에 유령은 형상이랄 것 없이 어떤 덩어리인 채로 방을 돌아다녔다. 혼자서 차를 마시고 책을 뒤적이고 커튼을 털고. 음 할머니가 침대에서만 생활하게 되기 전에 그랬을 것처럼. 그녀는 유령이 이 방에 머무는 이유가 누군가를 기다리고 있기 때문이라고 생각했다. 할머니 혹은 누군가가 자신과 함께 차를 마시고, 책을 읽어 주고, 각자 양 끝을 당겨 커튼의 먼지를 탈탈 털어 내기를.

이건 유령이 아니었을 때의 이야기예요. 유령이 유령으로 되기 전이요. 미래가 두렵지 않았을 때, 그럴 때가 있었는데요.

도마로 해.

네?

유령이 되기 전이라며. 이름을 붙여 줘야지. 내가 먼저 이야기 시작했으니까 도마로 이름 통일하자. 계속해 봐.

할머니는 그녀의 말에 집중하기 위해 담뱃불을 껐다. 조용히 이불을 끌어당겨 배를 덮고 귀를 기울였다. 창밖이 조금씩 어두워지고 있었다. 두 여자의 눈동자가 검게 빛났고 이름을 얻은 유령이 이야기 속에서 선명해지려 하고 있었다. 그녀의 입술이 열렸다. 이야기가 시작되었다. 그것은 곧 사건이 시작되는 것과 같았다.

다양한 이들이 찾아와 북적이는 주말의 도서관과 달리, 평일의 도서관은 고요하고 단조로웠다. 도마는 항상 앉는 자리에서 익숙한 도서관 풍경을 내려다보며 오전 9시부터 오후 2시까지의 여유를 즐겼다. 도마는 영화를 보기 위해 1인 상영관에 들어갔다. 헤드폰을 꼈다. 영화는 전개가 빨랐지만 영화 속의 사건과 별개로 도마의 하루는 느리게 지나갔다. 도마는 도서관이 좋았다. 대출증 신청 과정이 간편했고 복도가 시원했으며 복도를 걸을 때의 발소리, 모르는 사람들이 지나다니는 장면이 마음에 들었다. 종이컵이 모자란 적 없는 정수기 등 온갖 것들을 자유자재로 이용할 수 있었다. 모든 것들이 도마가 이 지역 주민이기 때문에 가능한 일이었다. 어딘가에 소속된다는 것에 장점이 있기도 하구나. 이건 꽤 괜찮은 점이다. 도마는 생각했다. 그리고 도서관 밖의 세계. 도마가 구성원으로 들어가지 못한 장소들. 학교 강의실이나 학교 식당, 학교 수업 시간, 학교 쉬는 시간, 학교 등하교 시간. 그런 것들은 겉보기의 소속과는 전혀 다른 범주의 소속이었다. 그래도 도마는 가족이 있었다. 가족과 함께 사는 집은 따뜻했고 안정적이었다. 굳이 힘들게 대화를 하지 않아도 되었고 혹여나 심기를 건들일까 봐 눈치를 보지 않아도 되었다. 갈등이 생기지 않는 평탄한 일상이 반복되었다. 한 테이블 앞에 앉아 밥을 먹고 시계를 본다. 외출하는 사람은 집에 있는 사람을 생각하고, 집에 남아 있는 사람은 외출하는 사람을 걱정한다. 서로의 머리를 쓰다듬고 어깨를 주무르고. 밥을 차리고 함께 밥을 먹고 식탁을 치우면서 걱정할 수 있는 누군가가 옆에 있는 생활. 앞일을 걱정하지 않아도 되고, 그러니까 굳이 과거를 되돌아볼 필요 없이 흘러가는 삶.

도마는 같이 사는 사람이 있다는 것을 행복하게 여겼어요. 도마는 그런 사람이었어요. 주어진 것에 만족하고 행복을 누릴 줄 아는 사람. 어딘가에 껴 있는 걸 싫어하는 것 같지만 사실은 자신이 어딘가에 소속되었다는 거에 감사할 줄 알았어요. 그런 도마는 왜 유령이 되었을까요.

불행하고 불편했겠지. 어디에나 껴 있지만 사실 어디에도 끼지 못했으니까.

할머니, 기승전결 맞춰야 돼요. 이제 막 시작했는데 도마는 행복했다니까요.

네 차례는 끝났어 끼어들지 마. 도마는 사람일 때도 유령이었어. 칼을 만나기 전에 말이야.

칼은 누군데요.

애인. 외국인이었는데, 외국인이라는 거밖에 말할 수 있는 특징이 없네. 칼을 만나기 전의 도마는 여러 일을 했고 여러 인간들을 만났어. 해 왔던 일들과 인간관계는 결말이 비슷했지. 공방에서 연의 뼈대를 만드는 일을 했었는데, 기본적인 바탕을 잡는다는 점에서 그 일은 꽤 마음에 들었어. 무엇이든 시작이 좋아야 그 다음이 좋지 않겠냐. 근데 금방 때려치웠어. 균형이 정확하게 맞아야 한다는 점, 처음에 실패하면 다음 과정이 소용없는걸 아는 건 여간 부담스러운 일이었거든. 다음으로는 얼음 배달을 했어. 얼음은 모양과 크기가 일정하고 자세히 들여다보면 자신의 머릿속까지 깨끗해지는 느낌이 들어서 좋았어. 하지만 늘 차가워야 했고 만약에 녹아 버리면 얼마만큼 녹았냐와 상관없이 순식간에 가치가 떨어졌어. 도마는 얼음 배달에 재능이 없었어. 어느 날 전혀 다른 물질로 변해버린 아이스 팩을 만지며 생각했어. 얼음은 생각보다 냉정한 물질이구나. 그 이후는 말할 필요도 없지. 사람이 사람과 멀어지는 거 말이야. 유령이 되어가고 유령은 유령을 알아보고 도마와 칼은 서로를 알아보고. 두 사람은 서로의 이야기에 취해 방밖으로 나오지 않았어. 아픈 사람들끼리 만나면 병을 공유하는 법이니까.

할머니의 말은 틀렸다. 그녀는 알고 있었다. 사람들은 각자의 아픈 면을 꽁꽁 숨기며 산다. 아픈 사람들끼리 만나면 서로가 가진 병을 비교하면서 혼자만의 병을 도넛처럼 굴린다. 굴리고 굴려서 상대보다 더 아프도록. 그녀는 유진에 대해 알고 싶었을 뿐이었다. 그리고 유진도 자신과 같은 생각이길 바랐다. 그녀는 도마와 칼에 대해 생각했다. 서로를 공유하는 관계

라. 걔네는 정말로 사랑하는 사이였겠다. 좋겠다. 그녀의 머릿속에 자주 하던 상상이 떠올랐다. 그녀와 유진이 손을 잡은 채 테이블을 앞에 두고 앉아 있다. 그건 아무 의미도 없는 마주봄이다. 유진은 뭔가 불만이 있어 보인다. 그러나 말하지 않는다. 그녀는 유진의 참고 있는 표정을 참는다. 테이블이 길어진다. 각자 양 끝에 앉은 그녀와 유진이 멀어진다. 긴 테이블 그 벌어진 공간에는 둘 중 한 사람의 팔이 있다. 길고 얇고 오래된 줄넘기 줄처럼 늘어진 팔이 있다. 그 팔이 그녀 때문에 억지로 늘어난 유진의 팔인지, 유진의 손에 얽매여 있는 그녀의 팔인지는 알 수 없다. 그녀는 사실 자기 자신을 참고 있을지도 모른다.

그녀가 긴 테이블, 창백한 살결에 대해 생각하는 동안 도마와 칼의 사이는 사실상 완전히 틀어져 있었다. 할머니의 이야기는 진도가 너무 빨랐다. 게다가 발단, 전개, 절정으로 서서히 차오르는 게 아니라 풀이 꺾이듯 어느 순간 맥락이 달라졌다. 그녀는 자신이 어떤 내용을 놓쳤는지 감을 잡을 수 없었다. 이야기가 진행될수록, 도마가 망가져 갈수록 할머니는 신나 보였다. 점점 말을 빠르게 했고 도중에 참지 못한 웃음이 튀어나오기도 했다. 이야기가 술술 만들어지는 모양이었다.

그놈의 좆이 문제야. 도마는 그놈의 좆이라는 단어를 많이 쓰게 되고, 칼은 고개를 돌리는 방법을 택했어. 주고받아야 되는데 들어주지 않으니 하는 말도 저절로 줄어 갔지. 말은 공 같은 것이라 탄력이 있어야 되는데. 처음에는 나쁜 말을 마구 던지다가 그것도 지겨워진 나머지 말을 안 하게 된 거야. 대신 다른 걸 던졌지. 알람시계나 리모컨 같은 것들. 도마는 칼의 심드렁한 얼굴을 보며 생각했어. 저 새끼 좆을 따서 던질 수 있다면 지옥으로 던질 거다. 자기 좆을 따라 지옥으로 가 버리게. 사실 그 말을 칼에게 실제로 했어. 도마인가 칼인가 둘 중 하나가 같이 살던 집을 나가 버리기 전까지, 그 집은 모든 말들과 물건들이 공처럼 통통 튀었지. 벽에 맞고 누군가의 머리에 맞고 가슴에 박혔다 튕겨져 나오고. 하여간 엄청나게 던져댔어. 어쨌든 칼은 좋은 애인이 아니었고 도마는 그걸 알면서도 칼을 좋아하니까. 차라리 모르는 척 넘기는 게 도마에게 더 좋을 수도 있었는데. 그러니까 말이야, 참는 게 이기는 거야.

딸 깍 딸 깍 왼쪽 오른쪽 왼쪽 오른쪽 규칙적으로 움직이는 추. 그녀는 자기 안에서 켜진 메트로놈의 템포를 감지했다. 목울대가 간지러웠다. 심장이 뛰는 것처럼 손목이 두근거렸고 손가락으로 느껴지는 감각이 예민해졌다. 그녀는 자신의 목을 쓰다듬었다. 위에서부터 아래로 쓸어내리며 느린 박자에 집중했다. 그러면 마음이 차분해질 것이다. 항상 그래 왔으니까.

메트로놈은 그녀의 습관이었다. 그녀의 습관이 되기 전에는 할아버지의 생활이었다. 할아버지는 음악을 듣지 않았다. 대신 메트로놈의 박자감에 몸을 싣고 살았다. 책을 읽거나 마당에 있는 나무를 바라볼 때, 화장실 전구를 갈 때, 망가진 소파를 손볼 때, 식사를 기다리며 식탁 앞에 앉아 있을 때에도. 집 안에는 항상 메트로놈이 틀어져 있었다. 그녀는 수저를 놓고 음식을 그릇에 옮겨 담으며 종종 할아버지를 관찰했다. 주름진 눈가와 과묵하게 닫혀 있는 입술. 할아버지는 그녀를 부족한 것 없이 키웠다. 익숙한 냄새와 소리와 사랑으로 가득한 그 집에 없었던 유일한 것은 그녀의 책상뿐이었으나, 그녀는 그것을 문제 삼은 적이 없었다. 그녀는 아직도 메트로놈 소리를 들을 때면 그 집 부엌에서 보이는 할아버지의 늙고 둥근 뒷모습과 느리게 번지는 노을빛을 기억했다.

그녀는 그 집을 사랑했고 할아버지를 사랑했다. 무심코 그녀의 머리를 쓰다듬는 할아버지의 커다랗고 다정한 손을 사랑했다. 할아버지는 무뚝뚝했고 표정에 감정을 비치지 않았다. 살갑지 않았으나 그녀에게 필요한 것을 조용히 챙겨주었다. 예를 들어 슬프기 전에 먹는 매실차 같은 거.

할아버지 배가 아파요.

생각을 멈춰. 그럼 다 잘 될 거다.

그녀는 할아버지가 건네는 달콤한 매실차에 혀를 적셨고 잡다한 생각을 잊었다. 매실차는 그녀에게 만족하는 법을 알려 주었다. 그녀는 울지 않는 사람이 되어갔다. 달리기를 하다가 넘어져 다리가 까졌을 때, 친하다고 생각한 친구가 자신의 생일파티를 그녀에게 비밀로 한 걸 알았을 때, 생리가 시작된 새벽 3시 인터넷을 뒤져 생리 자국 지우는 법을 알아냈을 때, 할아버지와 둘이 산다는 사실 위에 음란한 이야기가 허구로 붙어 고등학교에 번졌을 때, 원하던 학교에서 떨어지고 일을 해야 했을 때, 사랑해 마지않는 할아버지를 사실 떠나고 싶다는 걸 스스로 알아챘을 때. 그녀는 배가 아팠고 매실차를 마셨다. 그러면 기분이 차분해졌다. 신의 목소리 같은 게 마음속에서 들렸다. 넌 괜찮을 거야. 누구나 비슷한 걸 겪었을 거고 그러니까 너한테만 일어나는 불행이 아니야. 괜찮아 뭐든지 어떻게든 될 거야. 신의 목소리는 커다랗고 다정했다.

그녀는 할아버지를 사랑했다. 할아버지는 부인과 딸을 잃었고 손녀를 혼자 키운다. 그래서 그녀는 할아버지가 불쌍했고, 그를 사랑할 수밖에 없었다. 그녀의 일기는 할아버지에 대한 얘기뿐이었다. 당신의 사연이 불쌍합니다. 나를 거둬 주셔서 감사합니다. 우리는 가족입니다. 그러나 그녀는 할아버지를 남겨두고 그 집을 나왔다. 이유는 단 하나였다. 메트로놈 소리. 그녀는 혼자 살며 가끔 예감하는 밤의 시간을 보내는 사람이 되었다. 그런 밤에는 메트로놈을 켜고 어떤 박자감 속에서 머물렀다. 마음이 편해졌고 안정감이 느껴졌다. 괜찮아, 잠시 지나가는 것뿐이야. 잘될 거야. 그녀는 언제나 그 안에서 살았다.

방 안에는 분명히 무언가가 있다. 하지만 유령은 아니다. 아무리 이야기를 계속해도 해결되지 못하는 것들이 유령처럼 할머니의 방에 남아 있는 거라고 그녀는 생각했다. 어둠이 깊어지고 그녀와 할머니는 오로지 스탠드 불빛에 시야를 의지했다. 장미색 스탠드는 그들의 얼굴을 죽어 가는 사과마냥 창백하고 불그죽죽하게 비추고 있었다. 그녀는 다시 이야기 속으로 들어갔다. 사실 도마와 칼의 애정 전선에는 문제가 없었을지도 모른다. 그들 사이에 놓였다가 사라진 것들이나, 놓였다가 영원히 사라지지 못하게 된 것들이 문제였던 거다. 아마도 그렇지 않았을까 생각하면서.

말하지 않으면 몰랐던 거죠. 아는 줄 알았는데, 안다고 생각한 것뿐이었겠죠.

그녀는 문을 보면서 말했다. 흐리멍덩한 시선으로 방문의 동그랗고 반짝이는 손잡이를 보았다. 유진은 문 한 짝을 사이에 두고 여전히 책 정리에 몰두해 있었다. 항상 그랬다. 당기거나 밀면 열리는 문 한 짝을 두고 혼자 정리해 버린다. 유진은 지금 책 정리를 하고 있고 그녀가 자신을 찾아온 이유를 찾지 못할 것이다. 찾을 생각이 없으니까 찾지 못한다. 그러니까, 같은 이유로 아프다고 말하지 않으면 아픈 줄도 몰랐던 거다.

대화가 없어지기 시작한 어느 날. 그날, 그때 그녀가 차라리 울음을 참지 않았더라면. 집에 와서 메트로놈을 틀고 생각을 멈추는 일을 하지 않았더라면. 그러나 그녀는 울음을 참았고 하고 싶은 말들을 참았다. 혼자 참으면 손 붙잡고 대화하던 때로 함께 돌아갈 수 있을 줄 알았다. 그러나 그녀는 메트로놈의 박자를 오랫동안 들어 왔고 그 행위는 그녀를 약간의 착각 속에서 슬퍼하지 않는 사람이 되게 했다. 그녀는 유진을 예감했던 밤들을 떠올렸다. 자신의 우는 얼굴조차 까먹고 푸드 트럭 위에서 냉동 패티만 굽다가 늙어 버릴 사람. 그 밤들 때문에 그녀는 오랜만에 슬퍼졌다. 그리고 다시 머릿속에서 메트로놈의 추가 움직이기 시작했다. 그녀는 여전히 자신이 무엇을 원하는지 몰랐고 모르기 때문에 누구를 탓할 수도 없는 찝찝한 기분에 휩싸였다. 갑자기 기억난 꿈처럼 익숙한 장면이 떠오를 뿐이었다.

낮익은 언덕길, 그녀는 그 길을 올랐다. 머리카락을 하나로 모아 바짝 올려 묶고 긴 치마를 입은 학생들이 등교를 하고 있었다. 학생들은 이마에 맺힌 땀을 닦고 손부채질을 하면서 높은 언덕을 올랐다. 지나치게 길고 무거운 치마는 땀이 오른 다리에 거치적거렸다. 몇몇 학생들은 종아리 위로 치마를 걷어 올리고 걸음을 빨리했다. 옆 학교에 다니는 남학생들이 가끔 지름길 삼아 여고 언덕을 지나갔다. 불편한 교복 대신 안에 받쳐 입은 반팔이나 웃옷을 벗은 채로 뛰어갔다. 여학생들은 그렇게 긴 치마를 입고서도 높은 언덕과 계단을 오를 때면 자신의 뒷모습을 신경 쓰며 자꾸 뒤를 돌아봤다. 그녀는 힘에 부쳤다. 숨이 벅차면서 심장이 크게 뛰었다. 심리적인 느낌이 아니라 정말로 가슴이 꽉 조였다. 심장박동은 메트로놈의 그것과 비슷했다. 이상한 불편함. 그건 도마가 예민하거나 혹은 할아버지의 메트로놈 소리를 오랫동안 들어 왔기 때문이 아니었다.

리본이 달린 교복 셔츠는 가슴이 꽉 끼고 배 부분은 헐렁하게 남아돌았다. 정문을 지나면 학생들은 삐져나온 잔머리를 다시 정리해 머리를 묶었다. 그녀는 학생들의 흔들리는 머리칼, 땀에 젖어 등에 딱 달라붙은 셔츠 그 가운데 있었다. 그녀의 앞에도 뒤에도 언덕을 오르는 학생들로 넘쳐났다. 다 같이 그렇게 걸었다. 단추를 모두 채운 셔츠와 긴 치마를 입고 가쁜 숨을 다독이면서. 생각에서 깨어나고 나서도 그녀는 가슴이 답답했다. 몸이 위축되는 것 같았다. 할머니는 벽 너머 먼 곳을 응시하고 있었다. 둘은 각자 다른 곳을 보고 있었다. 서로 다른 장소에 서 있는 사람들 같았다. 그녀가 마지막으로 한 말을 들은 건지 만 건지 할머니는 이야기를 계속 만들어 나갔다.

그리고 우리는 만났어. 도마와 나는 한 번도 만난 적이 없는데 서로를 알아봤어. 우리는 오랫동안 같이 살았어. 그러니까 도마가 유령이 되기 전까지 말이야. 잠에 들기 전에는 노부부처럼 누워서 서로에게 굿나잇 이야기를 들려주었어. 오늘 하루 있었던 일이나 느꼈던 감정 같은 것에 허구를 입혀 이야기로 만드는 일. 이제 내가 도마를 잃고 유령을 얻게 된 날에 대해 말해 볼까. 말을 해 볼까.

그날, 두 사람은 침대에 누워 있었다. 할머니는 손을 떨었고 침대 맡에 있는 술을 자주 입에 가져갔다. 그리고 그 떨리는 손으로 도마의 왼쪽 얼굴을 부드럽게 쓸어주었다. 두 사람은 이야기를 주고받았다. 할머니와 도마의 순서가 번갈아 몇 번 지나갔다. 그러나 그들은 잠에 들 수 없었다. 이야기는 이미 예전부터 같은 부분에서 머물렀고, 그 멈춘 지점에서 더 나아가지 못한다는 걸 알았기 때문이다. 둘 중 한 명이라도 다음 이야기를 지어낼 생각이 없으니까. 새로운 이야기를 꾸려 나가려면 여태껏 쌓아 온 이야기들이 허물어지는 걸 봐야 하니까 말이다. 그들은 평소에 자신이 한 이야기와 상대방이 들려준 이야기가 바탕으로 된 꿈을 자주 꾸었다. 그러나 그들은 오늘 밤 아무런 꿈을 꾸지 못할 것이었다. 혹은 영원한 꿈을 꾸거나.

흐르고 있는 시간과 지난 시간들이 벽에서 떨어졌다. 방 전체가, 방을 보고 있는 그들의 얼굴이 흔들렸다. 할머니는 믹서에 넣고 다 갈아 버리는 것 같다고 느꼈다. 자신과 도마, 그들이 살아오고 함께한 시간, 방, 그들이 나눈 이야기들. 모든 게 다 갈려 버려서 한 잔의 음료 따위로 남지 않을까. 그런 생각이 계속될수록 집은 거세게 흔들렸고 책과 담배와 술 같은 것들이 제 자리에서 뚝뚝 끊어지듯이 떨어졌다. 할머니와 도마는 손을 꼭 잡았고, 도마는 같은 이야기를 멈추지 않았다. 마치 자신이 이야기를 끝내지 않으면 엔딩은 찾아오지 않을 것처럼. 그들의 긴긴 이야기는 계속되었다. 그것과 상관없이 그들에게 아침은 찾아오지 않았다.

다음 날 나는 혼자 남았어.

지진이었다는 거예요?

무언가 엄청 많은 것들이 집을 흔들었는지도 모르지. 그게 뭐든 지진 같았다 이거야. 도마는 유령이 된 후에도 이야기를 하러 와. 서로를 재우기 위해 이야기를 하는 것 같아. 도마는 같은 이야기만 해. 이야기 속에서 칼을 그리워하는 동시에 혐오하고 아마도 미쳐 가다가 죽지 않을까.

글쎄요. 근데요 할머니, 방금은 제 턴이었는데요.

방문이 열렸다. 유통기한이 훨씬 지난 통조림을 개봉한 것 같은 냄새가 났다. 뒤범벅된 여러 개의 향신료가 자기 존재를 마구 뿜어냈다. 유진은 할머니와 그녀를 번갈아 보더니 방문 앞에 그대로 앉았다. 유진의 손에 들린 접시를 보며 할머니가 말했다.

그건 뭐냐.

새로 개발한 메뉴요.

그러니까 무슨 음식이냐고.

유진이 멍청한 얼굴로 대답했다.

마늘 카레.

할머니는 말없이 표정을 찌푸렸다. 유진에게 쏠려 있던 할머니와 그녀의 시선이 다시 서로를 향했다. 그녀는 이야기를 되돌렸다. 아주 오래전으로.

도마는 칼을 만나기 전에 한 아이를 만나게 돼요.

도마는 자신의 생활에 회의감을 느끼며 그네를 타고 있었다. 천천히 발을 구르며 신발 앞코로 모래를 긁었다. 그네 옆에서 한 아이가 소꿉놀이를 하고 있었다. 김상규 시발! 김상규 시발! 존나게 맛있는 게살버거. 아이는 욕을 잘했고 계속해서 중얼거렸다. 도마는 사실 그 아이를 잘 알았다. 앞집에 사는 그 아이는 학원을 많이 다녔고 주말이 되면 가족과 함께 여행을 다녔다. 아이가 잠든 밤이면 아이의 부모님은 매일 같은 이유로 싸웠다. 부모의 싸움을 모른다는 걸 전제로, 아이는 행복한 가정 속에서 자라고 있었다. 도마는 아이의 소꿉놀이를 지켜보다가 언젠가 아이가 도마에게 반려동물은 가족이라고 말한 것을 떠올렸다. "저는 반려동물을 사랑해요. 가족을 그 무엇보다 소중하게 생각하거든요." 아이의 집에서 기르던 앵무새가 소꿉놀이 저녁 식탁에 닭볶음탕으로 올라왔기 때문이었다. 앵무새는 당연히 죽어 있었다. 감긴 눈꺼풀이 푸르뎅뎅했다. 도마는 아이가 앵무새를 죽인 게 아니라는 것을 알았다. 어쩌다가 죽은 거겠지. 하지만 도마는 앵무새가 죽은 이유와 별개로 아이가 앵무새를 사랑하지 않는다는 것을 알아 버렸다. 도마가 말했다.

너는 무엇보다 소중하게 생각하는 가족을 저녁 식탁에 올렸구나.

아니요. 이건 제 가족이 아닌데요.

반려동물이잖아.

그러니까 아니라고요. 제 반려동물은 뽀삐 하나

고, 이건 누나가 친구한테 받은 선물이에요.

도마는 아이의 말을 잘 알아들었다. 아이의 집에서 기르던 앵무새는 그 집의 반려동물일지는 모르나 아이의 반려동물이 아니다. 도마는 몇몇 말들을 기억했다. 어딜 가든 언제나 존재하는 유형의 인간, 인생 조언자의 말. '사람이라면 누구나 자기가 하고 싶은 말을 해야 해.' 그러나 도마가 하고 싶은 말을 했을 때 대부분의 말들은 묵살되거나 그녀가 어떤 사람(예민하다든지 고집스럽다든지 어쨌든 지나치게 어떠한 사람이 되었다.)으로 판단되게 하거나 농담의 소재가 되었다. 그러므로 나는 사람이 아니다. 적어도 그 조언자가 생각하는 사람이라는 정의에 나는 속해 있지 않았구나, 라고 도마는 생각했다. 그리고 세상에는 인생 조언자와 그 '사람'에 속해 있지 않는 사람들이 너무 많다는 것을 자신의 수많은 경험을 떠올리고서야 드디어 알아 버렸다. 사실은 예전부터 모호하게 느껴 왔던 것들을 이제야, 좆같은 일이라고 말할 수 있게 된 것일지도 모른다.

두 여자는 스탠드 조명에 비친 서로의 푸른 얼굴을 마주보고 있었다. 할머니는 머리맡을 더듬으며 다른 손으로 라이터를 집어 들었다. 담배 한 개비를 쥔 손가락이 단단해 보였다. 원석에 박힌 루비처럼 붉게 빛나던 라이터 불이 꺼지고 곧 입가의 주름이 섬세하게 움직였다. 얼굴에는 표정이 없었다. 유진은 방문 앞에 앉아 카레를 떠먹었다. 숟가락이 접시 바닥에 부딪힐 때마다 그녀는 메트로놈의 딸깍거리는 소리를 떠올렸다. 쇠막대가 양 옆으로 흔들리며 나는 그 소리. 그녀는 초조하게 머릿속으로 시간을 쟀다. 그 시간은 그녀가 살아오면서 정답이라고 생각해 왔던 약간의 착각들에 대해 고민하기에 충분했다.

먹고 싶은 음식을 먹고 좋아하는 엽서를 수집하는 것과 마찬가지로, 하고 싶은 말을 하는 것은 딱히 생각 해 본 적 없을 만큼 당연한 일이 아니었나. 그녀는 만나 본 적도 없는 도마의 삶이 저절로 머릿속에 그려졌다. 아이였을 때, 학생이었을 때, 성인이 된 후 등등 온갖 시절의 도마가 깨진 영화 필름 속 장면처럼 여기저기서 튀어나왔다. 그녀도 할머니처럼 이야기를 지어내는 것에 재능이 생긴 듯했다. 메트로놈과는 다른 느낌의 박자감이 노크하듯 그녀를 두드렸다. 그녀는 또다시 언덕을 오르고 있었다. 낯익은 언덕길과 긴 치마 밑으로 발갛게 익은 종아리들, 힘이 벅차 말 한마디 없이 숨을 고르며 등교하는 학생들이 보였다.

그녀도 마찬가지로 몸을 죄는 교복을 입고 언덕을 올랐다. 손바닥을 펼치자 사슬처럼 꼬여 있는 손금마다 땀이 고여 있었다. 그녀는 유난히 생명선이 짧게 느껴졌다.

유진도 생명선이 짧았지. 연애를 시작하던 때, 두 사람은 국수를 많이 먹었다. 유진은 의식적으로 면을 끊지 않고 후루룩 먹었고, 국수를 먹은 날에는 꼭 소화제를 샀다. 식사를 한 후에는 서로의 손을 오래도록 잡았다. 깍지 낀 손을 흔들면서 그녀는 손가락이 다섯 개나 되는 이유에 대해 생각했다. 오래도록 살아남으라고, 힘이 빠져 손가락 한 두 개가 풀어져도 다섯 개 중에 하나는 연결고리처럼 끈질기게 이어져 있기를. 그들은 만날 때마다 서로의 생명선을 손톱으로 꾹꾹 눌러 주었다. 그런 때가 있었다. 가파른 언덕에 벚나무가 일정한 간격으로 심겨 있었다. 나무들은 반쯤 누운 채로 꽃을 피웠다. 그녀는 치마에 손바닥을 슥 문지르고 뒤를 돌아보았다. 언덕을 오르는 학생들의 행렬이 끝없었다. 구름 밖으로 해가 드러났다. 학생들의 얼굴이 환하게 빛났고, 더욱 선명해진 그림자가 그녀들을 뒤따랐다. 그녀는 그 장면을 한동안 생각했다. 저마다의 그림자 속에서 도마와 눈이 마주친 것도 같았다.

이야기는 거기서 시작되었다. 할머니는 그녀를 기다렸다. 목을 위에서 아래로 쓸어 만지면서 파자마 단추를 위에서 한 개 풀었다. 그녀는 할머니에게 차례를 넘겨 주지 않기 위해 새로운 이야기를 생각하느라 바빴다. 완전한 밤의 시간이 되었다. 스탠드 불빛은 이제야 온전히 스탠드만의 색을 냈다. 도마의 아침이 시작되었다. 그녀의 이야기 속에서 도마는 미치거나 죽지 않는다.

어쨌든 이곳은 여름

덧니 같은 종아리들이 뛰어다닌다. 학생들은 제멋대로 자라난다. 별것 아닌 것에도 쉽게 웃고 빠르게 우울해하면서. 나는 머릿속으로 한 명씩 이름을 짚어 본다. 제각기 다르게 빛나는 얼굴들을 바라본다. 학생마다 즐거워하는 이유도, 웃고 놀라는 모습도 다 다르다. 손등에 흘린 음료를 핥아 먹는 애, 페트병 입구에 빨대를 꽂고 마시는 애, 먹거리나 음료 따위를 받으면 언제나 뜯지 않고 그대로 집에 가져가는 애도 있다. 그러나 내 옆에 앉은 오빠가 목소리를 내기 시작하면 나는 모든 학생이 고유리 한 명으로 보인다. 수많은 고유리의 머리카락과 웃음소리. 사실은 고유리가 누구인지, 어떤 애인지도 모르면서.

하늘이 높다. 바람이 불지 않는다. 나는 학생들에게서 시선을 거두고 오빠를 의식하지 않는 척한다. 문득 떠오른 오빠 생각에 꼬리를 물고 들어가지만 않으면 평화가 유지된다는 것을 나는 잘 알고 있다. 오빠는 있다가도 없고 없다가도 어느새 옆에 있고, 아무도 건들지 않은 풍선이 오랜 시간에 걸쳐 아주 천천히 쪼그라드는 것 같이 그렇게 있다. 나는 가만히 앉아만 있는데도 금방 기운이 없어지고 땀이 난다.

오전에서 오후로 건너가는 시간, 해는 가장 진득한 시선을 정수리에 내리꽂는다. 이때는 그늘도 소용없다. 햇빛은 나무를 덮고 정자를 데우고 내 등과 옆얼굴을 비춘다. 나는 이마가 뜨겁고 발등이 따갑지만 자리를 이동하지 않고 벌을 받듯 햇볕을 쬔다. 그러면 무언가 견뎌내는 일을 성공한 것 같은 기분이 든다. 그러다 옆을 보면 오빠는 없다. 그건 나의 생각이 오빠로부터 조금 떨어졌기 때문이다. 햇볕이 뜨겁다. 나는 나에게 집중한다. 달구어진 프라이팬에서 우르르 터지는 팝콘. 내가 조금만 더 뜨거워진다면.

갑자기 감은 눈 위로 그늘이 졌다. 고개 숙인 내 앞에 리본이 잘 묶인 회색 운동화가 서 있었다. 햇빛을 이겨 내며 학생의 얼굴을 확인하자 나도 모르게 표정이 구겨졌다.

선생님 왜 저 보고 인상 써요?

안 썼는데. 햇빛이 세서 그런 거야.

거짓말 못 하시네요.

깜짝 놀라서 그랬어.

정말 거짓말 못 하시네요.

아니야 진짜야. 애들이랑 안 놀고 왜 왔어, 음료수 더 줄까?

그냥 보고 싶어서요.

은총은 수업에 곧잘 참여하고 이야기를 잘 만들었다. 그리고 나를 괴롭혔다. 처음에는 누구보다도 나를 좋아하고 따랐다. 수업과 관련 없는 나의 신상에 대해 질문했으며 선생님 너무 좋아요, 보고 싶었어요, 같은 애정 표현도 서슴없이 했다. 두 번째 만났을 때는 귀여운 인사를 적은 쪽지와 간식도 주었다. 일일 도서관 강의든, 방과 후 수업이든 어딜 가도 꼭 한 명씩 있는 유형 중 하나일 뿐이라고 생각했다.

나는 내 인생에서 최저 몸무게를 찍은 지 얼마 되지 않아 최고 몸무게를 향하고 있었고 두 시간의 짧은 수업에도 현기증이 일었다. 자기를 가리키며 제 이를 기억하세요? 뭐게요? 하는 지겨운 질문을 넉살 좋게 받아칠 여력이 없었다. 너희는 다 고만고만해서 비슷하게 느껴진다고 대답한 이후, 은총은 며칠 동안 말을 걸지 않다가 이상한 질문을 하거나 빈정거리며 내 주위를 맴도는 학생이 되었다. 오빠가 집을 나간 지 반년이 훌쩍 지난 시점이었다.

나는 곁에 없는 오빠에게 온갖 저주를 내렸다. 어느 날은 내가 잘못한 것들에 대해 생각하며 과거를 거슬러 올라가기도 했다. 오빠는 예전에도 몇 번 집을 나갔다가 돌아온 적이 있었지만 이번엔 그 기간이 너무 길어지고 있었다. 은총은 일부러 수업 분위기를 흩뜨렸다. 그 횟수가 늘어 갔다. 감정이 상한 것에서 시작해 이제 그저 습관이 되어 버린 것 같았다. 나는 오빠의 적은 짐을 이사용 단프라 박스 하나에 집어넣고 작은 방에 가두었다. 그리고 생각하지 않았다. 일을 마치면 좋아하는 음식을 찾아 먹고, 늘어 가는 몸무게를 매일 확인하고, 살이 붙은 가슴을 만지며 다이어트 보조제를 검색했다.

오빠는 점점 내 일상에서 사라졌다. 나는 맛있는 음식과 몸무게와 효과 좋은 다이어트 보조제에 대해서만 생각했다. 오빠에 대해서는 생각하지 않았다.

생각나지 않았다. 거의 성공한 듯했다. 음식도 좋고 몸무게가 늘었다 줄었다 하는 것을 눈으로 확인하는 것도 좋았다. 그러니 이것은 내 탓이 아니다. 잠시 잊고 있던 오빠가 어느 날부터 내 옆에 앉아 말을 거는 것은 고유리가 교실에 나타나지 않았기 때문이다.

이 애가 일부러 나를 엿 먹인다는 것을 깨달았을 때에야 나는 드디어 은총의 이름을 외울 수 있었다. 그 은근한 괴롭힘은 기대한 만큼의 관심을 주지 않아 생긴 서운한 감정을 비뚤게 표현하는 것과 전혀 다른 문제였다. 잘못을 추궁하며 옆구리를 찌르는 뉘앙스가 다분했다. 사실 나는 은총이 내게 바라는 게 무엇인지 알고 있었을지도 모른다. 그러나 그것이 나의 잘못은 아니다. 나는 기간제 강사지 상담 선생님은 아니니까.

그날은 이른 아침에 유리컵을 깨뜨린 날이었다. 세 시간 정도밖에 누워 있지 못했고 그마저도 뒤척이다가 이부자리를 정리했다. 겨우 일어나 냉수를 한 잔 따르고 컵 손잡이를 놓친 후에도 나는 얕은 잠에 취해 있었다. 큰 유리 조각을 줍고 비로 바닥을 쓸었다. 혹시 남아 있을지 모르는 작은 유리 조각을 없애기 위해 테이프로 바닥을 찍으면서 나는 수업 준비를 끝냈다. 아침부터 유리를 깨니까 떠오르는 걱정이 없는데도 뭔가 첫 코가 잘못 꿰인 느낌이 들었다. 나는 유리창이 깨져 있는 사진을 수업 자료로 준비했다. 유리가 깨지는 장면은 불길한 징조의 클리셰로 많이 쓰여 왔으니까. 쉽고 공감이 간다는 점에서 머리가 반짝 깨어났다.

드디어 글쓰기 수업을 본격적으로 시작한다는 생각에 약간 들떴다. 보이지 않는 유릿가루가 들어갔는지 오른쪽 두 번째 손가락에 이물감이 느껴졌으나 비누로 벅벅 문지르고 수업에 들어갔다. 프린트된 사진을 학생들에게 나누어 주고 '왜 유리창이 깨졌을까요?'를 글제로 제시했다. 학생들은 생각보다 집중력이 높았다. 다들 그럴듯한 이야기를 만들어 냈다. 나는 간질간질한 검지를 매만지며 교실을 돌았다. 걱정과 달리 은총이 제일 열심히 빈 종이를 채워 나갔다. 애가 처음부터 질문도 많고 관심도 많긴 했지.

나는 은총의 팔꿈치 옆에 사탕 하나를 두었다. 학생들이 지어낸 이야기는 다양했다. 겹치는 내용이 거의 없다는 점이 특히 놀라웠다. 내가 무의식중에 편견을 가지고 센터를 바라보았다는 생각도 들었다. 은총은 마지막 발표였다. 자두 맛 사탕을 입에 물고서 꾸깃꾸깃 자리에서 일어나 말했다. 종이가 아닌 내 눈을 분명하게 쳐다보고 있었다.

깨진 유리창 사진이지만 사실 유리창은 깨지지 않았어요. 이건 사진일 뿐이니까요. 저는 일어나지 않은 이야기를 지어내고 싶지 않아요.

은총은 사진의 모서리를 잡고 손가락을 비틀었다. 깨진 유리창이 종이의 결대로 주우욱 찢어졌다. 사진에서 손을 떼자 종잇조각들이 티슈처럼 힘없이 바닥에 떨어졌다. 아이들은 즐거운 꿈을 꾸다 갑자기 현실로 끌려온 것 같은 표정으로 은총을 바라보았다. 저 애가 드디어 내 수업을 완전히 망치는구나. 어느 정도 예상했던 일이었다.

우리가 생각해야 하는 건 깨진 유리 사진이 아니라 진짜 유리예요. 센터에 나오지 않은 지 2주가 넘었는데 다른 선생님들이 말도 안 꺼내는 열다섯 살 고유리요. 우리는 벌써 고유리에 관해 이야기하지 않게 되었어요. 이대로 돌아오지 않은 채 우리끼리만 검정고시를 보고 기념사진을 찍고 졸업장을 받아도 이상하지 않을 만큼요. 왜 다들 고유리가 처음부터 센터에 없던 것처럼 구는지 모르겠어요.

종이 울리고도 이야기는 계속되었다. 다른 학생들은 한 명도 불평 없이 집중하며 은총의 말을 들었다. 정돈된 문장에 비해 목소리가 지나치게 떨렸다. 은총은 울분에 차 있었다. 그 대상이 나인지, 학생들인지, 센터를 향한 것인지는 불분명했다. 고유리를 찾지 않는 모두에게 화가 나 있는지도 몰랐다. 나는 속으로 생각했다. 네 말이 맞다. 나는 고유리를 모른다. 머리카락이 긴 애였다는 것만 안다. 고유리는 그다지 특징적인 부분이 없었다. 그 애는 나에게 어떠한 인상을 남기지 못했으므로 내 기억에서 쉽게 잊혔다. 고유리는 아마 너희와 비슷할 것이다. 어딘가 어긋나 있거나 무언가 갖추어지지 않은 뉘앙스를 풍기는 애였을 것이다. 나는 그런 느낌을 잘 포착해. 내가 그러니까. 어쨌든 나는 수업의 끝을 맺어야 했다. 학생들이 내 눈치를 보고 있었다. 그리고 사실 나는 은총이 즐거운 수업 분위기를 망치면서까지 왜 저렇게 분노에 차 있는지 이해할 수 없었다.

훌륭한 소설이네. 잘했다. 다들 다음 시간까지 뒤에 이어질 이야기 상상해 와야 해. 분량은 짧게. 이 이야기는 너무 길구나.

학생들이 모두 교실에서 빠져나갈 때까지 은총은

제자리에 앉아 있었다. 입안에 남은 사탕을 마저 녹여야만 하는 사람처럼 입을 다문 채로 가만히 있었다. 그때 내가 은총의 앞에 앉아 눈을 마주치며 고유리에 관해 물었어야 했을까 지금도 생각한다. 그러면 오빠가 나타나는 일은 없었을까. 은총과 내가 각자의 자리에서 서로를 응시하는 동안, 조용히 분 바람에 커튼이 부풀어 오르듯 어느새 오빠가 내 옆에 서 있었다. 아이에게 처음으로 기도하는 법을 알려 주는 목사님처럼 나의 오른손을 감싸 쥐더니 검지를 제 입안에 집어넣었다. 혹시 박혀 있는지도 모를 유리 조각이 살 안쪽으로 깊숙이 밀려들어 오는 것 같았다. 따뜻하게 몰려오는 피. 손에서 팔꿈치까지 기민한 감각이 퍼졌다.

누군가 멀리서 보면 은총과 나는 사이좋게 대화하고 있는 것으로 보일 것이다. 빛을 받아 환한 얼굴과 마주 보는 자세는 그런 느낌을 준다. 언제나 부분보다는 전체의 뉘앙스가 시야를 차지하기 마련이다. 센터는 겉보기에 아름답지만 비효율적인 것들이 많아 보였다. 지나치게 넓고 사방이 흰 상담실이나 해야 할 일이 정해지지 않은 채 고용된 보조 선생님들, 흡연과 운동이 동시에 금지된 뒷마당의 정원 같은 것. 정해진 지원금을 꽉 채워 쓰기 위해 많은 것들이 겉으로 빛났다.

나는 이곳에 애정이 없고 사실 학생들에게도 딱히 애틋한 느낌을 갖지 못했다. 언제나 그랬다. 내 수업은 단기 프로젝트로만 소비되었다. 나는 내가 하는 일이 마음에 들었다. 인간적으로나 학문적으로나 학생들을 한 단계 발전시켜야 한다는 사명감 없이 시간으로 소비되는 일. 몇 개월간의 프로그램은 무사히 일정을 채우기만 하면 문제가 생기지 않았다. 선생으로서의 의식이나 재능은 없는 편이 일하기에 오히려 수월했다.

정원 끝에서 센터의 보조 선생님이 은총과 나의 모습을 카메라에 담았다. 나는 우리가 찍힌 사진을 상상했다. 푸른 잔디와 잘 관리된 식물들, 그늘 한 점 없이 사방이 빛나고 정자에 모여 대화하는 선생과 학생. 언젠가 선명하게 인화되어 센터 복도에 걸릴지도 모른다. 걸리기만 한다면 파도치는 물결의 모양새로 과하게 앤티크한 액자에 박제되어 있을 것이 분명하다.

소설 쓰는 건 재미있어?

재미있다고 말해 줬으면 좋겠죠?

글쓰기가 겁난다거나 도움이 필요하면 말해.

기대가 없으면 두렵지도 않아요. 선생님한테 바라는 거 없어요. 그냥 얻을 게 없으면 잃을 것도 없다는 거죠.

은총은 일부러 눈과 입을 활짝 웃어 보이며 가 버렸다. 나는 무서웠다. 교육적인 문제 때문이라기보다 은총이 하는 말마다 나를 찌르거나 떠보는 것으로 느껴졌기 때문이었다. 내가 센터에 소속된 것도 아니고, 아이들 마음속까지 들어갈 필요는 없지. 나는 여기저기 다니며 이것저것 일했다. 주어지는 자리라면 어디에나 잘 맞추어지는 사람이었다. 오빠는 주관과 목표가 없는 사람을 싫어해. 그래서 오빠는 나도 싫어하고 자기 자신도 싫어했다.

은총의 뒷모습은 얇고 날카로운 종이 같았다. 종이 한 장이 바람에 흔들리며 정원을 가로질렀다. 은총은 할 말을 전하기 위해 자신을 구길 줄 알고 표정에 이야기를 써 내려갈 줄 안다는 점에서 주관과 목표가 확실해 보였다. 나는 뛰어가고 싶었다. 은총의 어깨를 붙잡고 낙서처럼 말을 휘갈겨서 뱉어 내고 싶었다. 네 말이 맞아. 나는 선생님도 아니고 멘토는 더더욱 아니야. 나는 이 자리에 끼워 맞춰진 사람이야.

어느 날은 소설을 가르치고 또 어느 날은 신문 논술도 가르치고 그러다가 세계문화를, 드라마 대사를, 나도 모르는 것들에 대해 말하고 쓰는 사람이야. 그러니까 나를 선생님이라고 부르지 말고 의지하거나 기대하지 마.

은총은 학생들 무리 속으로 다시 들어갔다. 너저분한 잔머리를 빗어 정리하고, 친구의 머리카락도 같은 모양으로 묶어 주었다. 쉬는 시간이 끝나고 센터 안으로 들어가는 학생들의 다 같은 포니테일이 걸음걸이에 따라 활기차게 흔들렸다.

고유리는 은총이 지어내는 이야기 속 주인공이 되었다. 그리고 그 안에서 끝도 없이 불행해졌다. 은총은 내가 돌아다니며 흘끔흘끔 종이를 훔쳐볼 때마다 왼쪽 팔로 내용을 가렸다. 글을 쓰는 내내 미간에 주름이 가시지 않을 정도로 열중해서 고유리의 불행을 진행하는 모습은 귀엽기도 하고 보람차기도 하고 약간은 끔찍하게 느껴졌다. 나는 교실 맨 뒤로 가서 학생들의 뒷모습을 바라보았다.

반쯤 누워서 그림 그리듯 이야기를 흘리는 애, 목덜미와 어깨에 힘을 바짝 주고 또각또각 글씨를 써내는 애, 빈 종이만 멀뚱히 바라보는 애, 연필이 떨어진 바닥의 격자무늬를 눈으로 따라 그리는 애. 강의실을 메우는 연필 소리가 듣기 좋았다. 선반 위 어항은 볼 때마다 수면의 높이가 점점 낮아졌다. 말라가는 물 자국이 어항 벽면에 그대로 남았다. 물고기는 실 똥을 매달고 유유히 헤엄쳤다.

근데 오빠 있잖아 어항은 쓸데없는 하나의 사물로 보인다? 집이 있고 그 집에 사는 물고기가 있고 물고기한테 꼭 필요한 물이랑 먹이가 있어. 부가적으로 어항을 풍요롭게 보이게 하는 장식품이랑 수중식물도 있는데, 그것들이 합쳐져서 정말 쓸모없는 사물로 보여. 오빠도 그랬어? 오빠, 오빠도 그랬어? 대답은 없다. 질문은 언제나 나에게 돌아온다. 집이 있고 그 집에 살았던 나와 오빠가 있고 집 안에는 이끼 잔뜩 낀 물 냄새처럼 익숙하게 배어 있는 냄새가 있다.

학생들의 인생에는 주어진 현실이 있고 그 위에 서 있는 학생이 있고, 벌어졌고, 벌어지고, 벌어질 일들이 있다. 학생들의 종이에 채워지는 이야기에는 주인공이 서 있는 배경이 있고, 주인공에게 쏟아질 사건과 소재가 넘치도록 준비되어 있다. 고유리는 불행할 것이다. 그건 나와 아무런 상관없는 일이다. 물이 줄어드는 어항의 물 자국은 나이테 같았다. 오래된 선일수록 얇고 선명하고 진하게 남아 있었다. 한참 눈으로 물고기를 좇고 있는데 무거운 철문이 닫히는 소리가 들렸다.

방금 나간 사람 누구야?

은총이요. 선생님 몇 번 불렀는데 대답 없어서 혼자 나갔어요. 화장실 갔나 봐요.

귀를 기울이자 교실 문 너머로 멀어져 가는 실내화 소리가 들렸다. 센터는 학생들의 정서가 불안정하다는 판단을 내리고 그들의 기분이나 안부에 민감하게 반응했다. 나는 필기구와 가방이 놓인 은총의 자리를 확인했다. 수업 중에 나가면 어쩌니? 물었을 때, 글쎄요 어쩔까요? 선생님 제가 어떻게 해 줬으면 좋겠어요? 빈정거리며 대답하는 은총의 얼굴이 머릿속에 그려졌다. 문고리에서 시선을 거두었다. 글쓰기 시간을 멈추고 애니메이션을 활용한 게임 수업을 진행했다.

은총은 수업이 끝날 때쯤 자리로 돌아왔다. 손에는 두꺼운 빨대가 꽂힌 버블티가 들려 있었다. 얼마 남지 않은 게임이 정신없이 돌아갔다. 마무리를 제대로 끝맺지 못하고 어영부영 수업이 끝났다. 학생들이

제출하는 종이마다 검은 글씨가 빽빽했다.

나는 내가 돈에 관련한 모든 일을 힘겨워하는 줄 알았다. 사실은 오빠와의 관계나 직업, 나 자신의 문제를 애써 돈 문제 안에 포괄시켜 버린 것에 지나지 않았다. 오빠와의 연애는 내가 스스로 설정한 약속과 같았다. 너무 많은 약속을 해 버려서 취소하거나 수정할 수 없을 거라고 믿었다. 만약 오빠와의 관계가 틀어진다면 나는 나와의 약속을 저버리고 무너져 내릴 거라고 생각했다.

내가 밖에서 돈을 벌어올 동안 오빠는 집을 돌보았다. 집은 물론이고 지나치게 많은 것들을 도맡았다. 우리의 미래, 나의 직업, 집에 어울리는 가전제품, 내가 내일 입고 나갈 옷차림, 내 몸과 마음의 무게 모두. 나는 오빠와 많은 것들을 함께 만들어 왔다. 함께, 라고 믿었고 그 믿음을 지나치게 믿어서 싸운 후에는 무조건 내가 잘못했다고 빌었다.

오빠는 화를 내는 사람은 아니었으나, 조리 있게 갈등의 원인을 내 쪽으로 돌리는 사람이었다. 너는 아무것도 모른다. 너에 대해서도 모르고 나에 대해서도 모른다. 너는 말이 너무 많다. 너는 네가 듣고 싶은 말만 골라서 듣는다. 너는 항상 네가 정답이다. 내가 어떤 기분인지도 모르면서 나에 대해 실컷 떠든다. 너는 어떤 일이 벌어지기도 전에 이미 내가 할 말과 행동을 파악하고 그게 구질구질하다는 표정으로, 다 안다는 표정으로 그런다. 정말 대단하다.

내가 잘못되었고, 잘못되고 있고, 잘못된다면 그건 네 탓이야.

그날 밤, 등지고 누운 우리 사이에 이불이 팽팽하게 당겨졌다. 나는 내 몫의 이불을 겨드랑이에 끼고 놓지 않았다. 깨어나 보니 오빠는 침대와 벽 사이의 틈에 반쯤 들어간 채로 잤다. 오빠가 포기한 이불이 침대 가운데 팔다리를 쭉쭉 뻗고 누워 있었다. 침대는 지나치게 넓었다. 나는 침대를 볼 때마다 전세금 대출로 겨우 살 곳을 찾은 사람이 쓸 만한 크기가 아니라는 생각을 했다. 이제 나는 혼자서 사지를 뻗고 잤다. 그러나 아침이 되면 한 구석에서 몸을 웅크린 채 일어났다. 아무리 이상한 자세로 넓게 침대를 차지해도 잠에서 깨면 일정한 부분의 공간만을 사용하고 있었다. 그건 되돌아오는 관성과도 같았다. 소고기를 먹고 싶어 간 정육점에서 암퇘지 앞다리를 사 들고 돌아오는 것, 마음먹고 풍성하게 웨이브를 넣고도 머리카락을 질끈 묶은 채 일하는 날이 더 많은 것, 즐겁게 떠들고 신나게 대화를 나눈 후 집에 돌아와서 그 사람의 연락처를 삭제하는 것. 아무리 노력해도 나는 나인 것.

냉커피를 먹으며 학생들이 쓴 글을 뒤적거렸다. 힘이 잔뜩 들어간 글씨가 망설이거나 지워졌던 흔적 없이 야무지게 나아가고 있었다. 그중 은총의 글에 눈이 머물렀다. 글 안에서 고유리는 판화에 재미를 들였다. 자신의 이름을 고무 판화에 큼직하게 새긴 후에 잉크를 묻혀 여기저기 찍고 다녔다. 천 가방에도 찍고 아직 오지 않은 날짜의 달력 위에도 찍고 흰색의 벽지 위에도 찍었다. 이야기 속에는 고유리의 이름이 넘쳐났다. '고유리' 사물함, '고유리' 책상 등 고유리의 이름은 수식어가 되어 남발되었다. 이 글을 읽은 사람이라면 고유리를 절대로 잊을 수 없게 하려는 듯이. 그러다가 고유리는 어디로 사라지고, 작은 천 조각을 이어 붙여 만든 퀼트 담요 하나가 덩그러니 길바닥에 놓여 있었다. 담요는 네 살배기 어린 아이가 덮기에 적당할 만큼 작았다. 그리고 고유리의 이름이 잔뜩 찍혀 있었다. 담요 속에서 사람들이 하나둘 기어 나왔다. 웃옷을 벗은 사내와 수영모를 쓴 어린이,

왼쪽 가슴이 없는 할머니가 아무렇지도 않게 고유리의 담요에서 나와 제 갈 길을 갔다. 많은 인물이 등장했다가 어디론가 가 버리는 일화가 줄줄이 이어졌다. 하지만 담요에서 나온 인물 중 단 한 명도 고유리와 엮이거나 고유리에 관하여 말하지 않았다. 이야기의 개수가 늘어 갈수록 담요에는 천 조각이 하나씩 꿰매어졌다. 담요는 어느새 성인 세 명이 나란히 누워 덮어도 좋을 만큼 커져 있었다.

남은 냉커피를 들이마시고 침대에 누웠다. 한쪽으로 치워진 이불이 늘어진 사람의 형태로 누워 있었다. 모든 것이 내 탓인 것만 같았다. 고유리의 담요에서 마지막으로 기어 나온 사람이 내가 아니기를 바랐다. 실제 오빠가 뭐 하고 사는지도 모르면서 내 머릿속의 오빠는 자꾸만 선명해졌다. 그 새끼는 없다고 생각하면 없고 있다고 생각하면 있었다. 사실 오빠는 어디에도 없고 그러나 어디에나 있는 것이다. 그런 점에서 오빠와 고유리는 비슷한 점이 있었다.

최근 읽은 기사에서는 오존층 파괴로 인한 기후 변화라고 했지만 기사마다 이상 기후의 원인을 다 다르게 말하니 무엇 하나 제대로 믿을 수가 없었다. 정확한 건 기온과 날씨가 아주 이상하게 돌아가고 있다는 것이었다. 사람들은 그 변화를 피부로 직접 느꼈다. 기후 관측에 이상한 조짐이 포착된 이후 환절기도 아닌데 새벽과 한낮의 기온차가 극심해졌다. 생각해 보면 저번 가을부터 그랬다. 낮은 지나치게 더운데, 밤에는 기온이 뚝 떨어져 입김이 나는 날도 있었으니까. 그해 겨울은 눈이 단 한 번도 내리지 않았고 개나리가 이르게 피어났다. 낮에 피었던 꽃들은 새벽에 얼어 죽었다. 돌아온 봄에는 벚나무가 휑했다. 양봉업자들이 심란한 표정으로 매해 꿀도 벌도 꽃도 줄어든다며 난처해하던 인터뷰를 기억했다. 자연이라는 게 순리가 있는 건데요. 굶어 죽으라는 건지 원.

일기예보는 자주 번복되었다. 자연의 순리라는 건 있어도 그만 없어도 그만인 것 같았다. 사람들은 반팔을 입고 가방 속에 카디건을 따로 챙겼다. 이대로 가다가는 계절을 나누는 게 아무 소용이 없을 거라고 이야기했다. 한 30년 후에는 정말로. 그러면 여름을 여름이라고 부르지 못하고 뭐라고 부르게 될까. 센터에 가는 길에 보니 선글라스와 양산을 쓴 사람들이 많았다. 낮은 무조건 폭염이었다. 폭염이 너무 당연해져서 자외선 지수로 폭염의 나날이 구별되었다.

나는 문구점에서 미니 선풍기를 샀다.

센터 선생님은 얼음이 띄워진 녹차를 찻잔에 내왔다. 나는 목이 말랐지만 녹차에 손을 대지 못했다. 선생님은 무언가 말할 준비를, 나는 들을 준비를 했다. 엉덩이가 불편했으나 자세를 바로잡을 수 없었다. 옷매무새를 정리하는 척하며 미니 선풍기를 가방 안에 집어넣었다.

제가 처음부터 간곡히 부탁드리지 않았습니까. 센터에 나와서만이라도 즐겁게 지낼 수 있도록 하는 게 제일 중요하다고요. 어떤 수업을 하셔도 좋으니 우리 애들 재밌게 잘 놀다 갈 수 있도록 부탁드린다고 했잖아요.

네.

나는 내가 했던 수업을 떠올렸다. 학생들의 흥미를 얻기 위해 발버둥 치듯 준비했던 게임, 올 때마다 물이 줄어든 어항과 22도로 고정된 채 망가져 한기가 들 정도로 추워도 학생들의 성화에 끄지 못했던 에어컨. 첫 수업에서 들었던 질문들이 떠올랐다. 선생님 남자 친구 있어요? 선생님 무슨 대학 나왔어요? 몇 살이에요? 립스틱 뭐 써요? 나는 얼빠진 채로 줄줄이 대답했다. 내 이름과 사는 곳과 지금까지 공부한 것들이나 애인의 유무에 대해. 학생들은 웃으면서 악의 없이 질문했고 나도 그 사실을 알았다. 너무 잘 알았다.

허튼 쪽으로 샜으면 어쩔 뻔했어요, 그 시간대에 은총이는 돌아갈 곳이 없어요.

주의할 점과 부탁드린다는 말을 얼마간 더 들었다. 어찌 되었든 내 수업 시간에 발생하는 일은 모두 내 탓이었다. 어떤 역할을 맡는다는 건 그에 따른 책임이 함께 주어진다는 것을 의미했다. 엄마의 딸 역할이든, 누군가의 애인 역할이든, 선생님이나 아르바이트생 역할이든 모두 다 그랬다. 나도 나를 모르는데, 나라는 역할은 어떻게 수행해야 하는 걸까. 나는 나에 대한 책임을 져 본 적이 없었다. 나는 내가 모르는 것들과 나를 모르는 것들에 대해 생각했다. 만원인 지하철에서 사람들의 어깨에 치여 떠밀리는 내가 있고, 피곤함에 취한 채 내 어깨에 떨구어지는 얼굴들을 피하거나 밀어내는 내가 있다. 오빠는 나에 대해 아는 게 하나도 없다며 원망하고 욕을 퍼붓는 내가 있고, 나에 대해 너무 많이 아는 사람은 싫다고 넌지시 말하는 내가 있다.

근데 오빠, 내 탓만은 아니야 알지? 문득 생겨나

내 옆에 서 있는 오빠는 집을 나가기 직전 기억에 따라 얇은 흰색의 긴팔을 입었다. 지금은 한여름이니 옷을 바꾸어 입혀 주고 싶지만 한여름의 오빠는 무슨 옷을 입었는지 기억이 잘 나지 않았다. 오빠는 돈도 없고 능력도 없으면서 어딜 갔을까? 먹여 주고 재워 줬는데 왜 내 집을 나간 걸까? 나와 오빠에 대해 번갈아 생각하기를 반복하다 보니 멀미가 날 것만 같았다. 센터 후문에서 급하게 담뱃불을 끄던 은총이 민망한 듯 팔을 매만지며 내 쪽으로 다가왔다.

안녕.

제가 쓴 거 아직 안 봤죠?

봤어. 재밌었어.

재미없었다는 표정인데.

선생님 오늘 기운이 없어.

남친이 바람이라도 났어요?

남친은 없어졌어.

그게 뭐 별거라고. 선생님 오늘 귀엽네요.

저녁 무렵의 끈끈한 해가 은총과 나를 비추고 있었다. 센터 사무실은 교실만큼 추웠다. 천장에 달린 에어컨이 내 등을 향해 바람을 쏟아 냈다. 녹차에 띄워진 얼음은 대화가 끝날 때까지 하나도 녹지 않았다. 밖은 덥다기보다 따뜻하게 느껴졌다. 초등학생 두 명이 실내화 가방을 바닥에 끌고 손부채질하며 지나갔다. 머리카락이 땀으로 촉촉하게 젖었다. 은총은 인사 없이 센터로 들어갔다. 나는 뒤돌아보지 않고 버스를 타러 갔다. 버스 정류장 앞에 있는 편의점에서 따뜻한 커피와 몸살 약을 사 먹었다. 편의점 안도 추웠고 햇빛을 그대로 쐬며 버스를 기다리는 중에도 어깨와 가슴팍이 으슬으슬했다. 일부러 버스 맨 끝자리에 가서 눕다시피 늘어지게 앉았다. 에어컨을 내 반대 방향으로 돌려놓았다.

여름의 해는 낮에 강렬했던 만큼 빨리 저물었다. 점심을 기점으로 기온이 뚝뚝 떨어지고 있었다. 아직 춥지는 않았으나 코앞에 닥친 날씨마저 예상할 수 없다는 점에서 짜증이 일었다. 창밖은 녹음이 짙었다. 빽빽한 나무들이 지나갔다. 그 사이로 해가 녹음을 헤치고 따라왔다. 고속도로를 지나니 해는 지고 그 잔여물만 옅은 구름에 묻어 있었다. 나는 센터가 너무 자유롭게 운영된다고 생각해 왔다. 학생들은 어느 날엔 나오고 어느 날엔 나오지 않았다. 왜 학교가 아니라 센터에 다니게 되었는지, 왜 어제는 나왔는데 오늘은 안 나오는 것인지, 아무도 학생의 사연을 묻고 떠들지 않았다. 그것은 암묵적인 약속이거나 어쩔 수 없는 일상이었다. 학생들이 센터에 오지 못할 이유는 하루에도 몇 번씩 벌어졌다. 일상 곳곳에 변수가 너무 많았다. 학생들의 낯은 모두 다르게 빛나거나, 비슷하게 어두웠다. 나는 그 이유를 알지 못했고, 감당할 수 없는 건 알고 싶지 않았다.

집에 가는 동안 내 옆에는 계속 오빠가 앉아 있었다. 우리는 버스가 덜컹거릴 때마다 함께 흔들렸다. 나는 내가 했던 말들과 들었던 말들에 대해 생각했다. 머릿속이 점점 엉망으로 꼬였다. 버스에서 집으로 걸어 올라가면서 약 기운이 퍼져 몸이 무거웠다. 엄마가 보고 싶었다. 실제로 엄마를 보고 싶은 건 아니고 마치 엄마의 품을 그리워해야만 할 것 같은 기분이었다. 오빠는 내가 엄마와 연락을 거의 하지 않고 지낸다는 걸 알았다. 고향이나 가족, 돌아가거나 향할 곳이 없다는 것도 알았다. 높은 언덕을 올라 묵직한 현관문을 열었을 때 내 목과 겨드랑이는 식은땀으로 젖어 있었다.

그리고 약 1년 전과 같으면서 어딘가 달라진 모습의 오빠가 테이블에 앉아 천도복숭아를 베어 먹고 있었다. 아. 이건 실물이네. 오빠가 복숭아를 한입 물자 과즙 한 방울이 팔을 흘러 팔꿈치에 맺혔다.

저녁으로 삼겹살과 목살을 구웠다. 나는 아팠다. 원래부터 골치 아픈 일이 한꺼번에 벌어지면 몸이 견디지 못했다. 그러면 그저 사건이 흘러가는 대로 따랐다. 주체적으로 상황을 뒤바꾸거나 통제할 마음이 사라졌다. 이렇게 하는 것이 옳은지 그른지, 내게 도움이 될지 악영향을 미칠지 따질 힘이 없었다. 오빠는 상상하던 모습보다 조금 더 말랐고 까매져 있었다. 불쌍하면서도 건강해 보였다. 나는 욕을 하며 삼겹살을 뒤집었다. 안 본 채로 욕을 하려고 고기를 굽는 걸지도 몰랐다. 오빠는 말없이 욕을 듣고 질문에는 조곤조곤 대답하면서 상추를 씻고 익숙하게 냉장고를 뒤져 쌈장을 찾아냈다. 나는 오빠를 내 집에서 쫓아내야 한다고 결심했으나 당분간 시간을 주기로 했다. 오빠가 너무 말랐기 때문이었다.

오빠는 내 눈치를 보지 않았고 걱정도 없어 보였다. 담담한 모습으로 옛날과 같이 완벽하게 테이블을 세팅했다.

오이지는 어딨어?

다 먹었어.

그렇구나. 혹시 파무침도 다 먹었어?

있는 걸로 차려.

응.

오빠는 삼겹살만 먹었고 특히 비계가 많이 붙어 있는 고기만 골라 먹었다. 고기와 함께 구운 양파나 버섯은 입에 대지도 않았다. 나는 입맛이 없었다. 쌓여 있던 피로가 약 기운을 빌려 꾸역꾸역 녹아 나왔다. 사돈의 팔촌까지 다 모인 가족 모임처럼 자리가 불편했다. 내가 그러건 말건 오빠는 고기와 김치를 잘게 썰어 밥에 비비기 시작했다. 고된 노동 후 퇴근한 아버지가 여러 가지 반찬을 숟가락 위에 잘 쌓아 한 입에 조용히 밀어 넣었던 게 떠올랐다. 아버지는 식사 자리에서 대화하는 것을 싫어했다. 오로지 허기를 채우기 위한 식사뿐인 식사. 오빠는 볼이 팽팽하도록 고기와 밥을 집어넣었고 다음 음식이 들어갈 자리를 만들기 위해 한 순갈에 한 모금씩 물을 꼭 삼켰다.

어디 갔었어?

밥그릇을 싹싹 긁으면서 오빠가 대답했다.

봉사.

응?

봉사 활동.

무슨?

잠깐만.

오빠는 말을 뱉어 내기 위해 물을 한 모금 삼켰다. 입안을 헹구고 숟가락을 내려놓았다.

처음에는 기도하러 간 거였어. 생각해 보니까 내가 어떤 일을 끈질기게 해 본 적도 없고 간절히 바라 본 적도 없는 거야. 아침부터 저녁까지 기도하고 거기서 주는 밥도 먹고. 있잖아, 의자를 나르고 노인들에게 수제비나 보리밥을 돌리고 진심을 담아서 기도하는 일은 땀이 나. 나도 모르게 귀 옆으로 땀이 흘러. 그건 정말,

오빠는 잠시 숨을 돌린 후 다시 숟가락을 들며 입을 열었다.

내가 찾아 헤매던 거야.

나는 오빠의 말 때문인지 안 좋은 몸 상태 때문인지 머리가 핑 돌았다. 소리 나게 컵을 내려놓고 방 안에 들어가 쓰러졌다. 반쯤 열린 문 너머로 열무김치를 씹는 소리가 들렸다.

잠에서 깨어났을 때는 새벽 5시였다. 솜이불 속에서 손가락이 시렸다. 빈속이라도 우선 약을 먹어야

할 것 같았다. 식탁은 싹 치워져 있었다. 바닥도 너무 깨끗했고 그래서 평소보다 넓게 느껴졌다. 개수대와 가스레인지는 기름 자국 등 고기를 구웠던 흔적조차 없었다. 창문도 없는 작은 방의 문틈으로 빛이 새어 나왔다. 문을 열자 오빠가 자신의 물건이 포장된 상자를 책상 삼아 책을 읽고 있었다. 우리의 눈이 마주쳤다. 오빠는 표정 없이 땀을 흘렸다. 나는 오빠의 끈질기고 간절한 집중을 망가뜨린 사람이 된 것 같았다. 천천히 방문을 닫았다. 약을 먹지 않고 다시 잠을 자러 갔다. 얼른 잠을 자야 해. 잠이 들어야 해. 스스로 암시하자 금방 잠이 왔다.

목표가 없던 오빠는 '평화'를 목표로 돌아왔다. 말 그대로 평화로운 삶을 사는 것이 그의 목표가 되었다. 오빠는 우울한 영화도 안 보고 자극적인 뮤지컬도 안 보고 욕이 나오는 소설도 안 본다고 했다. 음악도 연주곡 아니면 행복하고 소소한 일상을 아름답게 속삭이는 느낌의 인디 노래만 찾아 들었다. 오빠는 나를 씻기면서 자신이 꿈꾸는 미래에 대해 말했다. 전쟁과 갈등이 없는 세상에서 살며 산책을 하고 갓 나온 빵을 사는 것. 여우 같은 아내와 토끼 같은 자식과 별 탈 없이 행복하게.

꼴값을 떨고 있다고 마음속으로 생각했지만 사실 나도 그런 미래를 꿈꿔 왔다. 완전히 평화로울 수는 없어도 내가 사는 동네 안에서는, 내가 생활하는 반경 안에서는 친절한 사람들과 맛 좋은 커피가 있고, 나는 바람에 휘날리는 원피스를 입고 저녁에 노을을 보며 맥주 한잔할 수 있는 여유가 있으면 좋겠다고 생각했다. 그리고 그 미래에서 오빠와 나는 온종일 걸어도 지치지 않을 거라고. 오빠는 나의 팔다리와 등과 가슴께를 젖은 물수건으로 꼼꼼하게 닦았다. 나는 창피하다가도 머리가 지끈지끈하고 온몸이 너무 쑤셔서 스스로 자세를 바꾸었다. 열과 몸살과 탈수 현상이 동시에 온 것 같다고 했다. 개도 안 걸리는 여름 감기에 단단히 걸렸구나. 조용히 말하며 오빠는 수건을 몇 번이나 찬물에 빨아 왔다.

나는 오랫동안 오빠의 왼손에 붙들려 있었다. 망가진 가전제품처럼 오빠의 손 안에서 수리되고 있는 것만 같았다. 오빠는 나를 씻기느라 뒷덜미까지 땀이 났다. 내 몸의 땀과 열을 대신 가져가는 걸까. 나는 오빠의 손힘에 좌우로 흔들거리며 생각했다. 오빠는 내 몸을 씻길 수 있는 사람. 나를 낫게 해 주려고 고생하는 사람. 아마도 오빠는 내 집과 내 몸을 다룰 줄 아는 것 같다. 땀이 잔뜩 난 오빠는 윗옷을 목에 걸어주고 잠옷 바지를 입힌 후 내 옆에 쓰러졌다. 옛날 생각이 났다. 둘 다 일하지 않고 온종일 침대에 누워 보냈던 시간, 그때의 날씨와 노곤한 분위기 같은 거. 우리는 둘 다 눈을 뜨고 있었다. 오빠는 평화로운 미래에 대해 생각하는 것 같았다. 나는 옆으로 누워 오른쪽 다리를 오빠의 하체 위에 얹었다. 얇은 면바지 너머의 체온이 전해져 왔다. 나는 종아리로 배와 허벅지 사이를 문질렀다. 오빠가 말했다.

미안.

뭐가.

오빠는 방문을 닫고 나갔다. 나는 저게 혹시 성병에 걸렸나 생각했지만 아무런 말도 하지 않았다. 아마도 많은 말들을 평생 하지 못할 것이었다. 내 어떤 점이 너를 그렇게 힘들게 했니, 이럴 거면 뭐 하러 돌아왔니, 탓하기 전에 먼저 사과하지 말란 말이야. 잠자코 천장을 봤다. 오빠가 보았을 것 같은 평화로운 미래에 대해 생각하려 애썼으나 도저히 그려지지 않았다. 평화로운 미래를 그리기 위해서 오빠는 자신을 작은 평화 속에 가두기로 결정했다. 그건 사실 쉬운 일이었다. 평화롭지 않은 것, 안온하지 못한 것, 불편한 것, 이해하기 위해서는 애를 써야 하는 것들을 자기 세계에서 빼면 되었다. 그런 사람들만이 평화로운 미래를 가질 수 있었다. 나의 행복, 나의 괴로움에만 골몰해 있던 나 또한 별반 다를 건 없었다. 내 앞에 깔린 불행의 징조. 나는 그것들을 징검다리 삼아 밟으며 가라앉고 있었다. 눈을 감았다. 잠을 자자 잠을 자자. 그러나 나는 당분간 쉽사리 잠들지 못할 것이다. 잠시 식었던 몸속에서 기다렸다는 듯 열감이 올라왔다.

콧물이 계속 났다. 너무 묽어서 가만히 있어도 인중에 흘렀고 고개를 숙이면 바닥으로 뚝뚝 떨어졌다. 주말 동안 오빠는 자는 날 중간중간 깨워서 죽을 조금 먹이고 약도 먹였다. 뭐가 다른 건지 잘 모르겠지만 몸살 약 대신에 콧물 약으로 바꾸었다고 했다. 콧물 약은 내 몸의 모든 기운과 움직이고 싶은 의지를 꺾어 버릴 만큼 셌다. 이부자리에 누운 채로 먹다가 졸다가 깨다가 이런저런 꿈을 꾸다 보니 출근 시간 알람이 울렸다. 나는 어수선한 꿈을 정리하지 못한 채로 가방을 챙기고 집에서 나왔다. 신발장에는 잘 신지 않는 신발들이 색깔별로 정리되어 있었다. 오빠

신발은 없었다.

여름의 낮은 머리 가죽이 벗겨질 것처럼 더웠다. 집에서 지하철역까지 가는 길은 여전히 그늘 한바닥 없었다. 삼색 고양이가 내 앞에서 꼬리를 세우고 걷고 있었다. 우리는 약간의 거리를 두고 비슷한 보폭으로 골목을 내려갔다. 나는 엄마한테 전화를 걸었다.

엄마 나 아파 감기 걸렸어. 심하진 않고 그냥 콧물. 근데 자꾸자꾸 흘러. 엄마 나 지금 돈 조금밖에 못 벌어. 응, 김치는 많아. 엄마 나 지금은 콧물 안 나. 아까 콧물 약 먹고 잠들었는데 재밌는 꿈도 많이 꾸고 밀린 피로도 풀리고 그래서 이제 일하러 가고 있어. 엄마 있잖아, 나 감기 걸렸으니까 이따 저녁으로 맛있는 거 사 먹어도 되겠지? 응, 엄마 이제 끊을게.

고양이는 걸어가는 도중에 가끔 뒤를 돌아보며 내 통화를 훔쳐 들었다. 나는 일부러 평소보다 목소리에 힘주어 애교를 부리듯이 말했다. 사랑받는 척하려고 그랬던 것 같아 조금 민망했다. 삼색 고양이의 털은 흰색 바탕에 까맣고 노란 얼룩이 섞여 있었다. 젖소 같기도 하고 여우 같기도 하고 아무튼 저렇게 살짝살짝 걸으면서 뒤를 돌아볼 때는 눈이 너무 예쁜 색이어서 마치 한 번도 본 적 없는 외할머니의 귀신이

나 환상의 동물을 마주친 듯했다. 나는 환상의 동물 중에 특히 유니콘을 좋아했다. 유니콘에 대한 속설을 알기 전까지는 모든 동물이나 캐릭터 중에서 가장 좋아했다. 오빠는 유니콘 모양의 키링이나 인형 따위를 내게 선물하곤 했다. 어느 여름밤에는 작은 캐리어만 한 쿠션을 내 품에 건네주며 말했다.

유니콘은 순결과 순수를 상징한대.

나는 심각한 열대야에도 쿠션을 끌어안고 잤다. 유니콘의 단단한 뿔이 내 허벅지 사이에서 기묘한 모양으로 찌그러졌다. 나는 오빠가 나를 떠올릴 수 있는 무언가가 있다는 것이 좋았다. 오빠는 가끔 말 울음소리를 냈다. 나는 유니콘의 뿔을 매만지는 것처럼 오빠의 머리를 쓰다듬었다. 내가 사랑하는 그 아름답고 길고 뾰족한 뿔이 순결하지 않은 여자에게 향한다는 이야기를 알게 된 것은 조금 더 나중의 일이다. 그러나 내가 가진 온갖 물건에는 이미 유니콘의 형상이 잔뜩 찍혀 있고 사실 그것들은 꽤 귀여웠다. 속설이나 이야기, 환상 같은 것들은 지어낸 사람의 의식이 너무 명확하게 보여서 신물이 났다.

요즘도 나는 유니콘의 것인지 인간의 것인지 모를 길고 뾰족하고 단단한 뿔을 쓰다듬는 꿈을 꾸곤 했다. 기다란 뿔을 애인의 팔처럼 소중하게 쓸면서 학생들이 수업 시간에 지어낸 이야기들이 살아 움직이는 것에 대해 생각했다. 그런 생각을 꿈속에서 하다 보면 나는 어느새 그 기다랗고 아름다운 뿔을 내 이마에 척 하고 붙이거나, 뾰족한 부분을 배꼽으로 향하게 든 채로 두 손이 움찔거리는 걸 느끼며 잠에서 깨고 마는 것이다. 아무튼 환상이라는 건 누군가의 바람이나 기원이고 환상의 동물은 그 간절한 소망들이 생명으로 태어나 걷고 뛰고 성장하고. 나는 오빠에게 묻고 싶은 게 있었다. 작년의 오빠, 꿈속의 오빠, 유령처럼 출몰하는 오빠, 집을 나갔다가 돌아온 오빠에게.

오빠 내가 왜 좋아?

생활력도 있고, 착하고, 순수해서. 근데 내가 네 첫사랑 맞지?

사실 나에 대한 애정을 확인하는 식의 질문은 이미 골백번 해 왔고, 그때마다 비슷한 대답이 돌아왔다.

골목은 평소보다 길게 느껴졌다. 이 모든 것은 내가 꿈에서 아직 헤어나지 않았거나 콧물 약에 취해 있기 때문이다. 오랫동안 삼색 고양이를 따라 걷다가 문득 정신을 차리니 어느새 지하철 손잡이를 잡고 있었다. 어디까지가 집에서 꾸었던 꿈이고 어디가 몽롱

한 상태였는지. 핸드폰을 확인하자 최근 통화목록에 엄마가 있었다. 나는 친하지 않은 엄마한테 왜 그렇게 오버해서 어리광을 부리고 돈이 없다느니 아프다느니 평소에 하지 않는 얘기를 했나, 어디까지 말했는지 부끄럽고 초조했으나 통화 시간은 단 8초가 찍혀 있었다. 삼색 고양이는 선명하게 기억나지만 나는 그렇게 예쁜 고양이를 태어나서 단 한 번도 본 적이 없으니까 걔는 아무래도 가짜 같다는 결론을 내렸다. 알약은 엄지손톱만큼 작은 주제에 강력하구나, 어쩌면 여름 감기에 걸리지 않는 개보다 강하겠다. 나는 벌써 지하철로도 반이나 넘게 이동해 있었다. 모르는 새에 에스컬레이터를 타고 지하철을 갈아탔다. 두려움이나 혐오감 같은 감정만 우두커니 남아 버리고 지금은 생각도 나지 않는 이유로 끝나 있는 인간관계처럼. 쥐도 새도 모르게.

그러고 보니 오늘은 지금까지와는 달리 열대야가 온다고 했다. 한기가 새어 들까 자기 전에 보일러 온도를 높여 두고 지냈던 사람들은 열대야를 기다려 왔다는 듯 집 밖으로 기어 나와 맥주를 먹을 거라고 떠들었다. 하지만 정말일까. 교실은 여전히 추웠다. 학생들은 글쓰기에 흥미를 잃었는지 대부분 책상에 엎드려 시간을 보냈다. 나는 학생들이 자면 자는 대로 내버려 두었다. 다음 시간부터는 다시 게임 활동을 준비해야겠다고 생각했다. 은총은 잠을 자지도 않고 글을 쓰지도 않고 샤프를 인중에 올렸다가 손으로 돌리다가 했다. 나는 조용히 은총의 뒤로 가서 그 모습을 내려다보았다. 새로운 문단에서 쓰다 만 이야기가 멈춰 있었다.

왜 멈췄어? 이어질 이야기가 궁금했는데.

정말 궁금해요?

응.

종이가 반으로 접혔다. 접히고 또 접히고. 은총은 종이비행기를 만들었다가 다시 펼쳐서 손바닥으로 꾹꾹 눌렀다.

벌여 놓은 게 너무 많아서 그만 쓰고 싶어요.

네 마음대로 해. 쓰면 좋겠지만.

선생님, 집에서 쫓겨난 적 있어요?

아니.

역시 말이 안 통한다니까. 사귀는 사람한테 맞아본 적은 있죠?

그건 수업이랑은 상관없을 것 같은데.

안 물을게요. 사실 안 궁금해요.

혼자서 낄낄거리던 은총은 다시 종이를 접기 시작했다. 괜히 말을 걸었다고 생각하며 강의실을 한 바퀴 돌았다. 다들 엉망이긴 하지만 어떻게든 결말을 지어낸 것 같았다. 오래된 식물원처럼 시간이 느리게 흘렀다. 수업이 끝나고 몇몇 학생들은 강의실을 나서면서까지도 졸았다. 은총은 종이비행기 세 개를 제출했다. 대충 가방에 집어넣고 텅 빈 강의실을 둘러보았다. 나를 위해 센터에서 준비한 생수를 어항에 부어버렸다. 갑자기 몰아치는 소용돌이에 휩쓸려 물고기가 빙글빙글 돌았다.

센터 선생님은 오늘도 녹차에 얼음을 띄워서 주었다. 허리를 곧게 폈다. 녹차를 한 모금씩 먹으며 입을 축였다. 별다른 얘기는 아니라고 했지만 선생님의 이마에는 이미 인상이 져 있었다. 어젯밤에 학생들이 다 같이 고유리의 집에 찾아갔다고 했다. 센터에 나오는 것도 안 나오는 것도 학생들 자유고 지금까지 그런 식으로 나오지 않은 학생은 많았는데, 왜 고유리의 집에 학생들이 우르르 몰려갔나에 대한 은근한 물음이 나에게 왔다. 나는 모른다고 답했다. 센터는 학생들의 기분이나 안전에 유난이다 싶을 정도로 민감했다. 그런데 나오지도 않는 학생을 일개 강사 따위한테 묻다니요 고용주님.

유리는 제 수업에 고작 두 번 나왔는걸요.

그렇죠. 아무래도.

그런데요 선생님, 고유리는 왜 안 나오는 거예요?

저희 쪽에서도 보호자한테 연락을 많이 해 봤어요. 받지 않아도 계속했어요. 그런데도 센터에 나오지 않는 건 뭐 어쩔 수 없어요. 여긴 의무교육시설도 아니고 각자의 가정 문제가 있는 거고.

보호자 말고 고유리는요?

네?

연락이요. 아니에요.

수업과 학생들에 대한 이야기를 조금 더 하고 사무실을 나왔다. 아마 다음 분기 계약은 어려울 것 같았다. 닫히는 문 사이로 에어컨 온도를 조절하는 소리가 들렸다. 나는 센터 입구 앞에 서서 처음으로 센터 건물을 천천히 뜯어보았다. 온 창문에 블라인드가 쳐져 있어서 모든 방을 다 사용하는 걸까 궁금했다. 감기가 좀 나았는지 몸이 유연해지는 기분이 들었다.

아직 공기가 뜨거웠다. 이 열기가 계속 이어진다면 정말 오늘 밤은 열대야가 올 것 같았다. 추운 밤이든 푹푹 찌는 더운 밤이든 이제 여름은 지겨웠다. 지난 봄에 사람들은 황량한 벚나무 아래서도 돗자리를 깔고 맥주를 먹으며 즐거워했다. 그러니까 앞으로도 계절의 이름과 상관없이 더우면 더운 대로 추우면 추운 대로 그에 맞춰 살아가게 될 것이다.

버스 카드를 꺼내려고 가방을 뒤졌을 때 종이비행기들이 허리가 꺾인 채 바닥에 떨어졌다. 나는 비행기 하나를 펼쳤다. 버스가 나를 두고 정거장을 지나쳐 갔다. 나는 멀어지는 버스를 잡지 않았다. 종이비행기 안쪽 면에는 뒤로 갈수록 점점 작아지는 검은 글씨가 빼곡했다. 세 장 모두 그랬다. 고유리의 담요는 집 한 채를 덮을 만큼 커져 있었다. 그동안 엄청나게 많은 사람이 지나간 듯했다. 고유리의 이름이 잔뜩 찍힌 담요는 바람이 불면 숨 쉬듯 부풀었다가 가라앉았다. 고유리의 담요는 잔디 위에 펼쳐진 돗자리가 되었다. 고유리의 담요는 놀이터의 천막이 되었다. 고유리는, 아니 고유리의 담요는 길 잃은 개들의 담요가 되었다. 여전히 많은 이들이 담요 속에서 나왔고, 담요를 이용한 후 사라졌다. 이야기는 도저히 끝맺을 기미가 보이지 않았다.

두 번째 버스를 보내면서 나는 내가 학생들의 이야

기를 모두 읽어야 한다는 것에 겁이 났다. 고유리의 담요를 포함한 수많은 주인공이 구체적인 모습을 갖추고 이야기 안팎에서 다리를 길게 뻗으며 뛰어다녔다.

언젠가 오빠는 서로를 위해 헤어지자며 자신을 놓아 달라고 말했다. 하지만 오빠가 말한 '서로'에 나는 포함되어 있지 않았다. 오빠가 바라는 평화로운 미래 속에 내가 없듯이. 오빠는 지금도 마음만 먹으면 평화로운 삶을 살 수 있을 것이다. 보고 싶지 않은 건 보지 않고, 알고 싶지 않은 건 자기 안에서 지워 갈 것이다. 기후 변화가 일어나 여름에 눈이 내린다고 해도 그때를 변함없이 여름이라고 지칭하면서. 자기 혼자서만. 오빠가 살 그곳은 평화롭고 그래서 아무 일도 일어나지 않을 것이다.

세 번째 버스가 오고 있었다. 어쨌든 오늘은 오랜만에 열대야가 도래하는 여름. 울고 싶을 정도로 팔이 뜨거웠다. 여름을 살아 본 적 있는 사람이라면 여름이 어떤 계절인지 절대로 잊을 수가 없겠지. 은총의 종이를 파일에 집어넣었다. 종이 뭉치를 쥔 손이 무거웠다. 어느새 나는 출석부를 보지 않아도 고유리 김은총 최지원 안유리아 김두애 김유성 안형은 김서정 강은 유미셸 박미달 이소리 김소현 유선아 이윤조

작가의 말

자주 뒤돌아보는 건 나쁜 걸까.

나는 가끔 나를 참을 수 없었다. 그때마다 이미 지나온 길을 되걸었다.

고민에 잠겨 있는 동안 많은 힘과 긴 시간을 낭비했다고 여겼으나, 나를 허무는 동시에 재건하는 과정이었다는 걸 이제는 안다.

재밌게 살려고 애쓰지 않아도 된다는 것과 살다 보면 재밌는 일이 종종 일어난다는 것 또한.

지난 시간을 불러다가 씻기고 재우고 질책하기도 하면서 함께 지냈다. 어느새 그들은 이야기가 되고 나는 서른 살이 되었다.

『모양새』는 잘살아 보려고 애썼던 흔적, 산다는 건 대체 무엇인가에 대한 자문, 어찌 되었든 여전히 살고 있다는 증명의 이야기를 한데 모아 묶은 단편 소설집이다.

소설 속 인물마다 처한 상황은 다르지만 그들은 나와 같은 시절을 보냈고, 내가 해결하지 못해 구겨 버린 감정을 고스란히 품고 있다.

그렇게 생각했지만 제각각 다른 시기에 쓰인 단편들을 하나의 소설집으로 데려와 지붕을 수리하면서 깨닫게 된 것.

1. 어떤 인물은 내가 팽개친 감정을 스스로 조용히 펴내고 있었다.

2. 어떤 인물은 본인이 구겨져 있다는 사실을 조용히 감내했고 끝끝내 받아들였다.

3. 어떤 인물은 엉망인 채로, 여전히 살아 내고 있다.

한창 교정지를 보던 때, 꿈속에서 모르는 사람 몇 명과 함께 시골길을 걸은 적이 있다. 흙과 풀이 밟히는 감각. 누군가 쑥을 뜯었고, 누구는 바람에 날리는 머리카락을 귀 뒤로 넘겼다. 나는 맨 앞에서 가끔 뒤를 돌아보면서 걸었다. 저녁에 비가 온다던데요. 쑥으로 전을 부쳐 먹읍시다. 막걸리도 마십시다. 처음 보는 사람들이었는데 목소리, 외형, 인상 같은 게 익숙했다. 꿈에서 깨어나 생각해 보았다. 교정지를 보다

자서 소설 속 인물들이 꿈속에 나온 게 아닐까. 쑥전에 막걸리라니 꽤 괜찮은 조합이네. 고개를 끄덕이며 물을 먹고 다시 잠에 들었다.

그들이 정말 소설 속 인물인지 아닌지는 알 수 없지만 나와 함께 걸어 주어 고마워. 이야기를 나누며 함께 걷는다는 건 정말 좋은 일이구나. 더 자주 뒤를 돌아보며 걸을걸. 어떤 표정을 짓고 있었는지, 그래서 쑥전에다 어떤 막걸리를 함께 마셨는지. 다행히 내게는 꿈이 아니라 현실에서 이야기하며 함께 걸어 나갈 사람들이 있다.

뒤돌아보면서 달리는 동안 앞으로 나아가는 속도가 더뎌졌고, 스스로 나약한 사람인 것만 같아 비참해지기도 했다.

하지만 그 과정을 통해 함부로 지나쳤던 풍경을 다시 눈여겨 볼 수 있었다. 나의 내부를 응시하느라 놓쳐 버린 것들을 살피고 싶다.

어쩌면 어떤 기분에 잠기게 되고, 다시 깨어나 이야기를 짓는 일이 사는 동안 계속될 것 같다. 나는 그 사실이 나쁘지 않다.

꺼내어 볼 수 없는 마음을 이제 책이라는 형태로 만질 수 있으니 더없이 벅차다.

화진 덕분에 어설픈 마음을 귀하게 보듬고 엮을 수 있었다.

나의 생을 거들어 주는 친구 연옥, 강이, 애매들, 영실에게 감사를 전한다.

2023년 5월

최미래

작품 해설

두 번째 외로움을 기다리는 마음

최다영(문학평론가)

1

나란히 누운 연인의 뒷모습을 바라보며 그의 등에 난 타원형 점이 조금씩 넓어지는 것을 상상한다. 바라보는 시간이 길어짐에 따라 점은 커지다 못해 검은 구멍이 되어 그를 온통 뒤덮을 것만 같다. 어쩌면 이건 입구가 아닐까. 정말 그렇기라도 한 것처럼 어느 날은 그의 꿈속 극장에 들어가게 되는데, 그곳에서 상영되고 있는 건 과거 그와 보낸 일상의 단편이다. 돌아온 옛 장면 앞에서 이전과 동일한 외로움을 맞닥뜨리지만, 다음 밤이면 다시 그의 내부로 들어갈 수 있기를 기다리며 조용히 박탈감에 집중한다.

그러나 이해할 수 없어 깊고 분명한 단절감을 안겨주는 이 뒷모습은, 그렇기 때문에 선망하고 사랑하게 되었던 뒷모습이기도 하다.*

최미래의 소설집 『모양새』에 수록된 아홉 편의 소설은 모두 초점 화자가 친구나 연인과 겪는 다양한 애착 관계를 그려 낸다.** 이때 대부분의 화자는 뚜렷한 욕망이나 목표가 없으며 최소한의 기대치에 만족하는 일이 익숙하다. 주어진 환경에 자신을 맞추기에도 버거워 많은 일들을 기약 없이 미뤄 둘 수밖에 없는 것이다.

스스로 비어 있다고 여기는 이들은 취향과 주관이 확고한 사람에게 이끌리며 그와 가까이 닿아 있고자 한다. 「모양새」의 '나'는 "알 수 없는 그 뒷모습을 베끼"(31쪽)는 것으로 삶에 대한 기대감을 나눠 가지기 위해 '모린'의 작업실을 방문하고, 「작은 개를 껴안듯이」의 '나'는 거품 재난 속에서 '니나'를 만지고 함께 걷고 싶다는 마음만으로 그녀를 따라간다.*

---

* 소설집 『모양새』의 수록작 「우리 죽은 듯이」의 한 장면이다. 작중 "이 집을 이해할 수가 없"(230쪽)다는 재희와 집을 이해하기 위해서는 집이 되어야 한다는 우경의 대화는 『모양새』의 인물들이 타인을 바라보는 상이한 태도를 대표한다. 전작 『녹색갈증』(자음과모음, 2022)에서도 이해할 수 없다는 점이 '나'에게 있어 '명'을 사랑하게 된 계기였다면, 명에게는 '나'를 경멸할 이유가 된다.

** 각 소설에서 '나'-모린(「모양새」), '나'-김서정(「양지바른 곳」, 「귀신 산책」), '나'-니나(「작은 개를 껴안듯이」), '나'-'오빠'(「어쨌든 이곳은 여름」), '여자'-유진(「퍼플 피플」), '나(우경)'-재희(「우리 죽은 듯이」), '나'-김사탕(김수영)(「지난 이야기」), '나'-두애(「어린 이의 희박한 자리」)가 이러한 관계 구도를 형성하고 있다.

그러나 이들을 끌어당겼던, 열의가 충만한 유형의 인물들마저 일터에서의 갑질과 추행, 생계와 거주지 문제에 점차 마모되어 가면서 미래에 대한 기대를 잃고 "무력에서 무기력으로" 이어지는 반복 구간에 고착된다. 부당한 처우에 맞서거나 다른 대안을 선택할 수 없는 상황에서 "다음 이야기는 이미 지나간 이야기가 되돌아오는 것뿐"(「지난 이야기」, 170쪽)이므로, 이들은 자기 몫의 '다음'이 주어져 있지 않다고 느낀다.*

그리고 이는 곧 소설집 전반에 그토록 많은 유령(귀신)이 등장하는 이유와 긴밀히 이어진다.

> 난 종종 사물 같은 자세로 잠들어 있는 모린을 일부러 깨우지 않고 골똘히 들여다보았다. (……) 내 눈에 모린은 인간이 유령으로 되는 과정 어딘가에서 멈춰 있는 것처럼 보였다. '몽유'에서 '몽'으로 변하는 모린. 그러니까 내 생각에 그건 꿈꾸는 상태에서 꿈 그 자체가 되는 것이다. 그런 변화가 만약에 진짜로 있다면 녹아

* 그런데 자꾸만 닦아도 기어이 깨져 버리는 장독대처럼, 빈번히 니나에게 손을 뻗는 '나'의 조급함은 오히려 서로의 마음의 간극이 나날이 벌어지고 있음을 암시한다. 이처럼 상대의 미래에 자신의 자리가 있으리라는 확신 대신 기대에 대한 거절만을 반복적으로 확인하게 되는 양상은 소설집 『모양새』 속 대부분의 관계 구도에서 변주된다.

간다고 해야 할까. 증발 혹은 변태? 어찌 될지는 모르겠으나 '몽' 쪽이 모린에게 더 잘 어울린다고 생각했지. 유령 같은 인간보다는 인간 같은 유령 쪽이 여러모로 좋은 것이다.

—「모양새」, 49쪽

표제작 「모양새」에서 모린은 연이은 취업 좌절을 겪으며 잦은 코피와 몽유 증세를 보이기 시작한다. 모린의 몽유 증세는 '꿈'에 녹아 버린 상태이자 유령으로 비유되면서 삶에 대한 기대와 의지가 빠져나가는 것이 유령화의 한 법칙임을 보여 준다. "어떤 경험은 미래를 더 두렵게 만들거나 별로 그 미래를 기대하지 않게 만드는 것 같"(「양지바른 곳」, 217쪽)다는 언급대로, 이러한 유형의 유령들은 특정한 경험이 누적되면서 앞으로 나아갈 힘을 잃고 그 자리에 멈춰 버린 것이다.

그런가 하면 제목에서부터 '유령/인간'을 의미하는 「퍼플 피플」에서는 이야기 속 인물이 이야기 안팎을 넘나드는 유령으로 등장하며, 억눌러온 감정이나 나쁜 가능성들이 유령이 되어 따라붙기도 한다. 이는 「어쨌든 이곳은 여름」에서도 마찬가지로 나타난다. 은총은 자신의 소설에 사라진 같은 반 학생 '고유리'를 강박적으로 기입하는 방식으로 '센터'의 계약직 교사인 '나'에게 상처를 주고자 한다. 소설에서 한 번도 등장하지 않지만 내내 인물들을 둘러싸고 분명한 존재감으로 부유하는 '고유리'는 무언가를 호소하고 항의하고 싶어하는 은총의 마음 자체가 유령처럼 기호화된 것이라 할 수 있다.

그러나 무엇보다도 유령은 「작은 개를 껴안듯이」에서 직접 제시된 것처럼 어떤 물건이나 공간에 깃들어 함께 늙어 가고자 하는 의지 자체라 할 수 있다. 그렇다면 누군가에게 마음을 의탁하고서 "하나의 덩어리"(67쪽)가 되기를 바라는 최미래의 인물들은 자신이 깃들 '사람 — 집'을 찾아다닌다는 점에서 이미 유령과 크게 다르지 않은지도 모른다.

더 나아가 이는 『모양새』에서 타자가 깃드는 공간으로서 '사람'의 존재 조건이 어떻게 규정되는지에 대한 중요한 실마리를 마련해 준다.

2

최미래의 소설에서 초점 화자들은 주로 글을 쓰

는 직업이나 취미를 가진다. 이들의 이야기 창작은 비어 있는 자신을 채워서 살아 있다는 느낌을 획득하고자 하는 노력으로 이해할 수 있다. "살아 있다는 감각"(「모양새」, 12쪽)은 이야기가 주는 중요한 효용이자 목표로 그려지는데, 따라서 이야기를 매듭짓지 못하는 일은 "그저 한 편의 이야기가 아니라 어떤 마음 자체를 잃어버"*리는 일에 비견된다.

그런데 「양지바른 곳」에서 김서정은 '나'의 소설 초고에 대해 '사람이 없다'며 지적하고, 이는 '나'로 하여금 "집이란 사람이 살던 기억으로 이루어진다"(222쪽)는 말을 듣고서 미니어처 하우스 만들기를 그만두었던 때를 떠올리게 한다. 이 말은 타인과의 관계에서 "누군가 그 집에서 살았다는 흔적"인 "냄새를 입히는 데 실패"(201쪽)해 온 '나'에게 있어 "마음의 가난"(「우리 죽은 듯이」, 239쪽)이 들추어진 것만 같은 초라함을 느끼게 했던 것이다. 이처럼 타인과 쌓은 유대감의 집적물이 집이자 사람이라는 함의는 유령 상태가 '사람이 거주한 시간'이 채워지거나 빠져나가는 정도에 따라 유동하는 것임을 알게 한다.**

---

* 최미래, 『녹색 갈증』(자음과모음, 2022), 41쪽.

** 이는 소설에서 형상화되는 대부분의 친구나 연인 관계가 서로의 '집'에

한편 인물들이 창작하는 이야기 또한 그들의 일상처럼 특정 구간을 되풀이하는 양상으로 나타나는 점은 주목을 요한다. 가령 「퍼플 피플」의 할머니와 도마는 "여태껏 쌓아 온 이야기들이 허물어지는"(290쪽) 것을 차마 볼 수 없어 어느 시점부터 결말을 유예하고 같은 이야기만을 주고받는다. 예정된 결말을 맞게 될 것에 대한 두려움이 반복을 발생시키는 것이라 할 수 있는데, 「우리 죽은 듯이」의 우경 또한 예측 가능 여부와 무관하게 "어떤 시간의 끝"(257쪽)을 바꿀 수 없다는 사실 자체에 깊은 무력감을 느낀다.

그리하여 화자들은 과거를 복기하며 "그때 다르게 행동했더라면 상황이 어떻게 달라졌을까를 예상"(「퍼플 피플」, 275쪽)하는 '예감'에 빈번히 몰두하게 된다. 주로 감정 소모를 최소화하고 혼자 생각하며 아픔을 감내하고자 한다는 점에서 이들의 예감 작업은 마음의 '연못'을 정화하기 위해 고군분투하는 일과도 무관하지 않은 것처럼 보인다.*

자유롭게 드나들거나 동거를 하는 사이라는 점과도 무관하지 않다.

* 한편 대부분의 인물에게 연못 정화 및 유지 작업은 불편한 것들이 시야 안으로 들어오지 못하도록 하는 방식의 대응을 수반한다. 「귀신 산책」의 점장과 「어쨌든 이곳은 여름」의 '오빠'는 이를 가장 극단적으로 보여 주는 인물로서, 그들은 보고 싶지 않은 것과 알고 싶지 않은 것들을 자기 안에서 지워 나가며 만족과 '평화'를 누리고자 한다.

그런데 「어린 이의 희박한 자리」에서 "순간들에 몰두하기 위해서는 그냥 지나쳐야 하는 다른 순간들이 있기 마련"(120쪽)이라는 언급은 주의를 전환하기 위한 요령뿐만 아니라, 과거의 특정 장면에 멈춰 있는 동안에도 현재의 시간은 꾸준히 흐르고 있다는 사실을 함께 표지한다. 즉 과도한 과거 몰입은 필연적으로 지금 돌봐야만 하는 일들을 미룰 수밖에 없으며, 이는 다시 타인의 마음을 소홀히 대하는 일로 이어질 수도 있다. 누군가 지나간 과거의 뒷모습을 바라보고 있는 동안, 또 다른 누군가는 그런 그의 뒷모습을 바라보고 있는 것이다.

「어린 이의 희박한 자리」 속 두애와 '나'의 관계는 이를 가장 분명하게 보여 준다. 두애는 주기적으로 외부와 단절된 채 과거의 상처 속으로 들어가 오랜 시간을 보낸다. 굳게 닫혀 언제 열릴지 모르는 방문 앞에서 '나'는 애써 무심해지고자 사과를 깎는 일에 집중하지만, 두애의 부재로 인한 불안과 혼란, 무기력 등이 뒤섞인 복잡한 감정 속에서 매번 벌을 받듯 외로움을 견딘다.

그런가 하면 「귀신 산책」이나 「양지바른 곳」에서 '나'는 자신의 문제만으로도 여력이 없는 데다 특정인에 대한 환멸감과 자기혐오 때문에 수치심마저 무릅쓰며 도움을 요청하는 김서정을 번번이 외면해 버린다. “말하지 않”도록 함으로써 상대의 고민이 “없는 일”(「양지바른 곳」, 193쪽)이 되도록 하는 것이다. 임시방편으로 불안을 덮어 두는 일은 소설 속 무력하고 무기력한 인물들이 공통으로 보여 주는 특징이라고 할 수 있다. 하지만 작중에서도 언급되듯, 보이지 않는다고 해서 없는 일이 되지는 않는 법이다.

> 나는 주저앉은 은재를 본다. 은재의 몸과 바윗돌의 형상이 겹친다. 두애가 혼자 무언가를 견디는 날 방문 앞에는 바윗돌이 있다. 나는 오래전부터 그것을 보아 왔다. (……) 나는 바윗돌을 치우고 두애의 방문을 열지 못한다. 어쩔 수 없는 것들은 조용히 견디는 것이 심신에 이롭다. 안정적인 일상, 목표를 세우지 않아도 괜찮은 삶, 변함없음의 안심. 누구도 나의 소망을 비난하지 못한다. 그동안 바윗돌이 커지고 단단해져 가는 건 어쩔 수 없는 것의 일종일 뿐이다. 두애가 견뎌야 하는 것과 내가 견뎌야 하는 것들이 다를 뿐이다. 그리고 은재는, 은재는 나를 빤히 쳐다본다. 식빵에 낀 곰팡이를 긁으면서.

—「어린 이의 희박한 자리」, 152~154쪽

해결되지 못한 문제와 감정의 응어리는 '묵인의 시간'이 착실히 굳어 감에 따라 '나'와 두애 사이에 바윗돌이 자라나게 한다. 불청객처럼 불쑥 등장한 두애의 조카 은재는 바윗돌이 살아 있는 사람으로 형상화된 것이라 할 수 있으며, 은재를 대하는 두 사람의 방치에 가까운 육아는 이러한 관계성의 알레고리인 셈이다.

또한 두애와 언니(김유성), 은재가 결국엔 "한 사람의 세 가지 모습"(157쪽)처럼 제시되는 대목은 타인과의 관계에서 특정한 상태나 순간만을 선택해서 취하는 일이 불가능함을 의미한다. 한 예로 셋이 함께 외출하던 날 백화점에서 '나'는 은재의 손을 일부러 놓아 버리지만, 두애는 '내'가 놓은 은재의 손을 다시 잡은 채 나타난다. '내'가 성가시고 불편한 은재를 지워 버리고 두애와 둘만의 온전한 시간을 회복하려고 한들 그 시도는 실패할 수밖에 없는 것이다.

3

결국 우리는 모두 미해결 상태의 복잡한 감정과 기

억들, 다시 말해 유령들과 함께 살아가야만 한다. 과거의 상흔이 삶을 무겁게 짓누르는 동안에도 새로운 위기가 꾸준히 연못을 침범하고 더럽힐 것이므로, "연못이 완벽하게 원래의 모습으로 돌아가는 건 불가능"(「귀신 산책」, 107쪽)하다. 그렇기에 어쩌면 그 모든 것들이 제거 불가한 나의 구성요소이며 그로 인해 변형된 형태로서만 삶이 계속될 수밖에 없음을 받아들이는 일이 필요한지도 모른다.*

그럴 때 나의 영역과 타인의 영역 사이에 엄밀한 구획은 불가능하며 '너'('나')를 방치하는 일이 '나'('너')를 방치하는 일과 다르지 않게 된다. 따라서 각자 고립된 채 '자기 몫의 불행'에 매몰되어 있기보다는, 나의 상처를 열어 보이고 타인의 연못에 관심을 기울이는 과정 속에서 나의 고통 또한 돌보고 일으켜 세울 수 있는 또 다른 가능성이 열릴 수도 있다. 물론 타인의 고통을 완전히 헤아리거나 받아들이는 일은

---

* 타자에게 인정을 요구하는 일은 결코 있는 모습 그대로 봐 달라는 것을 의미하지 않는다. 타자에 대한 필요와 욕망이 개인을 구성하는 것이므로, 존재의 인정에 대한 요청은 오히려 타자와 함께 연관된 미래에 근거하여 자신의 변형을 요청하는 것에 가깝다. 또한 상처의 흔적은 한 개인이 책임감이라는 타자와의 관계적 구속에 속해 있음을 증명하면서 이 관계성에 의해 그가 언제든 또 다른 자국이 날 수 있는 존재임을 입증한다.(주디스 버틀러, 윤조원 옮김, 『위태로운 삶: 애도의 힘과 폭력』(필로소픽, 2018), 78~81쪽.)

불가능하겠지만, “잘 듣고 잘 말해 주고 싶”(「지난 이야기」, 176쪽)다는 마음만으로도 다른 전개를 기대해 볼 수 있지 않을까.

수록작 「양지바른 곳」의 흡혈인 조황주는 슬픔에 극도로 파묻히는 일을 경계하면서 지금 직면한 사건을 바로 마주볼 것을 당부한다. 아래 인용은 직시가 요구되는 이유와 함께 슬픔의 방향이 어떻게 달라질 수 있는지에 대해 중요한 시사점을 준다.

> 내가 슬퍼하는 동안, 슬픔에 파묻혀서 생각을 잠재우고 살아가기를 멈추는 동안 나의 동료들이 사라졌어요. 같은 시대를 함께하던 이들이. 그러니까 슬퍼하고, 그 슬픔이 왜 발생했는지 보아야 합니다. 다음에 그와 비슷한 일이 일어나지 않도록 충분히 슬퍼해야 합니다.
>
> —「양지바른 곳」, 214쪽

조황주는 삶의 시간을 정지시키는 슬픔과 문제의 원인을 파악하려는 슬픔을 구분한다. 그녀가 강조하는 ‘충분한 슬픔’은 후자에 해당하는 것으로, 아픔의 진원지를 외면하지 않고 맞닥뜨린 문제의 원인을 깊이 들여다봄으로써 앞날을 대비하고자 하는 슬픔이라 할 수 있다.

그리고 바로 절망을 통해서만이 "지난 이야기를 제대로 직시"하는 일이 가능한 것으로 제시된다. 이는 화자들의 예감 작업, 동일한 이야기를 반복하는 강박이 그저 회피에 머무르지 않고 직시를 위해 전환될 수 있음을 암시한다. 반복을 통해 지난 이야기를 집요하게 들여다보고 과거의 선택지들을 재구성하는 일은 문제를 다양한 각도에서 조망하게 함으로써 미래를 예비하는 역량으로 이어질 수 있기 때문이다. 따라서 "그러니 분명 다시 태어날 거"(「지난 이야기」, 176쪽)라는 노래 가사는 절망의 반복을 의미하기도 하지만, 그로 인해 열리는 직시의 가능성을 함께 내포하는 것이라 할 수 있다.

어느 날은 산속을 걷고 어느 날은 펜션 아래 빈집이 많다는 동네를 걸어야지. 내가 그 동네에 관해 이야기하자 김서정은 이미 우리가 그곳을 거쳐 올라왔다고 했다. 내가 자느라고, 유의 깊게 보지 않아서, 관심을 두지 않아서, 볼 생각이 없어서 지나쳐 버린 동네 풍경에 대해 말해 주었다. 예전에 누군가 살았던 흔적이 곳곳에 남아 있어. (……) 김서정은 빈집이 많은 동네에 대해 상세하게 설명했다. 나는 그런 김서정의 뒤통수를 가만 바라보았다. 단정하고 튼튼하게 잘 지어진 집. 그 집에는 손님이 곧잘 찾아오고, 햇빛이 창문의 모양 그대로 바닥에 드리운다.

—「양지바른 곳」, 223~224쪽

해가 잘 드는 집에서 살고 싶다던 '나'의 소원은 소설의 결말부에서 "빈집이 많다는 동네"를 걷겠다는 결심으로 변화한다. 앞서 집이 사람과 대치될 수 있는 것이었음을 생각해 볼 때, 이는 지금껏 알아채지 못했던 무수히 많은 '빈집 — 비어 있는 사람들'의 존재에 주의와 관심을 들이겠다는 의미이면서, 비어 있던 자신을 채우고 이야기 짓기를 다시 시작하겠다는 다짐으로도 읽힌다. 달리 말하면 '나'의 상상(이야기) 속 할아버지와 흡혈인이 빈집에 들어가 살게 되면서 그들에게 생활이 생기고 집에도 고유의 냄새가 입혀진 것처럼, 유령만이 다른 유령의 결핍 안으로 들어가 서로의 집이자 거주자가 되어 함께 삶을 만들어 나갈 수 있기 때문이다.

그리하여 『모양새』의 화자들은 이제 다른 양상의 '두 번째'를 생각해 볼 수 있을 것이다. 이제껏 '다시

써 왔던' 그들의 이야기가 상처의 근원지로 되돌아가 처음 발생했던 상처를 여러 번 반복하는 것이었다면, '다시, 쓰게 될' 이야기에서는 과거가 아니라 미래를 향한 다음 발걸음을 내디딜 수 있다. 물론 아직 경험해 보지 못한 이 길은 예측과 통제가 불가능하며 다른 아픔이 또한 예정되어 있다. 기대하거나 바라지 않으면 분명 어떤 두려움으로부터는 안전할 수 있겠지만, 그러한 삶은 어떤 새로운 사건으로부터도 닫혀 있는, 거듭 지난 시간을 사는 모양새일 것이다.

"모른 척 무시해 왔던 조약돌의 실물"(「어린 이의 희박한 자리」, 158쪽)인 은재의 이를 쥐고서 낯선 장면 안으로 들어가기를 선택하는 '나'의 모습은, 읽는 이로 하여금 슬픔을 정직하게 직면할 때 감당할 수 있을 만큼만 상처받을 수 있다는 하나의 진실을 알게 한다. 그리고 다음 이야기로 나아갈 결심은 바로 이 상흔에서부터 시작될 수 있다.

수록 작품 발표 지면

「모양새」, 《릿터》 2021년 6/7월호

「작은 개를 껴안듯이」, 《실천문학》 2020년 6월호

「귀신 산책」(발표 당시 제목 「지난 밤이 다시」), 《웹진 민미》 2021년 9월호

「어린 이의 희박한 자리」, 《문장 웹진》 2020년 1월호

「지난 이야기」, 『사진을 많이 찍고 이름을 많이 불러줘』(문이당, 2020)

「양지바른 곳」, 『우리 MBTI가 같네요!』(읻다, 2023)

「우리 죽은 듯이」, 《실천문학》 2019년 9월호

「퍼플 피플」, 《웹진 비유》 2019년 2월호

「어쨌든 이곳은 여름」, 『구도가 만든 숲』(안온북스, 2023)

모양새

1판 1쇄 펴냄 2023년 5월 29일
1판 2쇄 펴냄 2023년 11월 1일

지은이 최미래
발행인 박근섭, 박상준
펴낸곳 (주)민음사

출판등록 1966. 5. 19. (제16-490호)
서울특별시 강남구 도산대로1길 62(신사동) 강남출판문화센터 5층
대표전화 02-515-2000 팩시밀리 02-515-2007
www.minumsa.com

ISBN 978-89-374-2790-9 03810

* 이 도서는 2023년 한국문화예술위원회 아르코문학창작기금 발간지원사업 선정작입니다.